听说爱情曾来过

Love Was Once Here

忧然◎著

中国青年出版社

（京）新登字 083 号

图书在版编目（CIP）数据
听说爱情曾来过 / 忧然著．—北京：中国青年出版社，2012.1
ISBN 978－7－5153－0463－2
Ⅰ．①听… Ⅱ．①忧… Ⅲ．①长篇小说－中国－当代 Ⅳ．① I247.5
中国版本图书馆 CIP 数据核字（2011）第 263149 号

书　名　听说爱情曾来过

作　　者　忧　然
责任编辑　侯庚洋
策划编辑　一　航
文字编辑　张小葱
视觉指导　李俏丹
版式设计　谢　滨
封面设计　张龙梅
出　　版　中国青年出版社
社　　址　北京东四十二条 21 号
邮政编码　100708
网　　址　www.cyp.com.cn
发　　行　中国青年出版社
电　　话　（010）57350370
经　　销　新华书店
印　　刷　三河市华润印刷有限公司
规　　格　160×235 毫米　1/16
字　　数　160 千字
印　　张　13
版　　次　2012 年 2 月北京第 1 版
印　　次　2012 年 2 月北京第 1 次印刷
印　　数　10000 册
书　　号　ISBN 978－7－5153－0463－2
定　　价　19.80 元
本图书如有印装质量问题，请与出版部联系调换
联系电话　（010）57350337

目录
Contents

Love Was Once Here

引子：思念之前，回忆之后

因为他是陆泽磊，是香榭丽舍酒店真正的继承人！而她，是白慕薇，一个只能与他遥遥相望，不可相近的人！

“慕薇，你还是决定要回国？”祝安平的声音低沉在夜的角落里，高大的背影被窗外夜色染成深黑，修长的手指在流光酒杯上来回游走，杯中的酒，好似一片血红。

就如祝安平的心一般。

他到底还是留不住她，她犹豫了那么久，还是决定回国。

身后的女子一言不发，只是静静地坐在沙发上，柔软的卷发，遮掩住她的目光。

“为了他吗？还是为了香榭丽舍？还是……”他没有说下去，回头看她，女子终于抬起头，卷发之下，冷艳的脸浮起伤痛。

她知道，他没有出口的还是，是足以刺伤他，更伤害自己的几个字。

他不需要说，她是懂得的。

女子站起身，走到窗边，同样望着窗外夜色旖旎，这光彩陆离的都市，终究不是自己的家。她永远忘不了母亲临死前的嘱托，忘不了母亲不能瞑目的悔恨。

然而她却更清楚地知道，令她终于下决心回国，完成母亲遗愿的却是另一个人……

那个八年前来到瑞士，与她同班的男孩，初见他时，他的眼里总有暗淡的忧伤，他似乎带着满心伤痛而来。

八年后，他走时，她问他：“一定要走吗？”

他转头笑笑：“一定！我还有个未了的心愿。”

那个笑容，是八年来，她所见过他最阳光的笑容，仿佛涤尽了心里的尘埃，云散雾开，好像这八年以来，他只为了回去的这一刻而由衷地笑。

“为了香榭丽舍？”她的语调略显得冷。

他没有察觉，眼里的黯淡再次占据上风，遮掩住他本该有的清澈目光。

许久，他才说："不！国内的香榭丽舍从来没有浪漫。"

这是他与她说的最后一句话，然后决然转身，于次日一早飞离瑞士，现在该是已经到了国内，到了J市，到了并不浪漫的香榭丽舍。

也是从那一刻起，她开始了想念，开始明白了母亲等待的心情，那种可望而不可及的心情。

原本，在他订购机票的最后一刻，她有冲动与他一起回国，可是，她最终还是犹豫了，这种犹豫，不是偶然，是当一年前，她得知了他的真正身份后，便注定的必然。

最初，她以为，她遇到了命定的知音，他的伤口，她的心事，他们相互疗伤。

可最后，却赫然发现，他们也许是注定的陌路，不该有交集。

于是，她放弃了。

因为他是陆泽磊，是香榭丽舍酒店真正的继承人；而她，是白慕薇，一个只能与他遥遥相望，不可相近的人。

想到过去，她叹息一声。

拿过男子手中的红酒一饮而尽："我决定了，这一次，谁也改变不了！"

第一章 百合香气，香艳的求职信

这样的场合，暧昧的，散发着百合香水味的求职信，记者们敏锐的嗅觉告诉他们，决不能漏掉今天的女主角。

冬将尽，J市机场薄雾微笼，许久没有下雪的城市，干冷的空气令白慕薇有些不适，很多年没有回国，国内变化之大，她不可想像。

她记得，离开的时候，她才只有十二岁。

她拉着行李，只身一人走出大厅，莫名的落寞与孤独令她不自觉地身子一瑟，她拉紧外衣，抬头望天，天，还是一样的天，一如瑞士般阔远无际，只是云薄了，远了，愈发飘渺不定。

在瑞士，她还有祝安平可以依靠，可在这个陌生的城市里，她没有任何人。

或许有他！又或许……

她自嘲地一笑，正要离开，突然有人狠狠撞过来。

白慕薇脚下不稳，高跟鞋在此时最是脆弱，她脚腕一扭，习惯性崴脚的右脚似乎再次中招！

她转头看去，一个女人，同样一个人，拉着行李急匆匆的样子，见撞到了人，连忙道歉："对不起小姐，没事吧？"

白慕薇摇摇头："没事。"

可右脚传来的疼痛却令她一时直不起腰，那女人见她的样子，连忙说："是不是扭到脚了？"

"不要紧，你好像在赶时间。"

白慕薇直起身子，才仔细看她，这女人一身简洁的白色开衫，A字裙，长发有致地落在肩头，同样简单利落的直发，黑色，没有一丝挑染的痕迹。

而她的面容，亦是简单的，清爽自然，似乎不好判断她的年龄。

白慕薇愣了一会儿，那女人说：“你受伤了？”

“没事，只是扭了一下，歇会儿就好。”白慕薇面无表情，说起话来，有一些冷漠。

那女人愣了愣，随即说：“有人来接我，我送你吧？”

“不用了。”白慕薇依然冷冰冰的口吻，“我住的酒店离这里不算远，我打车去可以了。”

在这个陌生的城市，她要习惯孤独。

她转身要走，那女人却拦住了她：“离机场不远……”

那女人打量了她一番，虽然明明是友善的目光，却看得白慕薇有些不舒服，她眉心微皱，那女人似乎察觉了，忽然笑了笑：“小姐是不是订了香榭丽舍？”

白慕薇一惊，回头看着她：“你怎么知道？”

那女人依然是笑，自精巧的 Chanel 黑色小包中拿出一张名片：“您好，我也正要回香榭丽舍，如果您不介意，就一起吧。”

白慕薇接过她手中的名片，与她双手递过来的礼貌与诚意相比，单手接过的她显得漠然多了。

然而，当她看清了名片上印着的名字时，眼眉却忽然一紧。

“夏晴。”她冷冷念着，目光重新落在对面简单的女人身上，眉间凝结的痕迹，一瞬深刻至内心，心脏强烈的跳跃感，亦令她淡漠的容颜终于有了几分表情，“香榭丽舍董事长？”

不知为什么，自她的目光中，夏晴感到一瞬间的尖锐与敌意。

但职业的笑容，并没令她显露出分毫来：“嗯，您好，真是抱歉，如果您一个人，就让我送您一程，表示歉意。”

若是平时，白慕薇一定会不屑地转身走开，可她低头看看手中的名片，将优雅的卷发向身后一甩，笑着说：“好，那就麻烦你了。”

她的笑，意味不明。

夏晴一怔，不知不觉，适才明显的敌意在她微勾的唇角边，迅速消失。

只令人觉得那不过是个错觉而已。

夏晴迎着她上车，车内轻飘飘的暖风拂面，令冬末微寒殆尽。

夏晴忍不住侧眸看她，外衣下，白慕薇一身象牙白低开领衬衫，同样是简单的白色，却与夏晴有着截然不同的感觉，这种白色，在白慕薇冷艳的外表下，释放着似有若无的撩人春色，腰间精巧的细褶，纤细婉约，细碎零星的淡色小花点缀在衬衫上，又在不经间，幽幽绽放出她的唯美与无邪。

这样的女子，令夏晴想到了天使与魔鬼，能将一件衣服穿出两种极端的女人，必然是女人中的奇葩。

白慕薇仿佛感到了夏晴的注视，她只是微微整一下长长的卷发，并未言语，一路上都没有。

不说话的天使，有时，比魔鬼还要可怕，夏晴甚至觉得在暖风充盈的车内，心里竟是凉丝丝的。

香榭丽舍，冬日里，如城市中拔地而起的巍峨雪山，煌煌气势；繁华和气派在这里凸显得淋漓尽致，贵气的欧式建筑，俨然是这整条街上最晃眼的风景。

“真像一座宫殿。”白慕薇走下车，站在香榭丽舍大门前驻足观望。

夏晴没有接话。

将白慕薇送到香榭丽舍，她竟没有想要更多接触她的欲望，眼看她提着行李离开，走出几步后，又忽然回头：“再见，我们一定会再见，对不对？”

依然是意味不明的笑。

转身离开刹那，余光扫见夏晴略微惊讶的神情，白慕薇唇角得意地上扬。

她一边走，一边拿出夏晴的名片——

生命里充满了许多不期而至的巧遇，但是夏晴，总有一次，是致命邂逅！

将名片紧紧攥在手中。

电梯门开启的刹那，白慕薇脸上的表情从魔鬼的阴暗，变作了天使的微笑……

夏晴回到办公室，不知为何总是无心工作，眼前总浮现偶遇女子的样子，她本来想问她的姓名，却因为她近乎没有温度的表情而没有开口。

那隐隐而来，又悄悄而去的敌意，到底是为什么？

她在记忆中苦苦思索，却肯定在这之前，从没有见过那个女子。

“心不在焉地工作，可不行啊，董事长。”耳边传来男子慢悠悠的声音，透着几分慵懒。

夏晴抬眼看去，陆泽磊已站在她办公桌对面。

冬日的阳光便如眼前的男孩一般，懒洋洋的并不比夏日的热辣。

虽然，陆泽磊已满二十四岁，而夏晴不过三十二岁，可不知是否因为她始终是他的后妈，所以，依然觉得他还是八年前，校园阳光下的小男孩。

当年的往事历历在目，她二十三岁嫁给三十八岁的陆辉，那时候成为陆泽磊的继母，然后新婚之夜陆辉便离开人世，之后，两个人共同面对香榭丽舍的困境之时，深深浅浅的复杂情愫悄悄滋生在陆泽磊心里，他对她表白，之后，便选择了出国留学，一走就是八年，甚至再也没有给过她一点他的消息。

直到展望——陆辉的好兄弟，为了报复香榭丽舍而杀死陆辉之事败露，陆泽磊才第一次打来电话，那个时候，夏晴才知道，陆泽磊不曾真正地消失，他一直在遥远的瑞士注视着香榭丽舍的一举一动。

而她和展望，在为了香榭丽舍度过重重危机的日子里，那些感情同样不能磨灭。

八年之后，陆泽磊回来了，她觉得，他们已经是两个世界的人……

“想什么呢？我进来你都不知道？”陆泽磊在对面坐下。

夏晴笑笑：“没什么，倒是你，回来都有几个月了，到底准备什么时候才肯正式接手这个位子？”

说着，指了指她坐的位置，掌握香榭丽舍命运的最高位置。

陆泽磊低头假装沉思：“嗯……再说吧。”

“每次都是再说吧？还没玩够吗？还真是小孩子……”夏晴摇摇头。

“我不是小孩子……”忽然，一束刺眼的阳光透过玻璃照进来，在暗淡的冬日里，显得突兀。

陆泽磊打断夏晴，温暖的目光，忽而冷酷。

夏晴一怔，这样的目光，她依稀见过，那还是在许久许久之前，陆辉刚刚过世，陆泽磊曾经用这样的眼光看过她，曾令她一度心生寒意，可那已是极遥远的事情，若不是今日再见，她差不多忘记了。

“好，你不是小孩子，既然不是小孩子就要有担当，你从瑞士留学回来，你爸爸的遗嘱说得很清楚，而我……也始终不是一个合格的酒店人……”说着，她缓缓低头，似乎想起了什么人，往昔的画面，总是残酷地突如其来，总能在不经意间，刺痛心的最深处。

那个人，那个曾经一手将她扶稳在这个位置上的人，陆辉的兄弟，她却将他亲手送入了冰冷的牢狱。

八年了，她不曾后悔，可却无法不被往事所伤。

陆泽磊望着她，轻轻皱眉：“对你来说，香榭丽舍是负担吗？”

夏晴一怔，陆泽磊的眼神莫名郑重，她不知如何回答。

香榭丽舍，它当然不是负担，这是陆辉一生的心血，也曾给了她无限荣耀；可它也是负担，若没有它，也许，八年前所有的悲剧都不会发生。

心灵的救赎，不知道一生够不够？

她没有回答，只是叹息说：“我很累，泽磊，我不适合酒店。”

“你还想着他……”陆泽磊低垂的眼睫收敛了落寞的阳光。

夏晴不免心尖一颤，他？陆泽磊指谁，她的心里再明白不过。

可是他回来已有四个月，却一次都不曾提起过那个人。

那个对于他们来说，都曾是唯一依靠的人。

今天，他突然说起来，令夏晴一时失语。

她没有回答，陆泽磊却当做了默认：“为什么？”

“什么为什么？”夏晴明知故问。

“为什么……你不但不怪他，还这样想着他？八年……我听说这八年来你从来不曾停止过想他！周洁说，你每次从监狱回来，都会有很长一阵子不开心。”陆泽磊忽然站起身，西装笔挺的青年，却仍存着少年时候的冲动。

他疑惑的目光里，带了审视：“夏晴，你究竟记不记得……是他杀了爸爸！”

八年的忍耐，四个月的闭口不提，并不代表他不在意，并不代表他的原谅！

可夏晴想不到，在他的眼里，会看到恨，沉淀了八年的恨，很深……

“泽磊，有些事，不是绝对的。”

“可事实却是绝对的！”陆泽磊双手撑住桌面，那曾经温暖她的眼神，逐渐变得陌生而冰冷起来。

夏晴有些许怔愣，这个时候，倒仿佛觉得他确实已经不再是一个男孩。

明亮的眼睛，依然可以照亮她的眼眸，可却不再是清澈见底的溪水，而是深不可测的海洋，隐藏了太多、太深的暗浪，偶尔的一次爆发，便可能是灾难。

“不管怎样，香榭丽舍的明天，已经和那个人没有任何关系。泽磊，我已经决定了，并且已经准备好召开新闻发布会，我最晚……只会坐在这里，到春节前。”夏晴说着，将手边的文件夹递给陆泽磊，“你看看，这是发布会的流程，还有你需要准备做的，而香榭丽舍的工作在你接手后，我会全部交待清楚……”

“不用了！”陆泽磊接过夏晴手中的文件夹，眼中光线不明。

他翻开第一页，一行一行扫下去，“从明天开始，就将酒店的情况一一交待给我，我答应接手，不过……有一个条件。”

“什么条件？”夏晴对他态度的突然转变，倒有些意外。

“你做总经理……”

“泽磊……”

“听我说完。”陆泽磊悠悠的声音，听上去永远那样悦耳，“熟悉酒店八年来的变化以及人和事，不是那么简单容易的，我想你知道，那么作为我的前任，陆辉的妻子，我的后妈的你，是不是应该负责带着我？”

夏晴无奈地笑笑：“你明明不需要，我知道，你留学期间，一直都关心着香榭丽舍每一次事件，每一个变动，接手没有那么难。”

“你就这么急于放手吗？”陆泽磊苦笑，“我有点惊讶，你的无情。”

夏晴想要说话，陆泽磊却长长出一口气，望向窗外灰暗的天空：“是谁……把你变得这样没有感情，展望吗？”

第一次，回国四个月后，第一次提起了他的名字。

夏晴叹息一声，她急于抽身香榭丽舍，完全与展望无关：“和他没有一点关系，是我本身就不适合这个位置，你爸爸的遗嘱也是这样写的。”

“你还在乎我爸爸？”陆泽磊眼光仍然落在窗外，仿佛刻意避开夏晴的目光。

夏晴站起身，走到窗边，回眸瞬间，陆泽磊却将目光移向了桌边，他不许她走进他的视线吗？

夏晴隐隐有一种心酸。

她明白，若让陆泽磊完全原谅展望绝无可能，而她只希望，这种恨，能够随着时间，减少一些……

毕竟，这件往事里，没有谁比谁更无辜。如果真要说到无辜，也许只有莫涵吧？那个在一场阴谋里，牺牲的女孩。

“好，我答应。”

夏晴不想让陆泽磊感觉，她急于离开香榭丽舍，是因为不想再和陆家有任何关系，是因为……她想和展望在一起。

这种误会，她承担不起。

陆泽磊合上手中的文件夹，唇角勾出一道好看的弧度：“那就说定了。”

夏晴不语，陆泽磊望着她，欲言又止，却终于还是没有开口。

他知道，她多少有些勉强。

空气中，紧张的气息若隐若现，在不久后，夏晴才知道，这种气息，渐渐凝成了隔阂……

发布会定在这个周末，短短三天的准备时间。

消息一经放出，香榭丽舍上下传闻无数。

看上去如此着急的易主，离开八年的年轻继承人，那个大家几乎忘记了的人，四个月前，回到这座城市后不曾惊动太多人。

想不到一有动静，就是这样的大手笔。

会场定在龙腾厅，讨一个好兆头，酒店的男男女女们凑在一起，丝毫不逊色于娱乐记者，因为见识的人和事太多，八卦神经早已四通八达，酒店每一个角落发生的事情，几乎都可以在一天之内，传遍整个香榭丽舍。

而会不会传出去，什么消息可以传播到什么程度为止，似乎也已经被大家把握得恰到好处。

咖啡厅，永远是消息传播的源泉之一。

“香榭丽舍真要易主了吗？”一个客人拿着今天的报纸，抬头问为他服务的女孩。

女孩礼貌的微笑：“这个……也许是的。”

也许是的！模棱两可的回答，在八卦时候，最是适用，即使传出去，也不能说她是消息的源头。

“也谈不上易主吧？”那客人对面的女人插口说，“接手的不是陆辉的儿子陆泽磊吗？反正都是他们陆家的。”

“夏晴那女人还真能放手，呵，我可不信，说不定这里面有什么说不得的事儿呢？”男人的想像力未必没有女人丰富，更不要低估男人的八卦能力。

坐在他们旁边，落地玻璃窗前的女子朝他们看了一眼，清早，阴天，却戴着大大的淡紫色墨镜，遮住了大半张脸，只露出尖巧的下颌，线条柔美，长长的卷发安静地落在胸前，若不是旁边一男一女的两句八卦，也许会有人怀疑她是一座精致雕刻的美丽人雕也说不定。

她实在太安静了，坐在这里整整一天，连咖啡厅的侍者都不免多看她两眼，毕竟，这年头有自杀倾向的人太多，去年，就有在咖啡厅服下安眠药的客人，后来因为抢救及时没有出现意外。

那女人终于开口说话：“可以借我报纸看一下吗？”

旁边桌的男子，也许光是闻到她身上淡淡清雅的香水味儿便已经着迷，他微笑的递过去：“美女的要求，怎么能够拒绝？”

这句话，惹来他对面女子的狠狠鄙视。

窗边的女人却没有表情，唇角也不见动一下。

这样轻薄的男人，她也见得多了。

她只是翻开报纸，香榭丽舍易主的消息登在了财经版头条，看来果然是J市的大事件呢。

她迅速地看完，将报纸合上，递回给身边的男人，冷冷一句：“谢谢。”

随而转头，搅动着手中的咖啡，继续看窗外人来人往，隔着淡紫色的墨镜，听着优雅的Dreaming My Dream变幻如云的唱腔。

那歌声，仿佛沟通了天与地的完美，在这样的音乐中，喝一杯柔顺微酸的BlueMountain，真是美事一桩，这喧嚣的世界，也似乎安宁多了。

不安宁的是新闻发布会当天。

香榭丽舍易主，不仅仅是酒店界、财经界的大事，因为酒店这个特殊的领域，总是可以吸引特殊的人群，于是娱乐记者、社会记者也统统涌了进来。

这也是一次难得的宣传机会，自然来者不拒。

一直到发布会开始之前的十分钟，都不见陆泽磊露面，夏晴已经不止一次地看表，会场下快门的声音不绝于耳，不久，便传来隐隐的议论声。

夏晴叫来周洁：“怎么回事？泽磊呢？”

周洁有些紧张，今天早上，她明明已经打了确认电话给陆泽磊。

“我再去打个电话。”周洁一边向外走，一边拨通了陆泽磊的手机，手机刚刚接通，陆泽磊的手机铃声就在周洁身边响起，陆泽磊掏出手机，向周洁摇摇，“怕我不来吗？”

周洁松下口气：“快去吧，夏董……呃……夏总都着急了。”

陆泽磊只是淡淡地说："我说了会来就一定会，有什么可急的？"

他的表情不太友善，周洁偷偷看他一眼，没有再说话，她来到香榭丽舍之时，陆泽磊已经出国，她之前并没有见过他，只是传闻当中，他该是一个优雅阳光、笑容和煦的男孩，该是许多女孩心目中的白马王子，可自从她见到陆泽磊，陆泽磊也是那样笑，却总令人觉得，那笑容，像是拒人于千里之外。

陆泽磊走到夏晴身边，夏晴才放心下来："我以为你不来了。"

"怎么可能？"陆泽磊坐好。

夏晴示意发布会可以开始了，主持人点点头，调整了麦的位置："各位，十分感谢大家出席今天的发布会。"

……

冗长的说辞令在场的记者们都不耐烦了。

其实，酒店的人事变动，原本不需要这样大张旗鼓，但夏晴知道，不做成这样，陆泽磊只会将期限一拖再拖。

酒店的决定宣布结束，陆泽磊上台讲话，夏晴已经让周洁为他准备了发言稿，陆泽磊却没有用，只是站在台上，简单地说了一句话："请大家和我一起见证一个全新的香榭丽舍。"

他的这句话，意味深长。

夏晴略微一惊，全新的？她一时不懂，只是那温暖的沁着阳光的微笑中，带着令人莫名不解的一丝凉意。

他终究是不愿马上接手香榭丽舍吗？

为什么呢？夏晴百思不得其解。

记者发问的时间是每一个发布会的高潮，一名记者果然抓住了陆泽磊刚才的那句话直接发问："陆先生，您刚才说，让我们和您一起见证一个全新的香榭丽舍，那么是不是可以理解为您对现在香榭丽舍的经营状况不满呢？"

陆泽磊优雅地笑："不满？哪里不满？"

反问，是最好的太极。

夏晴看着他，棱角完美的侧脸，带着不愠不火的笑容。

接着，一个个问题被他巧妙化解，大有兵来将挡水来土掩之势，他真是长大多了。

陆泽磊的八卦太极功，着实让到场的记者有些意犹未尽，又有些遗憾，没有挖出猛料总是不好出抓人眼球的稿子。

而董事长换人，香榭丽舍酒店上下风声和谣传正紧，于是，所有人，也都保持在三缄其口的状态。

主持人再次接过话筒："好了，各位，今天的发布会就到此……"

“慢着！”

忽然，一个女子声音从人群中传来，那声音低低的，似从地下迂回入耳，透着冰冷，顿时，令整个会场一片寂静，将所有人的目光都聚集了过去。

只见，自门口缓缓走来一个女子，深V白色紧身裙，勾勒出她美好的线条，她身段婀娜，步履轻盈，修长的腿，交叠美妙的影子，长长的卷发将胸前风光半遮半掩，更有一种神秘色彩。

高贵的气质，不俗的美貌。

明明是一副勾人心魄的妖媚样子，可偏偏一双眼睛，明澈清纯，透着完美与无邪。

虽然还不明她的来意，可这种气场，已经震撼了全场，令所有记者不自觉的按下快门。

夏晴一惊，这名女子……不正是在机场偶遇的那个女子吗？

她正要开口，却听陆泽磊突然叫了声：“Catherine？”

Catherine？夏晴疑惑地看向陆泽磊，难道，泽磊认识这个女子吗？

果然，那女人优雅微笑，走到陆泽磊面前：“恭喜，泽磊。”

她没有叫陆泽磊的英文名字Alan，而是叫他泽磊，显得更亲密些。

陆泽磊平静地笑笑，走上前与她握手：“谢谢，什么时候回国的？也不通知我去接你？”

白慕薇耸耸肩：“怎么敢劳你大驾？”

陆泽磊摇摇头，笑着说：“怎么？你来……该不会只是为了恭喜我吧？”

“当然不是。”白慕薇说着，递上手中一直拿着的白色信封，那信封上有淡淡百合的香水气味，黏合处还有一片玫瑰花瓣。

“情书？”陆泽磊旁若无人的打趣她。

“是啊，你敢不敢看？”白慕薇轻轻挑眉，却不显得轻浮，更有几分天真。

陆泽磊打开信封看去，却一惊：“求职信？”

白慕薇点头：“不错！我要应聘香榭丽舍RM（驻店经理）兼PR（公关）。”

一石能够激起千层浪，一句话也可以激起快门声无数。

这样的场合，暧昧的、散发着百合香水味的求职信，记者们敏锐的嗅觉告诉他们，决不能漏掉今天的女主角！

不错！男主角是陆泽磊，而女主角却显然已不再是夏晴。

而是突然出现在会场的，这名高贵优雅的神秘求职女子——Catherine。

Catherine，人们对Catherine这个名字有两种看法，一是美丽、优雅、举止合宜，却又隐藏了拘谨与严肃；一是普通的女人，友善，受欢迎，又有教养。

人如其名，这个女子，正给人这种感觉。她太好的诠释了这个名字的两种含义。

陆泽磊将求职信叠好放回到信封中，抬头看着她：“什么时候可以上班？”

男主角的话，再次激起一阵排山倒海的快门声。

白慕薇微微淡笑："随时。"

突然，一个娱乐记者大声说："小姐，请问你是白慕薇吧？十年前十四岁的童颜模特，十四岁就有个好身材，为很多杂志拍过性感的、清纯的封面，还拍过广告，对！就是你，我没认错，可是只有那一年，就再也没出现过。"

白慕薇转头看着他，笑得很自然："不错，是我，我并没有要否认。"

她的淡然，令那记者一怔，随即更肆意地按下快门。

"泽磊。"

夏晴终于坐不住，她已经可以想像到明天各大媒体新闻标题，富二代与美女模特的绯闻一定会占据各大版块的头条。

"我们又见面了，夏董……不！更准确地说，应该是夏总了。"白慕薇伸出手，纤白修长的手指停在半空中。

这样的场合，夏晴不能失态，她礼貌地与她握手："你好，白小姐，酒店的人事任命，总是要通过人事部的，并不是董事长一人说了算。"

"哦？是吗？"白慕薇眼角一斜，望在陆泽磊的脸上，陆泽磊平静地说，"没有的事，我已经决定了。"

白慕薇朝夏晴笑笑，不说话。

夏晴看向陆泽磊："泽磊，驻店经理的职位很关键，不能草率。"

"我想，草率也总比位置空闲着好啊。杨铭贞辞职后，似乎就再也没有招人，况且，我不认为瑞士 Swiss Education Group（瑞士酒店管理旅游学院），SHMS 酒店管理专业毕业的人担任此职位，是草率的决定。"

陆泽磊一番郑重后，还是收回了犀利，看着夏晴，柔和了声音："夏晴，她是我的同学。"

Swiss Education Group，集团下属 SHMS、IHTTI、HIM 三个酒店管理学院，其中 SHMS 是瑞士最大的酒店管理学校，IHTTI 是瑞士早期创立的酒店管理学院之一，HIM 是瑞士最早以英语为授课的酒店管理学院之一，SHMS、IHTTI、HIM 均是瑞士权威酒店学院协会会员，校舍前身都是当地著名的四星级、五星级酒店。

能够在那里学习的人，也一定不是身份平庸之人。

夏晴略微震惊，这女子的确拥有与生俱来的高贵气质，她此时的笑容无邪，目光却莫名地冷漠。

这个场合，不适合起冲突。

夏晴看着她，难道，机场的相遇并不是偶然吗？

虽然，白慕薇长得美貌高贵，可她却隐隐地觉得她来者不善。

陆泽磊见夏晴似乎默许地低下头，于是向众位记者们一笑："好了，今天的发布会就到这儿了，各位，可都要笔下留情哦。”

陆泽磊也知道，白慕薇以这样的方式登场，明天的文字之下，一定会带有一股香艳的味道。

发布会后，还有个招待餐会，可大半记者都离开了酒店，并没有享受这五星级的待遇，纷纷回家写稿。

人群散去，会场只剩下零星的几个人。

陆泽磊要去跟相熟的，现在也是记者的同学打招呼:“Catherine，在这儿等我一会。”

白慕薇点点头，陆泽磊转身离开的刹那，她脸上的无邪瞬间变作阴魅，她转眼看着夏晴，夏晴不禁全身一冷，那与刚才天壤之别的目光，透着几分尖刻。

但随即，又化作云烟。

她似乎是有意的。

“我说过，我们会再见的，对吧？”笑容重归一派唯美与无邪。

夏晴正要开口问她，她却转身离开。

婀娜的背影，香艳至极的身姿，消失在门口。

她到底是谁？为什么……她的心里会如此不安？

第二章 千面女郎，美女蛇

她不想思念到死，可也不想，等待后面是更长的等待……

夜幕落下，香榭丽舍的繁华亦沉淀在了夜色里。

落地玻璃窗前，陆泽磊端着一杯红酒，一饮而尽，夜色落在玻璃杯中，沉沉的……

这间办公室，从此就是他的，这里，代表着香榭丽舍的最高权力。

白慕薇走到他的身后，喝一口杯中红酒，赞道："Chateau Lafite Rothschild（罗丝希尔酒园－沙都拉菲），我的最爱，可我好久没喝过了。"

"Catherine……"

"叫我慕薇……"白慕薇抬头看着他，冰一样的眸子，水一样的温柔，若是别人，一定轻易地便陷落在了她的目光里。

可他是陆泽磊，白慕薇知道，他不会。

果然，陆泽磊只是平淡地微笑："为什么？我都习惯了。"

"这是在国内啊。"白慕薇用天真的笑容，说出最天真的理由。

陆泽磊点点头："好，慕薇，怎么突然就回来了？真的是为了到香榭丽舍工作？"

他不信，白慕薇这样骄傲的公主，会为了在香榭丽舍工作而回国。

白慕薇摇晃着手中酒杯，醇美的红酒将杯中夜色染红，在玻璃杯中，夜之渺小，不值一提。

许久，她才抬头看他，如水眸光，亦荡漾了一份酒色："我说为了你，你相信吗？"

陆泽磊一怔，迷乱的夜色，红酒是最好的催化剂，然而他虽然喝了几杯，却清醒得过分。

他笑着说："别开玩笑了，安平呢，没和你一起回来？"

“泽磊……”提到祝安平，白慕薇自然明白他的意思，她打断他，长久地望着他。

那样的目光，月色落进水里，柔美散作妩媚。

陆泽磊感到扑面而来的浓情，他连忙低下头，转身走开：“你什么时候回来的，怎么不叫我去接你……我还想……”

“泽磊……”

陆泽磊没有说完，腰上便被一双柔软的手臂紧紧地抱住，他略略回眸，眼中的女子，柔弱如同一缕轻烟，似乎吹一口气，便会灰飞烟灭。

这与适才大庭广众之下，递上一份暧昧求职信的白慕薇完全不同。

然而他并不意外，在瑞士的这八年，他已了解了她这样的性格，人前，总是冷艳坚强，人后却温柔脆弱。

他常常觉得自己很了解她，可也常常觉得，自己似乎根本看不透她。

他企图移开她抱住自己手：“慕薇，别这样……”

“不！你知道，我这次回国，是下了多大的决心吗？只是为了你……”白慕薇的声音发抖，似乎身子也在发抖。

陆泽磊回过头，垂眸看她，他夜一样深的眼眸，亦是可令人沉沦的幽深。

白慕薇缓缓靠近他，淡淡的香水味道萦绕在鼻息间，她淡粉色的唇，盈盈丰润，可距离陆泽磊只有一寸的时候，他还是推开了她……

“对不起慕薇。”陆泽磊轻声道，“我有喜欢的人。”

陆泽磊眼里的夜色似乎更深了。

白慕薇一怔，被他推开的身体不自觉地僵硬了，她的表情凝在惊诧的一瞬间，终于还是开了口：“是谁？”

陆泽磊十六岁到瑞士念书，八年过去了，他一直在瑞士，他们一直在一起学习、生活，她不曾见他交过女朋友，甚至，没有对哪一个女孩表示过好感。

她以为，若不是因为一年前的意外发现，若不是因为还放不下心里的一些执念，若不是因为她不够勇敢。

他们就会在一起！

她回国，其实并没有刻意地想要找他。

她相信缘分，也相信他和她终究是有缘分的。

直到，她在机场遇到了夏晴，直到……她再次见到他，刚才，就在刚才，有那么一刻，她甚至想为他放弃一些坚持的念头。

可他却告诉他，他喜欢上了别人。

“青梅竹马吗？”这是白慕薇可以想到的最合理的解释，陆泽磊曾经告诉她，在国内还有个未了的心愿，难道……就是对这座城市里的某一个女孩的承诺？

陆泽磊没有回答她，倒上一杯红酒，面对无边际的深夜，他常常感到无力，也许，是一个人的时候太久，终究是害怕寂寞的。

可寂寞，不是放纵的理由。

他心里还装着那个人，就不能任由身体背叛自己的心。

他望着窗外，最终，还是没有回答白慕薇……

第二天的新闻，果然被富二代和美女模特的新闻占据。

各种八卦，绯闻，隐晦的猜测见诸报端。

夏晴皱眉看了一篇又一篇，虽然言语都还算温和，可到底有炒作的嫌疑。

昨天新闻发布会上突然闯入的女子，今天就变成了 RM 并身兼重要的 PR 一职，在整个香榭丽舍也掀起不小的风波。

人们谈论的主题终于从年轻的新任董事长转移到了白慕薇身上。

种种传闻，各种传说，只用了一天便迅速科普到了保洁员。

平面模特出身，却又毕业于名牌学府。

初涉娱乐界，也拍过几支广告，却最终变成酒店业的高级白领。

真是个足够传奇的女子。

而她与陆泽磊的关系，也被编成了一段或几段王子与公主的童话故事，传遍香榭丽舍。

夏晴想要充耳不闻恐怕都难。

她答应陆泽磊暂时不离开香榭丽舍，GM（总经理）的办公室与 RM 的同在行政办公室，她恐怕要整天面对白慕薇。

今天，已经过了中午，白慕薇才出现在办公室。

夏晴想要向办公室的员工介绍她时，才发现，她根本连她的简历都没有看过。

“白小姐，请你自我介绍下可以吗？我想我并不了解你。”夏晴的话不带情绪。

白慕薇朗然一笑：“OK！ Catherine，白慕薇，毕业于 Swiss Education Group，SHMS 酒店管理专业，请大家多多指教。”

她笑容亲和，妖娆的风姿完全无碍她唯美的气质。

亲和的高贵，是一种很可怕的气质。

夏晴看着她说：“你好像来晚了，白总。”

白慕薇看看周围，只是耸耸肩，微笑说：“EstutmirLeid！（德语，对不起）。”

夏晴迷茫地皱皱眉，她说的不是英语，她猜想应该是德语吧？瑞士大多数人说德语，其次是法语和意大利语。

白慕薇没有公开解释，只是一只手搭在夏晴肩上，在她耳边低低地说了句：“昨天和泽磊喝酒到很晚，抱歉啦。”

夏晴眉心一皱，她话里有话，却偏偏要装作若无其事、毫无用意，越是这样，她越是觉得她别有用心。

她是在告诉她，她与陆泽磊的关系非比寻常，所以多少可以拥有特权吗？

多年的酒店经验告诉她，不能冲动，要静观其变。

于是，她回到自己的办公室，看着电脑屏幕发呆。

这间办公室对于她来说亦是熟悉的。

这里，曾经是展望工作的地方，八年前，他还在这里，与她一起，扭转香榭丽舍的颓势，现而今……他怕是早已忘记或者说不愿再想起香榭丽舍了吧？

正想着，便听见有人敲门。

夏晴深吸口气，说了声："进来。"

推门而入的是王粲，人事部总监，夏晴就知道她一定会来。

"夏总，我想知道，咱们新来的白总，到底是怎么回事？"王粲原本是喜怒不形于色的资深 HR（人事部总监），这一次竟反应过度了。

夏晴知道，RM 的位置一直有很多人盯着，也包括王粲，一直想要介绍相熟的人来。

"白总是陆董的同学，Swiss Education Group，SHMS 酒店管理专业毕业，完全可以胜任。"

虽然对白慕薇没好感，可这种时候，夏晴还是要站在陆泽磊一边。

"那也至少……至少要给份简历交给人事部吧？"王粲说。

夏晴点点头："嗯，这确实是该的，我会和白总讲。"

王粲也是最会察言观色的，见夏晴摆明了和陆泽磊一个立场，也便没多说就走了。

夏晴本来要打电话给白慕薇，但犹豫了一下，还是打到了陆泽磊那里。

"泽磊，等下你要白总拿份简历给人事部，也好为她办齐手续。"

陆泽磊说："好的，我会告诉她。"

夏晴应一声："好，没事了……"

"夏晴。"陆泽磊抢在她挂断前接话说，"有没有时间？晚上……我们聊聊……"

不等夏晴开口，陆泽磊又继续道："关于酒店……关于……白慕薇，我想你也应该有很多问题要问我。"

不管怎样，陆泽磊还是注意到了她的不满与疑惑。

她是有点欣慰的。

但是……今天不行！

"明天吧，今天不行。"夏晴拒绝道。

"为什么？你要加班吗？反正……我们住在一栋房子里，我今晚会回家，我等你回来。"陆泽磊坚持说。

回家？那也一直是夏晴所希望的。

回国四个月，陆泽磊一直住在酒店，或者是去和朋友、同学住，从来没有回家过，不论是陆家的哪一处住所，他都没有回去过。

夏晴没有问过他原因。

“今天……可能会非常晚，你不用等我。”夏晴说。

“没关系，先这样吧，我有电话。”倒是陆泽磊先抢着挂下了，好像怕夏晴再说出什么拒绝的话来。

夏晴叹一口气。

其实，她的确有一肚子话要问陆泽磊，他这次回来，很奇怪，不提展望，她在意料之中，但四个月不回家，迟迟不肯接手香榭丽舍，再加上昨天突然驾到的白慕薇，都是她心里的疑问。

可是今天的确不行。

今天，是她每年都要去看展望的日子。

虽然八年来，他从没有见过她……

秦山监狱，位于J市远郊。

往返路上就要足足六个小时。

夏晴特意早些离开，临走前，特意向白慕薇的位置看了一眼，她并不在座位上。

她无暇顾及她，关于白慕薇，她想，只要与陆泽磊一番恳谈后，一定会有个定论。

然而这次和往次一样，秦山监狱里的人，依然不见她，她留下东西，和从前一样离开，这种离开，恐怕已经成为了习惯，她早已没了感觉。

只是，回到市区的时候，已经将近十点。

路上堵车厉害，到家已经快十一点了。

她开门进去，却发现家里亮着一盏小灯，暗夜，落地窗前，陆泽磊的背影被镀上一层暗金色，那盏精致的小台灯，是她去年买回家的，金色的花纹，金色的灯光，迷离诱惑。

陆泽磊听见门响，转头说：“你回来了？”

夏晴点点头：“嗯，路上堵车，晚了些。”

陆泽磊的眉心微微一蹙，极不易见的痕迹，还是被金色的灯光照得如此明显，陆泽磊走到沙发上坐下：“就算不堵车，往返秦山监狱，也差不多要这个时候才能回来吧？”

夏晴一惊，回头看他，陆泽磊的目光若洒满金色的池塘，原本，是多么漂亮的一双眼睛，可为何却好像没有了昔日的温暖。

“我说了，今天不行。”夏晴放下背包，疲惫地靠在楼梯扶手上。

陆泽磊目光正好直视着转弯楼梯。

楼上就是他的房间，曾经，在这个转弯楼梯上，有太多美好的回忆，第一次，他感到心中的悸动，就是在这白色的转弯楼梯上，上楼，就是自己的房间，房门前，仿佛还留着多年以前熟悉的笑声。

可八年过去，物是人非。

陆泽磊不禁有一些怅然："去看他，又何必瞒着我。"

"我没想要瞒你，况且，即使我瞒着你，你还是知道的，不是吗？"夏晴心中多少有几分惊讶，难道陆泽磊一直都在监视她吗？

为什么，她的想法，她的行踪，他总是可以知道？

忽然想到白天的电话，难道……他打电话说要回家的时候，就已经知道了自己要去秦山监狱？

那么……他是故意的吗？

夏晴不想自己的猜测是真的，而避免猜测成真的最好方法就是不问。

她低头说："我今天累了，先去睡了，你也早点休息，我们明天再谈。"

"是累了还是心情不好？"陆泽磊凉凉的声音，止住了夏晴的脚步。

他似乎刻意在这里等她，似乎今晚一定要和她把话说清。

夏晴于是转身回到客厅，站在陆泽磊面前。

一身紫色帽衫睡衣，如八年前一般，优雅冷静，带着几分贵气与慵懒，她抬头看着他，原本有一肚子质问的夏晴忽然心中一陷，陆泽磊的眼光，温柔如阳光下炙热的沙滩，只是这沙滩上却似乎留着几排落寞的脚印。

她看着他，一时说不出话。

陆泽磊淡淡地说："每次你见了他都会心情不好，又何必总去自讨没趣？"

"泽磊，这是两回事。"夏晴不想解释她对展望复杂的情感。

陆泽磊缓缓站起身，有一点忧伤："可对我来说，是一回事。"

说完，他与她擦肩而过，走到转弯楼梯前，夏晴终于叫住了他："关于白慕薇……"

这个场景依稀曾见。

多年以前，她也是在这个地方叫住了他，那时候的他们，都天真得像个孩子，她任性地冻结他们的账户，让他和妹妹好好学习，好好做人，他冷漠地面对她的严厉，却在心里笑她幼稚。

后妈与继子常见的戏码，可他却想不到最终的结局，会演变成今天这样。

或许，还没有到结局吧……

他枉然笑笑："慕薇很适合酒店，她是天生的酒店人，就和……展望一样。"

他走上楼，夏晴心里却不能平静。

为什么？再相见时的喜悦与感动，在四个月后，会变成冷漠与疏离？

到底是什么，改变了他们？好像……他们的关系又回到了陆辉去世之时的严冬……

新任董事长走马上任，第一项大任就是不久后的春节情人节，双节策划。

二月，接近春的冬末，却没有春的暖意，又少了冬的风情，万物有些萧条，但因为情人节的关系，大街小巷充满着粉红色的浪漫。

浪漫为主题，香榭丽舍以爱神的名义向所有情侣发出邀请。

陆泽磊上任后第一次开会，会议室中，气氛有些冷，人人发言都不够积极。

陆泽磊知道，他虽然是陆辉之子，这家酒店名副其实的继承人，可毕竟是新手，取得大家的信任，让大家相信，有他在的香榭丽舍会更好，是如今的首要大任。

就如当初的夏晴。

可他偏偏不是墨守成规的人，他要的是立竿见影。

“既然大家都没有好的提议，那么慕薇，你有什么想法？”陆泽磊相信，白慕薇不会令他难堪。

白慕薇来到酒店不足一周，但似乎已经对酒店各个角落都了如指掌。

她拿出一份今天的报纸，放在桌上：“不知今天大家有没有看报？”

周围的高管都纷纷侧目，只见桌上的那页报纸上，隐约有香榭丽舍几个字。

难道又有问题了？

大家倒是心里乐得见，如今香榭丽舍的新闻无非围绕着美女模特 RM 与年轻新当家的绯闻。

陆泽磊说：“今天一早到酒店，就通知大家开会了，还没有看，想必大家都还没来得及看。”

白慕薇优雅地笑，站起身，将报纸递在身边 HR 王粲的手中：“那大家可要好好看看了，麻烦王总依次传下去。”

白慕薇走到陆泽磊身边，低头看着他，紧裹的白衬衫前波浪如卷的长发，风情万种，陆泽磊轻声咳嗽，示意白慕薇直起身子。

白慕薇笑笑，言归正传：“好吧，我有个良好的癖好，早上起床，吃饭之前，都要看看今天的报纸，就这么巧，今天早上被我看到了一篇……Sehr schlecht（德语，非常糟糕）。”

“慕薇，不要说德语，中文或者英语。”陆泽磊提醒她。

白慕薇挑挑眉：“OK！我看到了一篇相当糟糕的文章，我想王总已经看过了，不错！就是在酒店评价专栏，专门写美食的王一达先生对香榭丽舍的饮食提出了很多批评，言辞犀利，但我认为却是一针见血的。”

“饮食？”陆泽磊伸手要过报纸，一边听白慕薇说，一边看过去。

白慕薇点点头：“不错！因为我来香榭丽舍工作之前，就住在这里，还是夏总亲自送我来的……”

她不经意地眉梢一动，夏晴便感到一阵寒意。

可她却明明优雅地笑着："我在以客人身份入住的时候，也注意到了这个问题，所以可见这并不是空穴来风，王先生批评咱们菜品没有特色，没有创新，食之无味，我了解了一下，主要问题在于西餐，我们西餐的主厨实在是拿不出手。"

"白总……"

白慕薇还没有说完，王粲便打断了她："可是张林主厨在香榭丽舍已经十年，从没出现过差错，并且为酒店做出过很多贡献，从没在旺季请假或早退，甚至用掉自己的假期帮助酒店渡过难关，这样的人……"

"这样的人，也不保证能做出上好的菜品。"白慕薇眼角生媚，眼神却犀利，"最近的菜，味道上常常出错，不是咸了就是淡了，要不就是某一种调味料的味道过重，我想这是很严重的问题，不要以为在国内就不会有人去注意西餐，况且，马上临近的情人节本来就是西方的节日，我想年轻的情侣们如果要选择我们酒店，那么……不拿出点像样的西餐，是注定要失败的。"

"那么白总是什么意思？"DOS（销售总监）陈怡，精明能干，能说会道的女人，听白慕薇说了这么久，她知道，这些都只是铺垫而已。

白慕薇继续说："不错，今年特殊双节合并，但是我想会到五星酒店定年夜饭的传统一族毕竟是少，我们不如就主打情人节，目标明确，定位准确，这样才会利益最大化，是不是刘总？"

白慕薇看向 DOM（市场部总监）刘玉寒，刘玉寒点点头："不错。"

她依然表情淡淡的，以工作为享受的她，是不会在意白慕薇的目中无人，其实这些话应该由市场部的她来说。

"所以……"白慕薇终于说到重点，她眼神一冷，无邪目光便有一刹那凉意，"所以我的意思就是换掉主厨！我们需要请一位更有经验，更知名，更敬业的主厨！"

"我反对。"王粲立刻出言反驳，"张林还不够敬业吗？我刚才的话，还不足以说明他有多敬业吗？而所谓知名，那些整天在电视上夸夸其谈的，我可不认为会比张林做出的东西更好吃。"

"王总……"白慕薇看着她摇头，神情带着几分遗憾的感觉，"这么冲动，可不是一个资深 HR 该有的哦？你不该让我看出喜怒来不是吗？"

"这么说，你是在说我也不合格吗？"王粲站起身。

夏晴看向白慕薇，心里的不安加剧。

白慕薇看似云淡风轻的几句话，看似淡然又柔和的语调，却如同一根根绵细的针，随时准备扎入酒店内部各个有缝隙的地方。

隐晦的锋芒，看似天真的外表，可她已经轻易激怒了王粲，也令刘玉寒心里不快了，不是吗？

她才来不久，就要开掉为酒店工作了十年的员工，来势汹汹的气势，怕陆泽磊都要输她三分了。

“白总，我想，这件事情不是你负责的范围。”夏晴用眼光安抚住王粲，示意她坐下。

王粲也觉得适才有些失态。

白慕薇假作不懂地说：“难道香榭丽舍，不是为了酒店利益就可以畅所欲言的地方吗？那刚才陆董要你们说，你们又都不说，现在我说了，又来指责我，真是搞不懂。”

她看向陆泽磊，眼神清纯无辜。

夏晴叹一声气，原来，她早就有了应对的办法。

这句话，也的确令人哑口无言。

陆泽磊也已看完了文章，他表情有些凝重：“这篇文章我看了，评价的确很糟糕，我记得前不久，也是这位王先生，在这家报纸上登出一篇评论，批评某一家餐馆的菜品，结果没过多久，那家餐馆就关张大吉了，所以，既然出现了这样一篇文章，我们如果不作出相应的应对来，我想一定会影响情人节计划的。”

“可是应对，并不一定要解雇谁，让张林出新的菜品，新的创意就好了。”夏晴看向陆泽磊。

陆泽磊面无表情：“那么，夏总有什么好的提议？”

莫名的疏离感再次令夏晴心里一颤。

陆泽磊察觉了她的怔忪，他沉默良久，与她目光交汇，终究还是低了头：“好，那么就先让张林研究出新的菜品，和情人节创意菜单来，我们再开会，今天就到这儿吧，关于这篇文章……”

陆泽磊看向白慕薇：“自告奋勇的PR，恐怕要麻烦你去做些临时的危机公关了。”

白慕薇耸耸肩：“责无旁贷。”

会议结束，夏晴并没有马上离开会议室。

陆泽磊路过她的身边，看看她，他们的目光只有一秒钟相对，便各自别开，夏晴不懂，为什么，他的转变如此惊人？

为什么……他似乎在有意无意间，疏远自己？

整个会议室只剩下夏晴一个人。

她坐了一会儿，也许很久，她不知道，只是发呆，思想仿佛停顿了，这不是她预想中的重遇，这不是她期待中的香榭丽舍！

但多想也是无益，她站起身，准备离开。

推开会议室的门，一个女人正靠在会议室对面的墙壁上，玲珑的体态，身姿曼妙，如水蛇一般，柔软地贴在墙壁上。

白慕薇！

难道，她一直站在这里等她出来？

夏晴不免心生寒意，白慕薇看着她微笑，天真地眨眨眼睛：“夏总，酒店的利益高于一切……看来这句话，您还没有参透呢。”

“你是故意的吗？”不知为什么，夏晴对于她艳美容貌下天真的双眼，毫不信服。

不料，白慕薇丝毫不作遮掩：“不错，我是故意的，但是夏总的反应实在是太令我失望了。”

白慕薇摇摇头，在她耳边低声说：“不如我们来打个赌。”

夏晴不解地看着她，她巧笑嫣然，丝毫不像怀有敌意的样子，可说出的话，却直截了当：“这一局，我胜！信不信？”

夏晴一怔，白慕薇已转身而去，似一条美女蛇，带着冷冷的杀气，却偏偏世人只能看到她绝世的美貌。

“不到最后一刻，胜负永远难分。”夏晴盯住她的背影忽然开口，“这条消息，发布得这样早，你真的……是有很早就看报纸的习惯？还是……你根本一开始就知道，这条新闻会出现在报纸上？”

夏晴的猜测，并没有惊动白慕薇的背影，她没有回头，只是冷冷笑了：“哦？既然夏总也有分胜负的兴趣，那我们就试试看咯，夏总。”

夏晴没有回办公室，对于白慕薇，她一定要找陆泽磊问清楚。

她是敌人，她已经毫不遮掩地表现出来，甚至没有一丁点的犹豫，也就是说，她从一开始就没想隐瞒。

这样的对手，她还是第一次见到。

也许，光明磊落才是最大的掩饰。

可是，她的目的又是什么？是自己吗？自己确认没有得罪过她！是香榭丽舍吗？可根据她的年龄推算，她该与香榭丽舍扯不上什么渊源，那么……是陆泽磊吗？可陆泽磊分明那么信任她。

问题究竟出在哪里？

明知道对方是敌人，而不能出手反击的战争，注定会失败！

而能不能反击的关键，在陆泽磊！

“泽磊，我有事找你。”夏晴推开董事长办公室的门。

周洁站在陆泽磊身边正在汇报工作，没错，现在她已经是陆泽磊的秘书。

陆泽磊看看周洁，又看向夏晴：“现在吗？”

“对！现在。”

“等一下不行吗？”

“不，马上！”

一问一答，充满针锋相对的意味，周洁识相地说："那……我等下再来和您说剩下的细节。"

周洁礼貌地走出去，将门关好，轻轻出一口气。

陆泽磊懒懒地靠在椅背上，慢悠悠地说："什么事？这么火烧火燎的？"

夏晴还没有说话，陆泽磊又突然打断她："啊，让我来猜猜好了，为了……张林？"

"不！"夏晴在他的对面坐下，"为了白慕薇。"

"慕薇？"陆泽磊略微惊讶，随而笑着说，"慕薇呢，年轻，想法多，虽然说话直接了些，但总是为酒店着想的。"

"我要说的不是这个问题。"夏晴轻轻叹声气，"她特意留在会议室门口等我，你知道吗？"

"我知道啊。"

"你知道？"陆泽磊的回答实在出乎夏晴预料。

陆泽磊悠闲的转着手中的笔，点点头："是啊，我知道，慕薇和我说，只是想和你沟通一下，你们是酒店的 GM 与 RM，本来也是要多沟通才行。"

这一次，夏晴是真的打心底里震惊了。

白慕薇，实在是太过精明的女子，她甚至为自己的每一步行动铺好了后路。

如果自己再多说，只能给陆泽磊沟通不良，说人是非的恶劣印象。

夏晴感到，自己也不得不讲一些策略了，虽然，在陆泽磊面前，她极不愿意运用商场上的手腕。

"我只是想知道关于白慕薇更多的事情，而她似乎冷冷的，拒人千里之外。"夏晴平静下口吻，假装适才的坚持与坚定都不曾存在。

陆泽磊看着她，夏晴的表情一如既往地紧张严肃，他似乎已经很久没有见过她由衷的笑容。

就好像那个午后，好像……家长会后，与他嬉笑的样子。

"其实，我也不算很了解，虽然和慕薇是八年的朋友，但是她的家庭背景，我却不知道，她在瑞士住在一个叫祝安平的同学家，祝安平是TM建设集团皇太子，有点……类似于当初的杨昊，但是他们的关系……好像也不像是男女朋友，你知道，我不喜欢打听别人的私事。"

陆泽磊想想，他对白慕薇果然了解不够，这么多年，他甚至不曾想要多了解她一点，看来那晚推开她是正确的选择吧？

"那么……她的父母呢？是都在国内，还是……"

不等夏晴问完，陆泽磊便耸耸肩："都过世了，母亲才过世不久吧，但她从不让人见她的母亲，我也没有见过。"

夏晴在脑子里迅速分析起这个女子。

白慕薇，二十四岁，美貌与气质兼备，名牌学府毕业，曾涉足娱乐圈，只身一人在国外打拼，看样子是不靠父母的。

然而不是男女朋友，却又能令 TM 建设集团皇太子如此伸出援手的，想必交际手腕不是一般。

这样的女人，往往有着极深的心机，一言一语仿佛都会计算精准，这样才能使习惯了警惕的她们，在社会的竞争与倾轧中惨烈胜出。

看来，这次的对手之强，超出了以往任何竞争对手。

更可怕的是，她就堂而皇之地站在明处，可却令对方无从下手。

“怎么了？你的表情有点难看。”陆泽磊见夏晴沉默不语，不禁问。

夏晴看着他，意味深长：“我说她是敌人，你信吗？”

陆泽磊一怔。

夏晴连忙摇摇头，他的答案她已经知道。

“好了，你当我没有说吧。”夏晴站起身，想要离开，陆泽磊却叫住了她，“是不是现在除了公事，你没有话要和我说？”

莫名地，悲从中来。

夏晴苦涩地笑笑，这句话，原本该是她问陆泽磊的吧？

自从回来，初见时的惊喜与感动，似乎只有几天，随后，他的转变，在她还来不及看清的时候，就已经变得有点陌生。

“你变了，夏晴。”陆泽磊缓缓走近她，望着她的背影，声音有些悲哀。

心中悲酸加剧，夏晴转过身，无奈一笑：“变的是你，泽磊……”

陆泽磊怔愣瞬间，夏晴已经推门而去。

陆泽磊站在办公室门前，有一刹那，他想要追出去，可最终还是没有。

也许，他们都变了。

于是，原本只是微小的变化，却变成了太大的距离……

他倒宁愿，关于他们，永远只定格在过去的某个瞬间，午后的阳光下也好，家长会后校园的操场上也罢，总之，不要是现在这样，相见不如不见的尴尬。

与陆泽磊的谈话，虽然难免会触及往事的盲点，然后暗自神伤，可终究还是有收获的，至少她明白了白慕薇是怎样可怕的一个对手。

天使的笑容与清澈的眼神，是遮掩她浑身美女毒蛇气质的最佳利器。

这个人，只恐怕她的目的，也会令人咋舌吧？

夏晴来到西厨后厨，她虽然力保张林，可是她也知道，那篇文章的评论对于香榭丽舍有怎样的影响。

况且，最近张林的确不在状态。

“张林，你来，我有话和你谈。”夏晴将张林单独叫到一边，“张林，今天的报纸，你看过了吗？”

张林显然是看过了的，他低下头不说话。

夏晴失望地叹口气：“张林，你在酒店已经十年，我想很多事情，你甚至比我还要明白，我不知道最近你身上发生了什么事，但是香榭丽舍的西餐风评越来越差是事实，不仅是王先生，我们的意见卡上，这两个月来，也有不少对于西餐不满的意见。”

“我知道，其实……是我家里出了点问题，精神总无法集中。”张林解释说。

夏晴看着他，张林是典型的老实男人，平时话不多，对谁都是客客气气的，有人说他的气质不适合做西餐主厨，没有领导才能，可是，因为他踏实，关键时候从不懈怠，还是在这个岗位上稳稳地做了八年。

这样的忠诚，夏晴由衷敬佩，可敬佩不能作为说服其他人的理由，家里有事更不是出错的借口。

“我要你准备的情人节菜单，定好了吗？名字要想得有创意一些。”夏晴转移开话题，她知道，这样低沉的情绪继续存在，只会让他出更大差错。

张林低头不说话，夏晴惊道：“你不会还没准备吧？”

“对不起夏总，我正在想。”张林极力掩饰心里的不安，可夏晴却知道，他的心思已经完全不在研究菜谱上。

她轻叹一声：“也许，白总是对的。”

“不，夏总，我一定不会耽误事情的，请您一定要相信我。”张林虽然不知道白慕薇说了什么，可夏晴的表情告诉他，事情非常不妙。

夏晴看着他，郑重说：“只是我相信没有用，你要让大家都相信。”

“夏总，再给我一些时间。”张林努力说服夏晴。

如果不想给他时间，夏晴今天就不会来。

可她要尽量表现得更加冷酷，才能促使他不会懈怠，这也是策略。

“张林，三天内拿出菜单来，不然我保不住你。”夏晴说完，转身要走，张林却拦住她，“夏总，我一定在三天内拿出菜单来，您一定……一定要……”

“不仅要拿出来，敷衍的菜单我不要，要拿就要拿出有说服力的菜单，可以吗，张林？”夏晴希望看到他肯定的眼神，可是张林目光闪烁不定，低着头说：“我尽量……”

“不是尽量，是一定，否则……”夏晴没有说下去，张林的心却冷了半截。

夏晴今天，绝不是无缘无故来到后厨，一定发生了什么。

或者，她是来暗示什么的？

越是逆境，越容易胡思乱想，张林望着她，许久都没有说话。

夏晴转身离开，张林忽然说：“夏总，再给我一个机会，就看在……展总的面子上……”

一个名字，勾起无限的伤。

夏晴停止脚步，记忆的轮回中，这个名字，早已经和悲伤捆绑在一起，她与展望之间的传闻，也早已是被证实了的暧昧，整个香榭丽舍无人不知。

张林是展望介绍入香榭丽舍，并一直器重的人，这个，夏晴早就知道。

然而，此时此刻提起他来，却令她感到阵阵酸苦。

当幸福早已经与彼此无关，当他留她一个人面对眼前的一切时，她有时，真的恨他！

她也曾企图戒掉这个名字的毒，可是看来，她一生都已逃不掉这个名字的纠缠，她枉然笑笑，回头看向张林：“没有人说不再给你机会，更没人说要开掉你，别紧张。”

一句安抚，令张林一怔，夏晴却逃跑似的离开了后厨。

她站在走廊，平静许久，才赫然发觉——

原来，一切都没有进展，忘记说起来容易，做起来太难。

她不想思念到死，可也不想，等待后面是更长的等待……

展望，八年了，是不是还不够用来忘记？

第三章 极致诱惑，魔鬼与天使的宠儿

她一颦一笑，都似乎是她最有力的武器，她一举手，魔鬼便会为她杀出一条血路，扫清障碍；她一投足，天使便会为她驱赶一切妖魔，还她明净的蓝天！

对于香榭丽舍最近的传闻，的确十分不利。

知名评论人的言辞不能不顾及，白慕薇临时所做的危机公关不知道是否顺利，陆泽磊正想打电话找她，周洁却告诉他，白慕薇来了。

陆泽磊请她进来，白慕薇一身干练的黑色套裙，黑丝长袜，黑色漆皮高跟鞋光亮如新，黑色卷发，黑色珍珠耳钉，气质愈显高贵冷艳。

陆泽磊笑着评价：“这一身……真是黑得亮眼。”

“是夸奖吗？”白慕薇挑挑唇，“那多谢了。”

陆泽磊说：“言归正传，怎么样？有什么应对？”

“应对当然有。”白慕薇脸色忽然严肃起来，“但是我希望……在情人节策划这件事上，你能给我绝对的权利，最好……不要让别人妨碍我的工作，可以吗？”

“有人妨碍你工作吗？”陆泽磊轻笑。

白慕薇轻轻耸肩：“不知道，但我猜想，也许会！毕竟酒店也是讲究先来后到的，不止是我……就算是你，香榭丽舍真正的当家人，也不保证不会有人来对你指手画脚，但你知道，我不喜欢在这样的环境下工作，我需要绝对的权利和自由。”

陆泽磊眉心一蹙，白慕薇补充道：“还有，既然我敢这样说，就有这样说的理由，我……绝对不会失败！”

白慕薇身子微微向前探，一道光划过，媚眼如丝：“这是军令状！”

陆泽磊一怔，白慕薇似乎将这件事看得很重。

“你有点严肃。”陆泽磊看着她。

“对待工作，本来就应该严肃。”白慕薇靠回去，眼神重归一派无邪。

陆泽磊笑着点头："好，我会下通知，令各部门全力配合你的工作，我也希望，你不要让我失望。"

"一定！"白慕薇站起身，黑色的天使，给人以亦正亦邪的美感，"公事说完了，说说私事。"

"私事？"陆泽磊略微沉思，笑着说，"请说……"

"私事就不必这样严肃了吧，泽磊？"白慕薇叫他泽磊，陆泽磊眼神微微一垂，白慕薇伸手递上两张票，玉指纤纤，柔白细致，食指指甲上，淡色底油表面画了一支黑色玫瑰，黑与白无意的冲撞，是极致的诱惑，"情人节那天的午夜场……我想那时候，应该可以离开酒店了，就当是为那天的成功庆功，也是我的军令状。"

黑色的玫瑰在陆泽磊的眸中盛放。

淡淡的百合香气，如同那一封香艳的求职信。

若说面对这样一个女人如此的诱惑，完全不曾心动，那么除非，他不是男人。

然而，他终究还是沉淀了那种心情。

抬头看着她："慕薇，我们不可能。"

他的直接，似乎在白慕薇意料之中，他一向这样。

白慕薇将票放在他面前，食指轻轻按压住戏票，黑色的玫瑰开得有些黯然："即使是朋友，也不必介意吧？或者……你就当是奖励一个员工？"

"慕薇……"

"我等你……"白慕薇转身，黑色的背影，如同指尖黑色的玫瑰，转瞬萧然……

一纸通知下发，再次激起香榭丽舍内部一阵波澜。

夏晴拿到通知，沉思良久，还是决定打电话给陆泽磊，然而陆泽磊却并不在办公室，手机也是关机状态，可这个时候他会去哪里呢？也并没有听说今天会有什么安排。

难道是想到了自己会打电话问他？

充满阳光的笑容展现在眼前，她想，陆泽磊不会。

她打开办公室的门望出去，行政办公室里，白慕薇安静时的容颜似乎比天使还要纯真。

那种眼神不带一丝尖刻，毫无锐利的锋芒。

明净，如同一池安静的水。

可是，这潭水下却隐藏着隐隐波涛。

若陆泽磊是站在她一边的，那么，香榭丽舍的明天也许布满了危机。

夏晴无理由地担忧起来，可如今也只能静观其变。

有想法的，当然不止夏晴一个人。

白慕薇才来不久，却得到了这样至高的权利，难免令香榭丽舍上下传言四起。

有人猜测，陆泽磊是准备借白慕薇的手，铲除一些人。

但是至于铲除的是什么人，说法不一。

夏晴被架空的流言也不胫而走，夏晴不以为意，并且，这样的一个通知下来，也基本宣告了至少短时间内，夏晴的确是被架空的。

GM 要服从 RM，这样的事情也算罕见吧？

于是各个部门都紧张了起来，为情人节的准备工作可谓煞费苦心，生怕出错。

可伴随着流言而来的惊悚并没有结束。

仅仅过了两天，白慕薇带着一名男子出现在了香榭丽舍大堂。

礼宾部的小姐们各自侧目，这个男人，身材适中，精致的五官，英俊优雅，带着恰到好处的微笑。

是林子磊，现在炙手可热的名厨！

他不但屡屡出现在很多饮食节目中，且因为外形俊朗，形象阳光，而客串了几部偶像剧，人气大增，听说还有一部电影准备以他为主角打造，主题也与饮食有关。

他的到来，引起不小的骚动，白慕薇却显得平静。

她直接带林子磊来到人事部，王粲见到林子磊也是一惊，即使没有看过偶像剧，也没有看过任何饮食节目，也会在报纸杂志上看到他，近来，他可是红过真正的演艺明星的人物。

王粲不解地看看白慕薇，白慕薇道：“为林先生办手续，从今天开始，他就是我们香榭丽舍西餐新任主厨。”

一句话，人事部中所有人的目光都被集中过去。

王粲站在秘书身边，四处看看，这里并不是她的独立办公室，人事部的员工统统都可以听见她的话，看来，她是故意要所有人都知道吗？

白慕薇柔美的微笑，带着略微倨傲的眼神，王粲冷声道：“这件事，陆董知道吗？”

白慕薇悠悠地说：“王总没有接到通知吗？这次情人节的活动，由我全面负责。”

“可这牵扯到人事调动。”

“但也是我情人节战略的重要一环。”白慕薇理直气壮，冷傲的目光，丝毫不见惧色，很显然，得了陆泽磊的圣旨，是最有力的武器。

王粲无话可说地侧过头，白慕薇见状，微微一笑：“请尽快准备，我先带林先生去后厨看看，时间紧迫，我不希望任何一环出现问题。”

说完，带着林子磊转身离开，林子磊礼貌地微笑示意，却丝毫不能消除王粲心里的不快。

她重重将文件摔在桌上。

这个女人，如此嚣张，还不是就仗着陆泽磊为她撑腰吗？

这样下去，想必日后，自己的日子也不会好过！

王粲拿起电话，拨到夏晴的办公室，她想，夏晴与陆泽磊终归还算是一家人吧？

“慕薇，你真是一点都没变。”林子磊摇头轻笑。

白慕薇不以为意：“哦？是吗？你倒是变了很多呢，大明星，话说回来，我还要多谢你帮我这个忙。”

林子磊笑笑：“这算什么？只要你白慕薇肯勾勾手指，想为你鞠躬尽瘁的男人能从国内排到瑞士，我万分荣幸。”

白慕薇礼节性地微笑，不带一丝情感，林子磊却好奇地看着她，目光里带着一点遗憾：“如果当年我……”

“不要提当年了，我们说说现在。”白慕薇有意避开他要谈的话题，“我对你的专业有信心，只是……你一定会全心的帮我搞定这个情人节计划吧？我可是在老板面前立下军令状的！”

林子磊目光复杂：“我当然会，只是我不懂，是什么样的老板，让你这样在意？居然会主动找上我，自从那件事后，你从来没有联系过我一次。”

当年，林子磊到瑞士旅行学习一年，作为祝安平的朋友，见到了十七岁的白慕薇，他告白未果，醉酒后企图侵犯她，后来，被祝安平发现救下。

提起当年，白慕薇的心已经平静，其实，那早已经在她心里没有了重量，更谈不上有意记住，当年她只是吓到了而已。

但自从那之后，白慕薇再也不曾与他说过一句话。

“怎么不说话？”林子磊追问的目光有些许急切。

白慕薇看着他，毫不遮掩：“我喜欢他，他是我喜欢的男人。”

这就是白慕薇，心里永远有最隐秘的地方，却也永远有最坦率的一面……

坦率有时也是双刃剑。

它常常会令人幻想破灭，无言以对。

“你还会帮我吗？”白慕薇知道，林子磊一直没有停止过对她的追求，其实这么些年，只要和祝安平联系都会问到她，还会偶尔发很煽情的邮件给她。

林子磊笑了：“当然，你是为了他，而我……是为了你。”

“谢谢……”白慕薇说着，已经来到西餐后厨。

推开门，大家的心都是一紧，惊讶地互相看。

他们都知道，进来的女人，是近来风生水起、手握生杀大权的新任RM白慕薇，而更令他们咋舌的当然是与她一起来的林子磊。

不需要白慕薇说话，大家的心里便都有了猜测。

在风声正紧的时候，带着这样有名的大厨而来，还能为了什么？

所有人的目光，又都从林子磊身上转移到张林身上。

张林的脸色瞬间变了，距离夏晴给的期限，明明还剩下一天。

白慕薇的眼神并不停留在谁的身上，她宣布一般地说："各位，我来介绍一下，林子磊林先生，从今天开始，他将是我们香榭丽舍新的西餐主厨。"

一时间，静默。

林子磊稍稍欠身："大家好，我是林子磊，希望我们日后合作愉快。"

"白总……"张林脸色如土，握着刀的双手微微颤抖。

白慕薇看他一眼，微笑说："当然，我并不是一个不近人情的人，你毕竟为酒店工作了十年，你就来做林先生的助手好了，工资待遇仍然按照主厨的标准。"

助手！

这样的心理落差，想必很难令人接受。

张林虽然平时话不多，却是很爱面子之人。

这一次，因为家里的事情，他已经有了颜面扫地的感觉，如果沦为助手，无疑是对他尊严的侮辱。

白慕薇扫视众人，只见大家的神情各异，想必此时都在静观其变的状态中。

她笑笑："好了，张林，你带林先生熟悉下环境，这次的情人节菜单，只许成功不许失败。"

她说完，看向林子磊："加油，别让我失望。"

"一定。"林子磊点头说。

白慕薇转身出门，才走出几步，便看见匆匆而来的夏晴。

这一点，她早就料到了。

她径直与她迎面而去："夏总，这么着急做什么？"

夏晴知道她明知故问，她看着她，目光交汇，一瞬之间，电光火石。

"听说你请了林子磊来。"夏晴平和下语调。

白慕薇点头微笑："是啊，林子磊有才有名气，如果我们酒店打出林子磊这张牌，情人节还怕没人来吗？光是粉丝就会带着他们各自的情侣蜂拥而至了，还有那些慕名而来的食客，我想……一定会大获成功的，况且……张林确实不在状态，你难道还期许他的情人节菜单上有什么奇迹吗？"

她话中带刺，却伤人于无形。

夏晴说："但至少……这么重要的人事变动，总要开会决定。"

"陆董将情人节活动全权交给我来处理，夏总不会还没看见通知吧？"白慕薇有尚方宝剑在手，即使是夏晴，也不能怎样。

夏晴知道。

她叹一口气："你的目的到底是什么？既然你摆明了是要给香榭丽舍找麻烦的，

干脆全都说出来不是更好？”

“找麻烦？”白慕薇遗憾地摇头，“你见过煞费苦心，带着名厨来为香榭丽舍出力的找麻烦的人吗？麻烦请问，这是什么逻辑？”

“你……”

看着她笑得天真无邪，夏晴却感到从心里发出的恐惧感。

她正要说话，就见张林从后厨中走出来，看见自己，双眼立时迸射出强烈的仇视之光。

夏晴一怔，张林冲着她走过来：“果然是你们的阴谋。”

白慕薇回头看着他，夏晴心里一惊，糟糕，张林一定以为，她和白慕薇本来就是一起来的，只不过没有进去，而之前她对他所说的，不过是一个唱红脸，一个唱白脸罢了。

“张林……”

“不错！夏总，确实没有开除我，让我做助手……哼！”张林冷哼，“你明明答应我，给我一次机会，给我三天时间准备菜单，你明明亲口说过的！”

“我……”夏晴百口莫辩。

白慕薇看看她，似乎听出些名堂。

她拍拍夏晴，若无其事地说：“你来搞定了，夏总。”

夏晴侧眸瞪住她，她优雅地擦身而去，留下她与张林，面对张林，她的确有理也讲不清。

“张林，这件事事先我并不知道，我知道以后，马上就赶过来……”

“你不用说了！反正……还不都是一样，当我已经失去了利用价值，不管曾经做过多大的贡献，到最后对于这个酒店也是一文不值的！”张林的话，一针见血，曾经，夏晴也是这样，在一次事件中觉悟了。

可是这件事，会动摇老员工的心。

不仅如此，只怕各位高管们，也都会心有不满吧？

至少，王粲会，财务部总监也会，毕竟聘请林子磊，会增加不小的一笔开销。

这样下去，香榭丽舍内部必会遭遇一场寒冬。

此时，夏晴心里已经顾不上张林的愤怒，她知道，也许去找陆泽磊也没有用，可她却不能不去找他！

行政办公室，白慕薇看着手机上的时间，一分一秒过去。

她似乎在等待着什么，偶尔望一望夏晴办公室的方向。

她看到夏晴面无表情的回到办公室后，便竖起五根手指，一个一个地落下，开始计算时间，等到第三根手指落下的时候，手机铃声伴随着震动应景地响起。

白慕薇果不其然的一笑，手机屏幕上显示出陆泽磊的名字。

她按下接听键，不等陆泽磊开口，便抢先说："我马上上去。"

来到陆泽磊的办公室，白慕薇并没有太过惊讶的表情，她反而无所谓地看着陆泽磊："她来找你告状了吧？"

陆泽磊的表情有些严峻："慕薇，我知道你请来林子磊一定不容易……"

"错了！很容易！"白慕薇盯住他，"他在追我。"

陆泽磊一怔，白慕薇的眼光有令人不能逼视的诱惑。

他低下头："可是至少，你要先和我商量，况且，这样的情况，他的忠诚度没人能保证，到时候又要怎样呢？张林……他的忠诚度起码是毋庸置疑的，给他点时间。"

"时间？"白慕薇失望地摇头，"泽磊，这可不是感情用事的时候，你在瑞士是白学了吗？夏晴做了这么多年还是外行就算了，你也这样说，让我们的恩师们情何以堪啊？"

"慕薇，但至少不要这么不近人情，张林家里有事，我们就这样对他，会给老员工心理造成阴影。"陆泽磊走到白慕薇身前，同样盯住她的眼睛。

"我哪有不近人情？"白慕薇眼神里丝毫没有一星半点的私欲，一副大公无私，"我依然让他留在香榭丽舍，给他和主厨一样的工资待遇，就是考虑到了他家里的问题，否则，我会开除他。"

"你这样，还不如开除他，你至少要考虑到他的感受。"

"那么谁来考虑酒店的利益？临时的危机公关那么好做吗？何况眼看着情人节就要到了，难道要我们坐以待毙？还是等着香榭丽舍的名誉都被败光了才想着解决？"白慕薇打断陆泽磊，她不想对陆泽磊盛气凌人，可陆泽磊的这番言论，显然是受了谁的影响。

至少她是这样认为。

"泽磊，既然你将权力下放给我，就要信任我，我会让你看到惊喜！至于一些坐享其成、墨守成规之人的不专业意见，不要听也罢。"白慕薇的话，就如她这个人，玫瑰带刺，芬芳却棘手。

陆泽磊不否认，他相信白慕薇的能力，一定会给他一个惊喜的结果，可达成这个结果，却可能会伤害太多人。

他叹口气："慕薇，不要出口伤人。"

"你才不要偏听偏信。"白慕薇挑挑眉，清纯的双眸立即变得别有风韵，"你以为，夏晴真的是站在你这边的？别忘了，她只是你的后妈，你以为习惯了权力的人，真的会那么轻易地放下权力？不错，也许表面上是这样，可人心难测……"

"她不会。"陆泽磊的目光忽而坚定得突兀。

白慕薇怔了怔，笑了："好，就算她不会好了，就算……她三十几岁了还是纯洁得像一只小绵羊，那么她也不是为了你，也不是为了香榭丽舍，张林……可是展望的人……"

白慕薇刻意加重的语气，令陆泽磊双眉一紧，他看向她，瞬时，冷光凛凛。

白慕薇却依然淡淡的，直戳真相："她是为了展望而已！因为张林，是展望一手提拔的，还可以说是他的好友！不然……你以为她为什么如此维护他呢？"

展望！又是展望！

自从回国，陆泽磊已经尽量避免再去和这个人扯上什么关系。

可是，却又总会在夏晴的眼里，莫名地看到他的影子。

他黑眸如海，翻滚着浪涛。

虽然展望已经坐牢八年，可他的影响却依然在吗？这种影响，也许已经在香榭丽舍根深蒂固！

如果真是这样，如果……连夏晴都是这样，那么……他这个董事长做起来，还有什么意思？

人心不服，最终会整体涣散、崩盘！

又何况是在这个多事之秋。

虽然他不认同白慕薇的一些做法，可是，白慕薇的话却也有她的道理在。

许久，他转头看向白慕薇，打量着眼前这个妩媚多姿，却千变万化的美人，忽然说："慕薇，你似乎……比我还要了解香榭丽舍。"

她才来香榭丽舍几天？就连张林是展望的挚友，夏晴与展望的关系，她都知道，那么想必，他对展望的恨，她也一定知道！

这些，他可从来没有与她说过。

而展望当年杀死结拜兄弟，企图独占香榭丽舍的丑闻，并没有曝光，虽然一直有各个版本流传，但始终都只是流传而已。

白慕薇看着他，不吝柔情："知己知彼方能百战百胜，知己在前，我是职业的酒店人。"

陆泽磊亦看着她，目光深深："希望是这样……"

"不然呢？"白慕薇反问。

陆泽磊并没有答话，白慕薇却看到了他眼里的怀疑，她与陆泽磊毕竟有着八年的交情，自己的个性他多少是有了解的。

她不在意他此刻怎样想，她在意的，只是二月十四日的午夜，会不会成为她人生的转折？

她看看他的办公桌，那张票，依然摆在桌上，用笔筒压着，也许随时将被丢弃到垃圾桶里也说不定。

她枉然地笑了，转身出门。

“慕薇……林子磊的事情，就按你的意思吧！可是……”陆泽磊在她转身刹那开口说，“不要太滥用职权，至少以后要和我商量。”

陆泽磊不怒而威的口味，有不容忤逆的味道在，慑人于无形。

白慕薇笑笑：“OK！陆董……”

没人的时候，她很少叫他陆董，陆泽磊不否认，这一次，最终让他站在白慕薇这边的……是那个名字的出现——展望！

林子磊的到来，仿佛是引爆了香榭丽舍内部的定时炸弹，种种猜测迅速演变为笃定。

而陆泽磊的一味支持，更令香榭丽舍上下人心惶惶。

就在这个时候，又偏偏雪上加霜。

又一篇报道在媒体上炒得沸沸扬扬。

《窥探客人隐私，香榭丽舍三大罪》！

惊悚的标题，在那一天的酒店业掀起不小的波澜，香榭丽舍被冠以恶俗、虚有其表的骂名。

拿着这样的报道，白慕薇将三家媒体的文章集合在一起，摔在客房部主管岳子玲面前，大有兴师问罪之势。

“我希望你们Housekeeping（客房部）能给我一个合理的解释。”白慕薇气势逼人，岳子玲以及客房部员工全部愣住。

他们也已经看到了这篇文章，一早上，话题没有离开过如何应对。

果然，还不等他们讨论出一个结果，白慕薇便站在了他们面前。

岳子玲皱皱眉，这篇文章上说，香榭丽舍客房部员工未经客人允许，私自进入房间，并且偷看客人亲昵，且发出窃窃笑声。

然后，又举出香榭丽舍多年前的一个案例，法国客人投诉随便进出客房之事，那时候展望还在，那件事也曾引起香榭丽舍高层震荡。

食品问题也被旧事重提，甚至展望与杨铭贞的激情视频也被拿出来当做辅料，渲染香榭丽舍的糟糕。

距离情人节还有不到一周，紧锣密鼓筹备的关键时刻，出现这样的新闻，实在令人难以想像。

岳子玲紧张地说：“白总，我正在调查这件事情。”

“调查？现在把时间花在调查上，倒是不如想想应对的办法？”白慕薇冷冷挑眉，心中却思量，她在陆泽磊面前立下军令状，这该不会是有谁在和她过不去吧？

她在脑子中搜索着可能的人，此时，夏晴忽然出现在身后：“发生了什么事？”

白慕薇一惊，脑海中的人物瞬间定格在夏晴的身上。

她回头看向她，目光如同自地狱而来的鬼差，周身散发着阴冷的气息。

夏晴莫名心里一紧，她皱眉看向岳子玲，岳子玲却低下头。

白慕薇冷冷说："夏总到来得真是时候。"

"什么意思？"夏晴今早到了酒店便直奔了西餐后厨，因为有人告诉她，张林已经几天没来上班。

白慕薇将报纸递到她的眼前："自己看看，多么精彩的文章！是谁……指使了Housekeeping的某个人，做出了这种低级之事？我可不相信五星酒店中里的正常员工，会做出这样的事情。"

夏晴用最快的速度匆匆扫过这篇文章。

她亦是暗暗心惊，不可思议地望着白慕薇，白慕薇一脸冷漠，目光灼灼地盯着她，难道……她在怀疑她吗？

"你不会怀疑是我在存心和你过不去吧？"夏晴自然明白她为何独独这样看着自己。

白慕薇冷笑："你自己心里清楚，我知道，上次主厨的事情陆董站在我这边，你非常不满，可是夏晴……现在香榭丽舍的主人姓陆！而这次活动的总负责是我！我希望你可以专业一些，凡事都先考虑一下酒店的利益。"

一席话，令周围有微小的议论声。

难道，夏总竟然因为一朝失去权力而搞出这种事情吗？

"夏总，我希望你可以适可而止。"

这次情人节的策划成功与否，也许不仅仅关乎着香榭丽舍的明天！

白慕薇不允许出现任何差错！

"我不想和你做无谓的争论，我想出了这样的事情，现在应该做的是解决问题，而不是抱怨。"夏晴盯着她，毫不退让，"况且，是谁从中搞鬼，还不一定。"

她话里有话，白慕薇正要说话，眼神却忽然褪去了一些阴冷，似乎有阳光进入她的眼中，她因怒而潮红的面色更加红润了些。

她欲言又止，原本要说的话，没有说出口。

夏晴回头看去，只见陆泽磊正站在她的身后，陆泽磊缓缓走过来，看着白慕薇："慕薇，我相信此事与夏总无关。"

白慕薇讥诮地挑唇冷笑。

陆泽磊走近几步，目光逼视着她，低声说："我说过，不要太滥用职权。"

白慕薇认定夏晴就是这件事的主谋，看着陆泽磊如此袒护她，心里不是滋味："总之，你信她不信我？"

陆泽磊不语，黑眸与她天使般纯净的眸子冷冷相对。

冰与火，雪域与深海的激烈碰撞，白慕薇最终幽幽道：“泽磊，你迟早被她吞了都不知道。”

她转身而去。

高跟鞋的声音在夏晴与陆泽磊心脏上敲出刺耳的节奏。

陆泽磊转身看着夏晴，夏晴却回头望着白慕薇，三人之心，两人之惑，一眼之间！

一个是愤懑满腔，一个是疑惑万千，一个……是叹息连连。

陆泽磊想要开口说话，却终于还是没有。

白慕薇决不允许自己会失败！

尤其是这个情人节计划！

许久没有下雪的J市忽然飘起了雪花。

她一个人走在落雪轻轻的街道上，二月的雪绵细如沙，到处都洋溢着情人节将近的玫瑰气味。

到处，都张扬着粉红与纯白的美丽邂逅。

当白雪遇见玫瑰！

当情人遇见情人节，本该是多么值得期许的事情？可是她心里却只有雪，没有玫瑰，只有白色，没有粉红！

她望着漫天飞扬的雪珠子，忽然有一点想哭……

她终于拿出手机，拨通了一个远在彼岸的号码，雪落在屏幕上，模糊了一串数字。

那边，传来祝安平惊喜而关切的声音：“慕薇……你终于打电话回来了，在那边好吗？”

冷冬，一句温暖的话，便是卖火柴的小女孩手中的火柴。

白慕薇嘴唇轻颤：“好，只是需要你帮一个忙。”

她知道，她很残忍，她知道，她不该利用了这片温暖，可她更知道，这样的时候，唯有这根火柴可以照亮她前方唯一的希望。

她不能放弃。

“我需要你的帮助。”白慕薇强调地说，雪粒落在嘴唇上，冰凉。

“你说，无论什么，我都会帮你。”祝安平有些着急。

“帮我联系下孙姐可以吗？我知道，你曾经帮过孙姐一个大忙，现在孙姐的传媒集团手下的报刊杂志，在国内都有相当的影响力，我想请孙姐为香榭丽舍写几篇文章，当然，我会请孙姐到香榭丽舍实地考察，做出如实报道。”白慕薇的声音在冷冻寒风中微微颤抖。

对面，却是许久的一阵沉默。

雪落得无声无息。

J市已披上薄薄一层白色轻纱。

白慕薇在雪中瑟缩，等待着他的回答。

“是为了他，对不对？”祝安平的声音落寞在雪夜的风里。

白慕薇才要否认，却终还是咽了回去。

说是为了他，也不是，这个情人节策划是归自己负责的，如果搞不好，是她的责任，她以后也没有脸再呆在香榭丽舍。

说不是为了他，也是，她一手揽下情人节策划的工作，为的……不就是那一天午夜的一场电影吗？

她忽然觉得，一向自视很高的她，竟然在不知不觉中卑微到了这种地步。

“你如果不肯就算了。”白慕薇知道，这个要求，对于祝安平来说既残忍又过分。

她刚要挂断电话，祝安平却说：“明天孙姐一定会出现在香榭丽舍。”

雪中，那是火柴划亮的声音。

可挂断电话的是祝安平。

白慕薇怔愣半晌，望着手机屏幕，雪粒子幽幽飘落，瞬间，便会融化成水滴……

如果人心也是这样，该有多好？

如果人心，也只需要这一点点温暖便可以融化，该有多好……

落了一夜的雪，香榭丽舍银装素裹。

远远望去，如同安静唯美的女神立在薄雪中，仿佛有无数心事，被隐藏在灰暗的天空下。

白慕薇一早便在酒店门口来回踱步，她不说不笑之时，亦是一尊唯美的女神像，令人仰慕而爱惜。

九点……十点……十点半……

白慕薇紧张的攥着手机，来往之人，无不对她多看几眼，不仅仅因为她冷艳妖娆的美貌，更因为她是近来红在网络的美女RM。

终于，十点四十，白慕薇的手机响了起来，她接起电话的刹那，只见酒店门前已经有一阵小骚动。

礼宾殷切地迎向一个女人。

那女人，一身奢华的黑色风衣，黑丝短裙，黑色墨镜，长卷发披散，在冬风之中，风姿潇洒。

这样的装扮，香榭丽舍员工依稀曾见，白慕薇曾有一天亦是雷同的装扮。

当她摘下墨镜，走进香榭丽舍大堂。

白慕薇挂下电话，礼貌地迎过去，微笑道：“孙姐好，能请到您大驾光临，实在是香榭丽舍的荣幸。”

身边的人无不在心中暗暗惊叹！

更用敬佩的目光看向白慕薇，她竟然能够请到孙姐来到酒店，想必是为了昨天那篇文章所做的危机公关。

孙彦馨，四十岁，被业内之人尊称一声孙姐，记者出身，她的履历绝无法用三言两语清楚。

关于她的传奇，更不是一天两天可以说得完。

孙彦馨拥有一家传媒集团，旗下所有刊物皆有不小影响力，在业内，也拥有极为特殊的地位。孙彦馨想要毁一个人，一家企业，只需要动动手指，第二天各大媒体将会充斥这个人或这家企业的蜚短流长。

相反的，孙彦馨要想捧一个人或者一家企业，也只需要动一动手指，第二天各大媒体也将会充满了这个人和这家企业的神话与传说。

对于香榭丽舍，最重要的是，她旗下掌握着酒店业最权威的杂志《酒店时刊》。

孙彦馨看看白慕薇，欣赏地笑了："难怪，我想能令安平这样放在心上的女人，一定不是凡品。"

白慕薇微微垂眸："孙姐太抬举我了。"

白慕薇与孙彦馨正向电梯走去，夏晴与陆泽磊却迎面走来。

白慕薇看着夏晴，天使般的笑脸立时阴凉。

夏晴更是一惊，看看白慕薇，再看看她身边的女人，她不可置信的在心里反复确认，没错，的确是孙彦馨没错。

"孙姐。"夏晴与陆泽磊同时一声惊呼，又礼貌地与孙彦馨握手。

孙彦馨点头微笑："夏晴，我们这是第二次见吧？"

夏晴依然有些茫然："是……是啊，上一次是在传媒大会上，匆匆见过一次。"

"嗯，那时候，你还是个小姑娘呢。"孙彦馨说着，看向一边的陆泽磊，她的眼神变得审视，渐渐成为赞许，"这位一定是新任董事长，陆泽磊了？"

陆泽磊对于孙姐早有耳闻，却从来没有见过面。

他谦恭的微微低头："孙姐，怎么这么看得起香榭丽舍？到不通知我一声，叫我亲自迎接您。"

孙彦馨摇摇头，笑着说："不用了，就让这个Angel（天使）陪我随便看看好了，你和夏晴去忙吧。"

陆泽磊看向白慕薇，白慕薇亦看着他，冷艳之色顿时变得娇而柔弱。

她微微低头，眼里有似有若无的委屈。

陆泽磊知道，她一定将昨天的事情放在心上了。

白慕薇，绝没有表面看上去的冷傲和坚强，这一点他早就知道，可是，他却不能给予她更多的热情，他也知道……

想到这儿，陆泽磊不过淡淡点头："那孙姐，我就不陪您了。"

孙彦馨微笑示意，陆泽磊便与夏晴转身而去。

白慕薇心中一凉，陆泽磊的冷漠在她的意料之外。

她竟看着他的背影，幽幽出神。

"看来……关于香榭丽舍曾经的一些传说……是真的了。"

孙彦馨一句话，才令白慕薇立时回神，她略微抱歉地看向她："抱歉孙姐。"

孙彦馨摇头："没什么，我们走吧。"

"孙姐。"白慕薇一边走，一边小心开口，"您刚才说……香榭丽舍什么传说？"

孙彦馨看白慕薇一眼，笑了："没什么，只是些陈年旧事罢了。"

白慕薇一怔，察言观色，孙彦馨显然不会说，那么追问怕只会适得其反。

她涩然笑笑，带孙彦馨向三十九层而去。

孙彦馨希望，从上到下，仔仔细细的将香榭丽舍看一遍，然后做出客观的评价。

这也是祝安平向她传达的意思，看来要祝安平帮陆泽磊，他多少还是存有些不甘愿的。

然而尽管如此，所有人却不得不钦佩，白慕薇行动之迅速，反应之机敏，人脉之广阔，的确是个难得的 PR 人才！

昨天才出了事情，今天就可以做出最快的反应。

且一出手就是王牌！只是这一点，便令人不得不服，也暗暗地对她的印象有所改观。

不错，她高傲不易亲近，可她确实有高傲的资本。

孙彦馨在香榭丽舍呆了整整一天，对每一个细节都仔细考量，白慕薇为她详细作解。

每到一处，都会引来惊羡和赞叹的目光。

送走孙彦馨，夏晴还没有回来。

直到晚上七点，夏晴才出现在行政办公室，此时，办公室内只有她们两个人而已。

白慕薇站在她的正前方，如同每次一般，一副示威的样子。

夏晴平静地说："我猜你在等我。"

"不错。"白慕薇脸色如霜，步步逼近夏晴，"我只是要告诉你，无论如何，情人节策划……我绝不会失败！"

夏晴笑笑："那很好。"

"我不会因为你从中作梗，就认输！相反的，我反倒觉得更有趣！你……是赢不了我的！"

白慕薇擦身而去，她在这里等她，就只是为了说这两句话而已，夏晴不禁有些好笑，其实，不论她多冷傲清艳，这样的性子，终究还是有些小孩子脾气的。

曾几何时，自己亦如她一般，因为一次失误，被杨昊算计，便在门口堵着杨昊，只为说一些无所谓的事情。

虽然，这一切与她无关，可她不得不承认，白慕薇能在这么短的时间内，对突发事件作出最正确的判断，并且解决它，的确令人信服。

光是能请得动孙彦馨出面，站在香榭丽舍这边，就足以证明她的与众不同，不错，也许她有许多不为人知的神秘，可有一点不能否认——

白慕薇，拥有超强的心理素质，高超的交际手腕，她一颦一笑，都似乎是她最有力的武器，她一举手，魔鬼便会为她杀出一条血路，扫清障碍；她一投足，天使便会为她驱赶一切妖魔，还她纯净蓝天！

千面女郎、八面玲珑，她是魔鬼与天使的宠儿，能将世人皆玩弄在股掌之间而不自知！

她是，陆泽磊是，香榭丽舍也是……

她清醒地意识到，自己绝不是对手！

恐怕，能与这样心机的女子对峙的人，只有一个！

第四章 玫瑰白雪，当纯白邂逅粉红

十二点，是灰姑娘幸福的最后期限，也是她让自己做出选择的最后期限。

新的一周，是传奇的一周，距离二月十四日，越来越近，香榭丽舍情人节主题，香榭丽舍以爱神的名义等你来的广告在各大媒体上铺天盖地。

这在之前是从来没有过的尝试。

于是人人不得不再次对白慕薇刮目相看，这些广告都是以极低廉的价格登载在孙彦馨旗下的刊物或网站上。

再加上市场部的一些软文，这个情人节，香榭丽舍大有当仁不让，舍我其谁之势。

唯美的文字，将香榭丽舍渲染成浪漫的天堂。

情侣们纷纷打来咨询电话，似乎，前些天的负面新闻早已石沉大海，没有人再去提起。

夏晴眼看着香榭丽舍表面和谐紧张的筹备工作，心里不安却并没有随着这片繁盛的景象而减少。

她站在二楼楼梯转角处，身边还有另一个女人。

“刘总，香榭丽舍真的变了是吗？”夏晴的声音很轻，身边的女人一身天蓝色小西服，一脸职业，她没什么表情，目光就如同一片天蓝色，不亲不疏，和夏晴保持着恰到好处的距离。

市场部总监刘玉寒，曾经，夏晴在她的手下实习，敬业到死的女人，工作是她唯一乐趣，夏晴想，她也许可以更客观地看到香榭丽舍的今天与明天。

刘玉寒手中咖啡香味浓郁，她静了会儿，才说：“不，也许只是改朝换代的时候到了。”

夏晴苦笑："是啊，不过只怕所托非人……"

"哦？"刘玉寒玩味地看向夏晴，"是指陆董，还是……"

"刘总，您认为白慕薇是怎样的人？"

刘玉寒懂了，夏晴所指显然是陆泽磊过于信任白慕薇，所托非人。

刘玉寒望着一层大堂仔细检查每一朵玫瑰花的白慕薇，认真地说："对每一朵玫瑰花都认真苛求，其职业态度毋庸置疑，高傲、冷艳、内心却并不一定如此，她的眼神，有时候显得天真无邪，其实，只是不想过多暴露自己的内心，她……可以说是个千面女郎，然而最真实的那一面，我想没有人能够看透，除非是她心甘情愿被别人看透，她决定，在情人节前的一周，每天都用最新鲜的玫瑰装点酒店，不计成本赢得这一次，也就是说……她为达目的，也是不计代价的人。"

"我担心的……就是她的目的……"夏晴深深凝眉。

她也不愿相信，这样一个女子会是带着不可告人秘密而来的女人。

可事实令她不能不信。

"这倒不会。"刘玉寒看夏晴一眼，忽然说。

"何以见得？"

"直觉……"刘玉寒喝掉最后一口咖啡，微微一笑，转身离开。

夏晴看着她的背影，适才刘玉寒对于白慕薇的分析，毫无倾向性，只是最后一句话，似乎在告诉她，不要杞人忧天。

可是，真的是杞人忧天吗?

情人节的味道香甜如蜜，楼梯转角的另一边，陆泽磊的目光同样凝聚在大堂鲜艳的玫瑰花上。

夏晴转眼看到他，想要叫他，却见他目光复杂，眼神严峻，莫名地没有出口，他似乎有沉重的思考，压在眉心间，令他双眉紧紧皱着。

为何，泽磊的脸上也是这样沉重的神色？白慕薇不是他一直信任，委以重任的同学吗？看到白慕薇如此大展拳脚，他应该开心、欣慰才是啊？为什么他反而比自己还要更忧虑?

终于到了二月十四日。

这一天，香榭丽舍香气满溢，"玫瑰白雪，当纯白邂逅粉红"，浪漫主题，不仅吸引了年轻情侣，一些单身的，或是已婚的中年甚至老年人，很多也被吸引过来。

白慕薇看着香榭丽舍盛况空前，一改曾经的死气沉沉，心里百感交集，这一天，是她自回国期盼到了现在的一天，她拿出亲手做的巧克力，看了又看，情人节的巧克力甜如浓蜜，此刻的她，期盼着午夜的到来，夜深人静后，她希望可以得到一支盛放的玫瑰。

正在她认为一切都顺理成章时，忽然看见两个人走进香榭丽舍。

她目光一凝，顿时冰冷了眸光。

她站在二楼，却分明看见夏晴陪着一个人走进香榭丽舍的大门，按说，那个人应该是整个香榭丽舍的敌人，是陷香榭丽舍于危难的刽子手。

她急忙冲下楼，在他们两个人进入电梯前，叫住了夏晴："夏总。"

夏晴回过头，白慕薇敌视的目光虽然只有一瞬，还是令夏晴心里一惊。

白慕薇随即微笑着看向一边的男人："王先生，大驾光临，真令香榭丽舍蓬荜生辉。"

王一达，曝光香榭丽舍西餐菜品不入流的，极具人气的美食评论家。

正是他一篇文章，差点令香榭丽舍在这双节临近之际，万劫不复。

王一达上下打量她，对于香榭丽舍近日来红遍业内的美女RM，他也有所耳闻："想必是白小姐吧？幸会。"

白慕薇冷漠的微笑："不敢，倒是王先生肯赏脸，香榭丽舍荣幸之至。"

白慕薇伸出手与他握住，王一达感到她的指尖冰凉，如她的微笑一般，白慕薇看夏晴一眼，又道："王先生，这一次还请您笔下留情了。"

王一达客套地点点头："好说。"

"那么夏总，是否可以借一步说话？"白慕薇别有用意地看着夏晴，夏晴向王一达抱歉地说，"王先生，您先上去，我随后就到。"

王一达微笑示意她请便。

夏晴随白慕薇走到角落里，白慕薇阴寒的目光直视着她，夏晴却不想与她在此时争执。

"你又想怎样？"夏晴看看大堂内的喧嚣与热闹，"我不想在今天这个日子，和你争吵。"

"是吗？夏晴，你是在故意挑战我？故意与我作对吗？"白慕薇一句话，倒是令夏晴摸不到头脑，"你说什么？"

"你找王一达来是什么意思？"白慕薇弯眉挑动，她的敌意，那么明显，在眼角眉梢荡漾开来，只是这一次，夏晴却觉得可笑，"到底还是小女孩……"

"你说什么？"

"我说，你到底还是个小女孩，你只不过看见我和王先生一起走进来，就认定是我请他来的吗？好吧，退一万步讲，是我请他来的，那么这对香榭丽舍也是大有好处的，既然你这么有自信，既然你那么相信林子磊会成为香榭丽舍西餐风评的转折，那么，从哪里跌倒就从哪里爬起来，我倒是认为，王先生这个时候来，是最合适的时机，让他亲自为香榭丽舍平反不是更好？"夏晴一番滔滔不绝，在情在理。

白慕薇却冷哼道："只怕没有那么简单！王一达是出了名的毒舌，更加不会想推翻自己之前的评论，我看是夏总你太天真了吧。"

“你怕了吗？”夏晴看着她，第一次，她以挑衅回应她的敌意。

“我怕？”白慕薇好像被忽然点燃了满腔火焰，她走上一步，盯住夏晴的眼睛，“夏晴，我会让你亲眼看到，你是怎么输给我的！”

“好，我等着！”夏晴平静地看着她。

白慕薇转身离开，夏晴却轻轻摇头，到底还是个小女孩，她一定认为是她故意找王一达来给她难堪，给她设置障碍，可王一达确实不是她找来的，她只不过在大门口看见了他，她也知道，王一达是出名的毒舌，所以她决定亲自招待他，陪他一起用晚餐，她也希望，林子磊的到来，会成为王一达改变口风的一个理由。

至于白慕薇的误会，她想，也许她太紧张这次策划了，她想要万无一失，所以任何有可能会带来负面影响的人和事，她都异常敏感吧？

毕竟，她在陆泽磊面前立下了军令状！

三场求婚，一场金婚，四场纪念日，以及众多情侣的烛光晚餐，令香榭丽舍上下忙得不亦乐乎。

白慕薇上下走动，仔细检查每一个环节，夏晴，我不会给你机会的，绝对不会！

“不好了，白总。”

白慕薇正在餐厅门口与一名礼宾交待事情，她的秘书梁莹莹便急匆匆地跑了过来，白慕薇见她神色慌张，心里一颤，面容却平静：“什么事这么慌慌张张的，让客人看到成什么样子？”

梁莹莹低声在白慕薇耳边说：“白总，林主厨说……所有新鲜的三文鱼都没有了，全部都是速冻，这……要是专业的美食家在，就怕会成为把柄。”

“什么？怎么会这样？”白慕薇心里顿时闪过王一达的脸。

她愤恨地咬紧嘴唇，立即向后厨而去。

迎面夏晴已换了一身天蓝色小礼服，向着餐厅而来，白慕薇的眼里却好像看到深蓝的恐怖。

夏晴迎着她的目光，她似乎已经习惯了白慕薇这样的眼神。

“夏晴，你好狠！”白慕薇忽然在夏晴面前停住脚步。

夏晴皱眉，白慕薇却不再与她多说，径直而去，夏晴不解地看着梁莹莹慌张的样子，难道出了什么问题？

“莹莹，出什么事了？”夏晴拉住梁莹莹。

梁莹莹急忙说：“夏总，后厨出问题了，本来准备好的新鲜的三文鱼全都不见了，只剩下……只剩下……速冻的，王一达又在，恐怕瞒不过他的舌头，咱们……哎……”

她有点语无伦次，但是夏晴已经知道重点。

怎么会这样，她来不及多问，梁莹莹已经追着白慕薇而去。

她忽然有不好的预感，难道，如今的酒店里，除了白慕薇与她在斗，还有另一方势力在暗中作梗？并且是在尽可能的挑拨她与白慕薇吗？

刚才白慕薇的样子，显然误会了是她故意请了王一达来，又破坏了后厨的准备工作。

她来不及多想，白慕薇已经去后厨处理，那么自己现在能做的，恐怕就是尽量安抚住王一达，为后厨争取尽可能多的解决时间。

白慕薇来到后厨，看到忙碌成一片的人。

“怎么回事？为什么会这样？”白慕薇焦急地问林子磊，林子磊摇摇头，“不知道，我明明将这些事情交给张林，他也向我保证会准备好，前一天我也确实检查了一遍，但我急着录节目，之后发生了什么我就不清楚了，但是当时，我在检查的时候，是看到了新鲜三文鱼的。”

“玫瑰三文鱼是这次情人节主题套餐的主菜，点的人一定很多，都这个时候了，我们要是重新去买，怕买都买不到。”白慕薇嘴唇发白，“张林，我就知道不能留他，现在多少单子了？”

一边的助手看了看，小心说：“已经有三十单了。”

“有没有 108？”白慕薇知道，也许无论如何都赶不上重新买过了，只希望 108 的王一达没有点这道菜。

可是助手的答案让她的心沉到了谷底。

“有的，大概要在十七分钟内上菜。”

白慕薇闭上眼睛，咬牙说：“张林呢？马上给我找到他！”

“慕薇，找到他看来是来不及的了。”林子磊说，“我们想别的方法应对吧。”

“还能有什么方法？王一达已经下了单，十七分钟内上不去，又会成为他笔下的把柄，我忙了这么久，准备了这么久，不是都白费了？”面对这样的突发事件，白慕薇无法再保持向来的冷静与镇定。

她靠在墙壁上：“我千算万算，没有算到夏晴竟然会置酒店的利益于不顾。”

她的声音很低，林子磊站在她身边，拍拍她的肩：“慕薇，相信我，我有办法。”

白慕薇眉心微凝，看向他：“真的？”

林子磊点点头：“相信我。”

好像走投无路之时，忽然天地开阔，好像生命垂危时，抓住最后一颗救命稻草。

白慕薇眸光若水，照见林子磊似乎坚定的眼神：“怎么做？”

林子磊说：“既然来不及去买，我们就找东西代替。”

“代替？”白慕薇失望地摇头，“有什么可以代替吗？菜单上明明白白地写着三文鱼，怎么可能代替的了？就算代替了，还是别人的把柄。”

“慕薇，国内的酒店和国外不同，有些酒店的菜单上，是不会写清楚这道菜的配料和主要原料的，那么……我会做一道看上去是三文鱼，但是吃起来却别有风味的菜，到时候我们可以解释成香榭丽舍给您最神秘的情人节惊喜。”林子磊一边说，一边拉住白慕薇的手，“慕薇，我会为你尽最大努力的，会给所有客人一个浪漫的烛光晚餐，到时候，请你按照我说的去解释给大家听，我相信大家都会满意。”

白慕薇看着他，有些迷惑，她缓缓抽出被他握着的手，如今似乎已经没有别的办法，她点点头：“好，就交给你了，谢谢你……”

林子磊微微而笑：“能为你排忧解难是我最大的荣幸。”

白慕薇低头避开他的眼光，转身而去。

她紧紧攥住双手，夏晴，我真是低估你了，没想到你的心会这样无情，无情到了不顾香榭丽舍，不顾陆泽磊。

时间一分一秒过去。

夏晴坐在王一达对面，与他谈笑风生，她希望这样做，能令他感觉时间过得飞快，让他模糊时间的概念。

高跟鞋清脆的声音忽然停留在身边，她抬头看去，只见白慕薇低眼看着她，目光里的怒、恨与鄙夷达到最盛。

她不禁心里一颤。

白慕薇却在看向王一达的一瞬笑容立时和煦：“王先生，红酒还满意吗？”

王一达点点头：“不错，但我对于红酒向来没什么追求。”

白慕薇微笑说：“那么，一会儿就请您……准时……品尝我们香榭丽舍林子磊主厨的美味了。”

王一达喝一口红酒，笑意不明：“好，我十分期待。”

白慕薇着意加重了准时二字，她瞥夏晴一眼，转身离去。

距离十七分钟，还剩下两分钟。

白慕薇若说一点都不紧张，绝对不会，她双手冰凉，眼神不住地向门口望，终于，看到盈盈一脸兴奋地跑进来。

她递给白慕薇一张纸条：“白总，这是林主厨要我交给您的。”

白慕薇展开纸条的刹那，又见传菜人员一个个走进来，走向不同的桌位，手里端着各色美食。

心中沉重的大石落地，她的眼里重新亮起舍我其谁的光芒，她看向夏晴，冷冷一笑，走向餐厅中央旋转舞台。

舞台上迷幻的灯光交织着粉红与冷白，白慕薇一身水染莲花旗袍，莲花瓣儿周边用闪亮珠片缝制，尽显妩媚。

灯光打在她的身上，她顿时成为全场的焦点。

夏晴与王一达亦看了过去，王一达的餐也端了上来。

夏晴不明所以，只是默默地看着白慕薇。

白慕薇的眼光，依然挑一眼夏晴，夏晴不在意，专注地看着她。

“尊敬的女士、先生，欢迎大家在这双节合一之日，莅临香榭丽舍，在此，香榭丽舍全体员工，对您表示由衷地感谢。”

白慕薇优雅的扫视整个餐厅：“我们为您准备了丰富可口的菜品，浪漫的烛光晚餐，当然，在这难得的双节合一之日，我们还有一份小礼物赠送给您。”

见一些客人无意的拿起手边的玫瑰，白慕薇笑着说：“我所说的礼物可不是进门赠送给情侣或夫妻的玫瑰花哦。”

白慕薇的口吻变得神秘，连王一达都不再注意手边的菜品，而卓有兴致地看着她。

白慕薇走到临近舞台的一桌情侣旁，恭敬地说：“这位小姐，请问您贵姓？”

“杨。”

“那么杨小姐，您知道这道菜的名字吗？”白慕薇问道。

杨小姐想了想说：“该是我们点的，情人节A套餐—片冰心中的冰心三文鱼。”

“一片冰心在玉壶，这出自王昌龄《芙蓉楼送辛渐》。”白慕薇拿起桌边的打火机，点燃桌上的白色蜡烛，“我们香榭丽舍本次活动，以玫瑰白雪，当纯白邂逅粉红为主题，一片冰心会在各位炙热的爱情下融化，化成一片粉红色的回忆……”

说着，她低头看去，林子磊的这道菜，用银色的锡纸包裹住，最上面放了一片三文鱼，当然是速冻的，可这已经不重要了。

白慕薇的打火机忽然点燃了置于最上面的三文鱼。

众人一声惊呼。

白慕薇却笑容柔美：“一片冰心在炙热爱情里燃烧……融化……”

她重复刚才的话，这时候，大家才明白了她适才话里的意思。

再看那道菜，三文鱼烧到恰到好处之时，锡纸慢慢裂开、融掉，流出粉红色的液体来。

香味四溢，玫瑰浓情，白慕薇对杨小姐微微笑道：“杨小姐，被爱情燃烧之前，它叫做一片冰心，燃烧之后，就是粉红回忆，这也是我们今天的主题，玫瑰白雪……”

绝妙！实在是绝妙！

一片三文鱼代表一片冰心，粉红色冰激凌自燃烧的酥皮里流出来，变成粉红色的回忆，白的冰雪，粉红的甜蜜，切合主题，极致浪漫……

全场响起雷动一般的掌声。

夏晴亦看得呆住了，连王一达都忍不住鼓掌，然后迫不及待的点燃那“一片冰心”。

他赞不绝口：“好，真是好，餐桌上，色香味固然重要，但是与时俱进，创意更是重要。”

他看向夏晴：“夏总，你们香榭丽舍可是捡到宝了。”

夏晴悠悠笑了：“王先生满意就好……”

说完，她依然不可思议地看向白慕薇，白慕薇已走下舞台，向着自己走来……

她路过夏晴身边，冰冷的挑一挑嘴唇：“夏晴，怎么样？够精彩吗？”

夏晴不及答话，甚至王一达都来不及夸奖她几句，她便径直向门口走去，林子磊靠在门边，看着她走过来鼓掌说：“真是太精彩了。”

白慕薇笑笑：“还不是你的创意好？还有这个……”

她摇晃着手中的小纸条，林子磊笑着说：“纸条上只写了一片冰心是三文鱼，草莓冰激凌是粉红色回忆，你却说得这样浪漫、滔滔不绝，太美了，连我都想尝一尝呢……”

白慕薇一怔，林子磊深深地看着她：“怎样？今晚午夜，可否赏光让我亲自下厨，为你做一次宵夜？浪漫的宵夜……”

他说得明白，白慕薇却渐渐收敛了笑，她知道林子磊的意思，若是平时，她也许会给他一次机会，只是一顿饭，没什么大不了，可是今天不行……

今天，她早已午夜有约，虽然她不知道，那个人……那个今天至今都没有露面的人会不会来……

白慕薇微微一笑：“下次吧，子磊，下次，我一定要好好尝尝你的手艺。”

林子磊脸色一沉：“你有约了？”

白慕薇回避道：“我想，你该去忙了，还不到十二点，浪漫晚餐还没结束。”

她说着，看看表：“我也还有个重要电话要打，先忙去了。”

走出几步，又忽然回头说：“谢谢……”

林子磊落寞地站在原地，他想不到，即使是这样好的一个时机，白慕薇还是拒绝了他。

为了香榭丽舍，为了白慕薇，他推掉了很多档电视节目，甚至一个电视剧。

可是……却依然换不来她哪怕一次的回眸……

时间平静地过着，浪漫的气息仿佛在深黑的夜里一分分消逝。

外面飘起了零星的雪花，白慕薇站在窗前，今天，还没有见到陆泽磊，他是在躲她吗？还是……

她捏着手机，反复在手中摩挲，最终还是拨了出去。

“泽磊，今天……可是相当成功呢，王一达那个毒舌都赞不绝口，你可别忘了我们的午夜场哦。”白慕薇的话音里带着微笑的感觉，心里却忐忑不安。

陆泽磊沉默一会儿，说：“当时，我就在餐厅，你表现很棒。”

“很棒吗？那就要奖励我哦。”白慕薇似乎依然在笑，落地玻璃窗外，有迷彩一样的灯光，还有她模糊的影子。

沉默变得那么长久。

白慕薇的笑渐渐凝结在唇角。

最终，陆泽磊还是幽幽地说：“慕薇，我们不可能……”

他总是这样直接，直接的残忍。

不留一丝余地。

白慕薇嘴唇微颤，在他挂下电话前脱口而出：“我会等你……一定会等你的……”

电话那边已经没了声音……

接近午夜的香榭丽舍，玫瑰浓情变作了飘雪的浪漫。

白慕薇提早离开香榭丽舍，十一点半，她已经到达距离香榭丽舍只有十分钟车程的星火影院，今夜爱情的主题，充斥在每一个角落，通宵场的爱情电影，吸引了无数情侣。

天空落着点点雪片，渐渐大了……密了……冷了……

白慕薇穿着白色毛绒领小呢子大衣，瑟缩地站在寒风中。

陆泽磊，你一定要来，一定要！

因为，十二点，是灰姑娘幸福的最后期限，也是她让自己做出选择的最后期限。

她会在今夜之后，做出选择，一个她许久都无法下定决心所做的选择——要么是陆家之人，要么就是陆家的敌人……

泽磊，我不希望我们从此为敌！

所以请你一定要来，好不好？

第五章 苦涩巧克力，情人节的余味

我得不到泽磊，就一定要得到香榭丽舍！那是……我对母亲的承诺！

十一点四十。

华丽的房间内，温暖的柔光衬得窗外的雪愈发寒冷。

陆泽磊站在窗边，雪景美得令人着迷。

他回头看看时间，又看看一桌子美味佳肴，虽然不是香榭丽舍情人节套餐的浪漫与粉红，却都是夏晴最喜欢的菜色。

今天，他看到了白慕薇精彩的表演，那之后，他便回了家。

等着夏晴回来。

可是已经接近十二点，却还不见她回来，手机也始终处在关机状态。

陆泽磊眉心微凝，已经有些不耐烦，指针指在十一点五十，当十二点钟声敲起的时候，陆泽磊的心猛地一跳，他下意识看了时钟许久，窗外的雪落得没完没了，陆泽磊忽然发觉，心里的雪已经沉积了那么久。

这该是他早料到的不是吗？

夏晴的心思，在远郊之外，秦山监狱的牢笼里，八年前，就随着那个人一齐锁了进去。

他走到桌边倒一杯红酒一饮而尽，红酒滑过喉间，甘醇而热烈。

一杯接着一杯，他不知道自己喝了多少？

只是忽然想到，在这样的雪夜，有个人亦如他一般正在等待中度过吧？

陆泽磊看看表，发呆的时候，时间总是过的很快，不知不觉时针已经走到了十二点四十。

因为感同身受，所以于心不忍。

陆泽磊拿起外衣，向门外走去，边走边拨通白慕薇的电话，电话一直处在无人接听的状态。

他微微有不好的预感，也许她已经回去了，也许是独自去看通宵场了？

拉开门，扑面而来的雪粒子打在脸上，令人一阵瑟缩。

冰天雪地，寒夜无边。

漆黑的天，与白茫的天地间，有一排昏暗的灯，似奄奄一息。

陆泽磊才踏出门口，只见一个人蜷缩在门边瑟瑟发抖。

他一惊，脚步略微迟疑，最终还是缓缓走过去，他微微低头看去，似乎是个女人，长长的卷发，纯白色的呢子大衣与白雪融为一体，发上落满了雪，挨近一些，有隐约酒味儿。

陆泽磊看看她的脚边，果然放着一瓶酒。

他碰一碰她，那女人微微抬起眼，陆泽磊怵然一惊：“慕薇……”

冰天雪地里，狼狈不堪的女子，酒味儿扑鼻，全身瑟瑟发抖的女子，竟然……会是白慕薇！

她脸颊被冻得通红，意识似乎还算清醒：“泽磊，你来了……”

她声音弱不可闻，陆泽磊连忙扶起她，她柔软的身子靠在他胸膛上，一股暖意包围住她，似乎回过了一些温度。

“你在这儿干什么？”陆泽磊将她扶到屋中，纤瘦的女子靠在宽大的沙发上，愈发显得楚楚可怜。

陆泽磊倒了热水，递给她：“为什么不敲门？”

白慕薇接过热水，水雾在她与陆泽磊眼神间徜徉。

她看着他，双眼满溢浓郁的悲伤，许久才说：“你不想见我，我敲门进来，你会不会很讨厌我？”

陆泽磊微微低下头，避开她的眼睛，她微微笑了，那种笑，带着点冬夜的惨白……

“慕薇，我说过，不要等我，我们不可能。”陆泽磊的声音沉沉的。

白慕薇冰冷得发抖的身子依然震了一下子。

空气中有氤氲的水雾，白慕薇感觉眼睛湿湿的。

“为什么？”这么愚蠢的问题，该不是她能够问出来的，就好像，在落着雪的夜里，独自傻傻地等待，也同样是她不可想像中的自己。

陆泽磊沉默地站起身，走到桌边，他下意识地看着桌上一桌酒菜，柔和的米色灯光下，没有点燃的白色蜡烛，依然散发着浪漫的气息。

白慕薇随着看过去，心内涌起不明所以的悲伤。

她似乎懂得了。

“你……约了别人？”白慕薇声音发颤，手中温热的水，似乎一瞬间冰冷。

陆泽磊的眼中似有同样的无可奈何。

何其可笑，他和白慕薇此时竟是同样的心情。

这种心情令他烦躁不安，不自觉地锁紧了眉头。

白慕薇缓缓走到他身后，他的背影高大的遮住眼前的光明，明明灯火通明的房间内，暗淡无光。

她拿起桌上的红酒，狂灌自己，陆泽磊一惊，回身抢过她手里的酒瓶：“你疯了？慕薇，你正常一点，清醒一点行不行？”

四溢的酒香，葡萄红色染了白慕薇雪白的外衣，白慕薇倒在桌上，喃喃自语：“当纯白邂逅粉红……”

她自嘲地笑：“想到这句广告语的时候，我就是一个人站在风雪里，今天我才知道，纯白与粉红邂逅并不浪漫。”

她看看衣服上洒着的红酒，冷冷地笑：“泽磊，过了今天，也许……”

泪水止不住地掉下来。

她说不下去，她开不了口。

今天，是她给自己最后的机会，她多么希望陆泽磊可以回心转意，多么希望，她不要……与他为敌！

她忽然起身，紧紧地抱住陆泽磊。

她多么希望，他们的相识，从一开始就与香榭丽舍无关。

可是为什么，你偏偏是香榭丽舍的继承人，而我……偏偏是白慕薇？

“慕薇……”陆泽磊转过头，想要推开她，却看到她悲伤得几乎绝望的眼睛。

她的泪水划过酡红的面颊，好像划破了一颗心，留下蜿蜒的裂痕。

他望着她，竟愣住了。

这样的白慕薇，脆弱的、无依的、柔软的白慕薇，对于他，竟有一种不可言说的诱惑。

内心的怜惜莫名汹涌，眼神一点点柔和下来。

他等了夏晴一整晚，而她也等了自己一整晚。

在……冰天雪地里！

失落的心，因为这样而多了几许温暖。

原本想要推开她的手，落在了她的肩头，变成温柔的抚慰：“慕薇，别这样……”

白慕薇忽然踮起脚尖，迎着他的目光，冰冷的唇，贴上他温热的唇瓣，灯辉在眼神间流转。

刹那间，天地昏暗。

她闭起眼睛，隔绝他所有冰冷的目光，在冰与火的纠缠里，她只想如此，哪怕是违背了她的誓言，哪怕是就这样缠绵至死。

她多希望，他依然是林间小道上的少年。

而不是香榭丽舍的主人。

陆泽磊的手僵住了，他的脑海中清楚地知道不该对她有所回应。

可酒精的作用似乎此时方发挥了功效。

白慕薇仿佛是点燃了他自斟自饮时的每一滴酒精。

他无法控制一般，搂住了她的肩，两个人倒在柔软洁白的沙发上，白慕薇的长发荡漾在唇齿间，纠缠便更如乱麻，搅乱了陆泽磊的思绪，他眼目半睁，目光迷离，彼此对视，又相互错开。

目光里，似乎是谁的笑颜，那个家长会后的校园里，那样美丽的笑。

他铭记一生的笑。

夏晴，为何，自从我回来，你再也没有了那样的笑？

为何，我对你的等待，八年来，你始终不明白？是否八年前，我不顾一切的表白，你都只当做了一个小孩子的玩笑？而我，却为此付出了八年的等待。

等待你回心转意，等待你忘记那个冷血无情的杀人凶手！

可是这一切都事与愿违，我们反而越来越疏远了……

他不自觉轻抚她的背，力道之大，令白慕薇轻轻颤抖，她亦伸手捧住他脸。

眼里，泪水不绝。

陆泽磊不明所以的冲动似乎主导了他的思想，他不知自己是怎么了，浅浅的亲吻，不但没有消逝，反而变本加厉，变成深入的热吻。

白慕薇亦惊住了，她原本以为即使是吻，陆泽磊也会迅速的恢复冷静，可她想不到，他竟完全失去了那些严谨、严肃和自制，似乎是加在他心上的封印解除了一般，暴风骤雨一样的爆发，几乎令白慕薇招架不住。

她一时无法思考，她由主动变作了被他操控。

他的手，抓紧她细瘦的腰，似乎整个人都在他的掌心里，任他摆布。

这样的夜晚，当灯光与星光交映，月色与情色交融，注定将要上演一出不可回头的悲喜剧吗？

正当白慕薇决心要放下一切，只与他共同沉沦之时，突然门声响起来，男人的动作也随之停住了！

停止得那么突然，就好像他突如其来的情欲一样……

陆泽磊看着门口，停顿几秒，猛地站起身来，他还算衣冠楚楚，眼神却惊凝地看着门口。

脸上已丝毫没有了欲望或失控的痕迹，只有窘迫和不知所措。

白慕薇亦缓缓回头看去，红润的脸色瞬间冷白。

门口的女人同样一脸震惊，望着客厅中的两个人，那些缠绵的痕迹，那些缱绻的凌乱。

她看看桌上的美酒佳肴，白色蜡烛。

忽然略有抱歉地笑了笑："对不起，我不知道你们……"

她没有说下去，只是看着陆泽磊，难怪泽磊会特别维护白慕薇，原来，他们果然是情人。

"不，不是这样的……"陆泽磊脸上的严肃有些超乎寻常，他走到夏晴跟前，望着她，"不是这样，我们……我们只是……"

只是普通朋友吗？可是适才的一幕，连他自己都无法解释。

夏晴微笑说："是也没什么，我又不会到酒店里说，你知道的。"

"我说了不是！"陆泽磊忽然大声吼道，"我们没有任何关系……"

白慕薇心内裂开一般，痛得几乎窒息。

她站起身，不可思议地看着陆泽磊，陆泽磊知道，他出口伤人，知道他不该这样对白慕薇。

可是这样的场景，这样的情形，他能说什么？

那些为了夏晴而准备的酒菜全部变成了与别的女人缠绵的作料。

他不能允许这种误会发生。

夏晴却不解地看着两个人，陆泽磊沉下目光，背对白慕薇："慕薇，对不起，我刚才……酒喝得多了些，你先走吧。"

窗外的雪，及不上他的冷漠。

白慕薇不知所措的眼神，难以置信地看着他的背影。

那些骄傲，那些自尊，那些无所谓的逞强，她甚至差点为他都放弃了。

可是，所有的意识在瞬间清醒，她目光迅速移向门口迷茫的夏晴，夏晴不禁全身一凛。

她早已习惯了白慕薇冰冷挑衅的目光，可今晚她的眼神，却好像更有几分锋利。

白慕薇又转眼看看陆泽磊，他闪躲的眼神，他看着夏晴既窘迫又痴迷的目光，一切都明白了。

原来，是她！

那个自己猜了八年，猜了无数种类型的女人，陆泽磊心里的女人，竟然……会是她？那满桌子的情人一样暧昧的酒菜，她全明白了……

可笑，实在可笑。

不过几个小时前，她已经几乎打垮了夏晴，可没想到，几个小时后，垮掉的会是自己，她输了，输得这样彻底！

白慕薇攥紧双拳，那些柔弱，那些痛苦，都在这一眼间融化了。

白慕薇依然是白慕薇，冷漠的美艳，高傲的心。

她走向门口，回眸刹那，看着夏晴的背影，与陆泽磊眼神交错间，终于，还是做了这个决定。

那个回国来的本来目的，她本来就不该犹豫的不是吗？

她本来就不该违背的不是吗？

若不是八年前的意外偶遇，若不是八年来的痴心错付，也许……母亲在临死前已经得偿所愿了！

自己已经耽误了太多时间。

泽磊，是你，让我犹豫不决，可也是你，把我亲手推向了仇恨的一边，让我在二月十四日钟声过后，做出了最终的选择！

她狠狠瞪夏晴一眼，摔门而去——

夏晴，我得不到泽磊，就一定要得到香榭丽舍！

那是……我对母亲的承诺！

-

屋内，只剩下陆泽磊和夏晴。

夏晴有些茫然："泽磊，其实我可以去别的住处，去酒店也可以。"

她低眉思索一忽，又道："白慕薇的能力的确可以帮得上你，你们在一起，也不错，但是，我希望你可以再了解她多一点，我总觉得她有些古怪，可我说不上来……"

"她有没有古怪，我们都没有在一起，也不会在一起。"陆泽磊看着她，目光有一些自嘲，他走近她，低眼看着她诧然的目光，眼神交织，是一阵许久的沉默……

这种沉默似曾相识，却又令人心跳不止。

夏晴终于移开目光，转身说："很晚了，我去睡了……你也早点休息。"

手腕忽然被拉住，夏晴回头看着他，他的眼神变得深沉，不再有少年时的明媚。

"夏晴，那些菜都是你喜欢吃的，那桌宵夜，是为你准备的。"

他的声音像海水一般，有暗浪，有隐忍，有辽阔无边……

他说什么？他的眼光似乎无比郑重。

记忆忽然回到八年前的午后，阳光刺透了他的眼睛，那时的他，声音平静得像云，淡淡地说出一句"我喜欢你……"

淡得她几乎忘记了。

记忆忽然清晰在脑海里，却令她全身不由得一冷。

她望望桌上的菜，果然都是她喜欢的。

就连那只杯子，也是她每当吃饭时候会用的那一只。

"我喜欢你。"

陆泽磊一句话，仿佛和八年前的重合，夏晴愣住了，看着他的眼，许久，他长得愈发像陆辉了，当年他的父亲，也是如现在的他一般，说出了这四个字，于是，她与陆辉陷入一场不顾一切的忘年恋。

她不能用年龄来搪塞他。

可是，她却更不能接受他。

就如，八年前一样。

“泽磊，不可能。”夏晴的直白与陆泽磊一般，陆泽磊苦笑，心里重复着白慕薇适才的痛，那种撕裂心肺的痛。

“八年了，我不再是小孩子……”

“我也不再年轻……”

“我不在乎……”

“我在乎……”

……

夏晴一一反驳，直到陆泽磊的手轻轻颤动，随而慢慢放松。

夏晴低声一叹，若不是今日提起来，她几乎忘记了八年前，这个孩子曾对自己的表白，那种少年时最纯真的表白，如今听上去，却多少有些悲哀。

夏晴转身走上楼梯，留陆泽磊一个人站在客厅中。

柔和的灯光渐渐变成了冷色调……

情人节一夜，香榭丽舍赢得一场关键之战。

第二天各大媒体争相报道香榭丽舍当晚盛况，将玫瑰白雪的浪漫用最华美的文字，描述到极致。

白慕薇因此树立了权威。

一早晨会上，陆泽磊看着最早出现的报道，赞许道：“情人节一战打得漂亮，还多亏了白总，还有各位的倾力配合。”

“也不尽然。”

才打了一个大胜仗，本应该是无比和谐的一个早上，可开口打破和谐的却是昨晚的大功臣白慕薇。

白慕薇面无表情，看着手中转动的笔：“昨天，要不是林主厨机智，恐怕已经出了大乱子，我想……对于相关责任人，不应该没有处罚。”

夏晴眉一皱，陆泽磊看看白慕薇，昨夜，一身风雪的柔弱女子，已经消失不见，眼前的白慕薇一如一贯的冷艳高贵。

“张林怠忽职守，或者说……监守自盗，不管是哪一种，我想他都不可以再在香榭丽舍干下去，香榭丽舍容不得这样吃里扒外的人。”白慕薇眼角余光看见夏晴复杂的表情。

“白总，我想这件事情，还需要进一步调查，并不能说这件事就一定是张林做的。”

夏晴看着她反驳说，“那天，送走王先生，我就一直在找张林，找到他家里，他手机没有电，所以关机了，他说，是酒店有人打电话给他，告诉他今天不用去了，也就是说那天他根本没有来上班，又怎么做手脚？”

“夏总，”白慕薇抬眼，与她目光相对，“这样天真的理由，你也说得出吗？OK！先不说谁能证明那天张林的确没有来，要是如他所说的，有人打电话让他不要来，有证据吗？即使手机上显示了香榭丽舍的总机，那么就不可能是他自己打给自己特意留作证据吗？还有……是谁打给他的？这个‘有人’二字……夏总难道没有进一步追究？”

夏晴看着白慕薇，目光忽然有种不怒而威的震慑，白慕薇与她目光相对，不多见地落在了下风。

夏晴依然平静：“白总，有些话……还是不要说明的比较好。”

“哦？”白慕薇唇角挑动，“公事公办，我白慕薇光明正大，夏总请说就是了。”

夏晴看着她，她咄咄逼人，她早料到了，可是，张林的话，她确实也没有证据证实。

若是说出来，对张林只怕也没有什么好处。

见她迟疑，白慕薇笑得有几分挑衅：“怎么了夏总？是记忆系统出现紊乱了吗？”

“白总，注意你的言辞。”陆泽磊声音低低的，白慕薇看向他，他淡漠的目光迎过来，丝毫没有退避，亦没有因为昨夜而生的愧欠感。

白慕薇心里忽然凉丝丝的，所谓自作多情，恐怕说的就是自己了。

她耸耸肩：“Anyway，夏总，请给出一个合理的解释，否则……我不认为张林还适合在香榭丽舍混饭吃。”

“白总，您对林主厨又有多少了解？”夏晴的话，令整个会场陷入一瞬间寂静。

似乎，连呼吸声都听不到了。

白慕薇感到所有目光都聚集到了自己身上，她皱紧眉，挑唇笑了：“很了解，怎么？你别告诉我打电话给张林的是林主厨，然后林主厨自己根本没有准备新鲜三文鱼，给自己挖下一个大坑，这样地说辞，夏总也信得过吗？”

“我信。”夏晴说，“因为张林为香榭丽舍效力多年，即使是被降为助手，虽然有些埋怨的情绪，但因为家里的事情，他很需要这份工作，所以，他不会做出傻事来，我想这件事一定另有隐情。”

白慕薇心里百转千回，昨夜，粉红色的梦幻逐步变作冷静的思考。

不错地，如夏晴所说，林子磊未免准备得太过充分，如果说是急中生智，那么就嫌太完美了些，一切就好像顺理成章一样。

她猛地想到昨夜的林子磊，在她解说完毕后，曾邀约她一起宵夜，可因为昨夜她早就约了陆泽磊而推掉了。

如果是这样，那么林子磊完全可能是为了谋求自己的感激，而一手策划了这一切吗？

她心一惊，脸色有一瞬变化。

夏晴捕捉到这微小的细节："怎么？白总是不是想起了什么？"

白慕薇迅速冷静下来，保持住唇角一丝微笑："我只是在想，到底是夏总太天真还是张林太狡猾。"

夏晴微微皱眉，白慕薇冷哼一声，看向陆泽磊："陆董以为呢？一个是救香榭丽舍于危难的主厨，一个是陷香榭丽舍于危难之人，到底要相信谁？况且，如果是林主厨，他有什么目的？人家一不求财，二不求名，只恐怕论名气，林主厨的名气还要大过香榭丽舍，陆董认为，他有什么必要这样做？"

陆泽磊的确想不到更好的理由，他看一眼白慕薇，眼神却是将信将疑的。

白慕薇心里顿时一冷，从前，虽然陆泽磊对她一样无情，可是在工作上却给予了她最充分的信任和支持。

可今天他的眼神竟然这样犹疑。

她不自觉望向夏晴，夏晴凝眉思索，并没有太多表情。

她不由得联想，难道，昨夜她走后，他们发生了什么吗？于是今天风头急转，陆泽磊要站在她一边了，是不是？

还是……他们本来就是一边的，只不过自己之前都被利用了。

她只是被陆泽磊利用，帮香榭丽舍度过危机的棋子？

她惊讶于自己心里对于陆泽磊卑鄙的想法，可是，有一瞬，她确实这样想。

毕竟，陆泽磊和夏晴，说到底是一家人！

自己……只不过是个外人而已。

想到这儿，她缓缓沉了口气，坐下身去，整个会议再也没有说过一句话。

而对于是否开除张林，各执一词，暂时没有定论。

白慕薇心里怎么没有怨气？夏晴也算一语惊醒梦中人了。

她之前没有认真地想过这个问题，但是说起来，林子磊不是完全没有嫌疑，如果是真，那么，林子磊就差点令她陷入到尴尬的境地。

她气势汹汹地打电话给林子磊，今天他本来是休息的，但接到白慕薇的电话还是迅速地赶到了香榭丽舍，白慕薇坐在咖啡厅靠窗的地方，她一脸沉默，犹如冰雪雕琢一般。

"这么急找我来什么事？"林子磊不明所以，在对面坐下来，他只点了一杯热奶茶，看着白慕薇冷冷的面容，笑容也凝结了，"慕薇，你怎么了？"

"子磊，你有事瞒着我，现在只有你和我两个人，就说实话吧。"白慕薇依旧看着窗外，眼神不见一丝动静。

林子磊却莫名的心头一颤，脸色僵住了：“慕薇，你在说什么？”

“子磊，别装了，只有你我两个人在，还是要装下去，就实在太没意思了，张林说是你打电话给他，要他不要来酒店，而你却故意暗示我，是张林做了手脚，OK，这些都不作数。”

白慕薇转头看向林子磊，平静的目光反而更有种说不出的冷淡：“你的应对的确机智，却嫌太完美了些，你的想法的确很完美，却嫌太天衣无缝了点，你在我成功解释了玫瑰白雪后，你便马上约我宵夜，要说不让我怀疑你，我做不到。”

白慕薇一字一句说得直白，倒的让林子磊一时不知如何接口，他微微低头，不语。

白慕薇心中好笑，他的神情已说明了一切。

“子磊，你也不小了是不是？怎么会用这么幼稚的手段？”

“因为我有绝对的把握，可以帮香榭丽舍渡过难关，因为……”林子磊顿了顿，目光被咖啡厅昏黄色的灯光晃得迷离。

白慕薇冷冷挑唇：“因为你对我还是不死心，想叫我感激你，是不是？”

林子磊自嘲的笑笑：“在你面前，我想装恐怕也装不下去。”

白慕薇心里无名火突然旺盛，可表面还是平静如常：“你昨晚倒是装得挺像，要不是后来冷静想过了，我想我也不会怀疑你。”

“哦？”林子磊看着她，有些无奈，“我到底是不是应该感到荣幸？你对我的信任？毫无戒心？”

白慕薇耸耸肩：“也许吧。”

“那么，现在要如何处置我？”林子磊靠在椅背上，他不认为白慕薇是个念着情面，心慈手软的女人。

白慕薇沉默了许久。

咖啡店内，鼻息间萦满咖啡的浓香。

林子磊长久地看着白慕薇安静的脸容，她神情没有丝毫变化，娇媚红唇抿了一口咖啡，终于抬眼看向他：“子磊，我知道你是为了我，所以这件事就当做没发生好了。”

林子磊似乎出乎意料，他不解地看着她：“慕薇……”

“别误会，我是为了我自己。”白慕薇的眼神忽然变得无情，“子磊，你听好，我说的是……当这件事没发生过，也就是……从没发生过你明白吗？”

林子磊怔了怔，望着白慕薇瞬息万变的脸，忽然懂得了。

他略有心惊，犹记得初见白慕薇时的情景，她虽冷淡却有天使一般的笑颜，然而再见她时，她除了冷漠更有几分魔鬼的无情。

白慕薇的意思是，无论如何，都不要承认，一口咬定张林吗？可是她才从瑞士回来，会跟张林有什么仇怨？他想不会。

“为什么？慕薇……”林子磊不禁要问。

“因为……我不会让那个女人永远这么舒心地过日子。”白慕薇的牙关紧咬。

林子磊有些迷茫：“女人？哪个女人？”

脑海中的一幕一幕，曾经的，痛苦的，还有昨夜的……纠缠着她的思绪。

她捏紧手中的咖啡杯，不语。

“慕薇……”隔了一会，林子磊还要追问，白慕薇却冷声道：“不要再问了。”

“慕薇……”林子磊还要再言，白慕薇却不耐地皱起眉，看向窗外，林子磊只得住口。

“你去忙吧，我知道你今天还有录影，我坐一会再走。”白慕薇轻轻地说，却带着不容忤逆的气息，林子磊站起身，没有说一句话，便走开了。

白慕薇望着窗外人来人往，不知看了有多久，眼睛略微酸涩了，她才站起身，准备离开。

眼睛微低的刹那，一个人影整个地覆下来，她抬头看去，一惊。

“泽磊……”她莫名的有一刹那心慌。

眼神微微闪躲：“你找我吗？”

陆泽磊沉静的眸子泛起极不易见的一丝微澜，然而还是被白慕薇锐利地捕捉到了。

她心内有不好的预感。

果然，陆泽磊盯着她，眼光渐趋犀利：“慕薇，适可而止。”

白慕薇微微怔愣，不解其意地看着他。

陆泽磊睿智而内敛的眸光，紧盯着她，令白慕薇不知不觉的步步后退，他要做什么？他是不是知道了什么？

“为什么要这么做？”陆泽磊直截了当，并不似他目光的深不可测。

白慕薇看看周围，RM与当家人的对峙，自然会引来旁人的目光。

白慕薇低声说：“泽磊，有什么话，回办公室去说，我想这里不是说话的地方……”

陆泽磊自然知道，可是，却不容白慕薇说完，他拉起白慕薇的手腕，白慕薇感觉他手上的力道沉重非常，她的手几乎要断掉一般。

“泽磊……陆泽磊……”她几声呼叫，陆泽磊只管阔步而去，二人经过酒店大堂，引来众人的侧目和围观，白慕薇感觉大事不妙。

她认识陆泽磊八年，还从来没见过他这种样子。

她几乎头昏眼花，高跟鞋跟不上他的步伐：“陆泽磊，你放开我。”

“我们就在这里说。”陆泽磊的声音似回声一般。

白慕薇这才睁开眼睛，昏黑的一片，几乎看不见彼此的脸，白慕薇依稀辨得这里是楼梯过道，她站直身子，整理好衣裙，生气地看着他：“陆泽磊，你不要以为你是我同学又是我老板，就可以对我动手动脚。”

“昨晚，不知道是谁先动手动脚。”陆泽磊的话，有些孩子气，却又好像是在讽刺她。

白慕薇心中一悸，她没想到陆泽磊会说出这样的话：“你……”

转念一想，昨夜，若不是夏晴忽然闯进来，也许，她与陆泽磊，还有她未来的日子都将会随之改变，可是……

想着，心里的寒意变作了火一样的怒气。

她唇角挑动：“是，是我主动的，我喜欢你，原本就没有隐瞒过，倒是你……如果不是夏晴突然回来，你会怎么样？还是……你早就准备要始乱终弃？”

陆泽磊明白白慕薇的心情，可他不相信，如此高贵，如此骄傲的白慕薇，只会为了儿女私情而做出这样的事。

他叹息一声：“慕薇，你不该这样，这也不该是你。”

“那我应该怎样？”白慕薇看着他，冷笑，“应该……看着你被别人抢走而无动于衷？”

陆泽磊一怔，随即隐去：“你不是这样的人，因为这样而做出因私害公的事情。”

白慕薇心里悲伤，事到如今，他一副了解她的样子，只会让她更加难堪。

“你和林子磊的话我都听见了。”陆泽磊靠在墙壁上。

白慕薇看着一道光打在他身上，那颀长的身影，好像一道残酷的分割线。

将他们二人分割在两个世界……

“慕薇，你一心要赶走张林，就是针对夏晴是不是？”陆泽磊的问题，似乎是多此一问，他自问自答，“你说因为她抢走我？呵，我并不相信，明明在这之前你们两个就是针锋相对的，可是慕薇，我从来没有问过你为什么，因为我知道，你不会害我，可是慕薇，我也希望，你不要让我失望……”

“是你，先让我失望……”白慕薇打断他，有一点悲哀，“泽磊，你们……”

“你们这是乱伦啊……你知不知道？”她似乎难以启齿，却终究还是看着他，开了口，她不知自己是否还在为自己寻找退避的理由。

陆泽磊身子一颤，忽然转头看着她，她心一凛，他的眼睛里似乎掠过一阵漆黑的风。

“你说什么？”陆泽磊的嗓音低沉得令她战栗。

白慕薇竟不敢重复，只是别开了目光不再看他。

沉默似乎特别长。

陆泽磊终究先开口：“适可而止，慕薇，你的工作能力我绝不怀疑，我也不否认，我需要你在我身边帮我，可是，你和我，只能是最亲密的战友，最要好的同学，不可能……会有别的！而我……也一直相信，你是个理性的人。”

白慕薇枉然地笑了：“可见，你一点也不了解我。”

事到如今，她已经不能将心里的秘密说出来，她已经被陆泽磊冷漠的影子隔在了另一边。

“慕薇，放过张林，不要再和夏晴为难，我就当没有听见你和林子磊的对话。”

陆泽磊终于说出来所有的重点。

却令白慕薇身子陡然一颤，她不可思议地看着他："你在威胁我吗？"

"不，我只是在和你谈判。"陆泽磊看着她，不容置疑。

"谈判？哼，不需要！你是香榭丽舍的老板，你一言九鼎，我一个小小的 RM，怎么敢如此无礼？"白慕薇凉丝丝的眼神，令陆泽磊眉心一凝，"慕薇，一定要这样吗？"

"这句话是我问你才对，陆泽磊，你口口声声与我说公私，好，我们就来论公私，不错，我就是与夏晴作对，我就是针对她，你既然听见了我与林子磊的谈话，我也没什么可隐瞒和掩饰的，于公，她身为一个酒店人，却过于感情用事，因为张林是展望的人，而特别宽待，这样的同事，我无法容忍，于私……"

她顿了一顿，眼神渐渐的有层薄薄雾气："于私，因为她夺走了你，夺走了我爱了八年的你，这个理由还不够充分吗？"

陆泽磊表情难看极了，原本便昏暗的楼梯间内，沉郁万分。

他冷笑着摇头："慕薇，你不要太高看自己，也不要太小看了我……"

白慕薇不懂："什么？"

"你多次在我面前，用展望来挑拨我和夏晴，你以为我都没有听出来吗？我不揭穿，不代表我不清楚，只是我知道，你做的一切都是对香榭丽舍有利的，所以我任由了你，但是……"他的眼神变得有一些恐怖，"但是我并不是你想像中的我，所以慕薇，适可而止……我们依然是最默契的同事，依然……"

"你从来……都没有喜欢过我吗？"白慕薇忽然打断他，眸光晶莹如水，那水仿佛在落与不落之间，犹豫徘徊。

陆泽磊看着她，他知道，他不该残忍，可是他必须残忍。

他平静却坚决地说："没有……"

"既然没有，昨天……你为什么会……会失控？我不相信你是那么容易失控的人！"白慕薇心里万分挣扎，面对陆泽磊，她昨天的坚决似乎一夕便可能动摇。

只是陆泽磊却一步一步将她推到万劫不复的悬崖边。

她多希望，他能说出一句温暖的话，来挽救她，拉住她，可是他不但没有，反而再一次推了她一把。

陆泽磊沉默一忽，淡淡地说："你一定要我说吗？"

白慕薇看着他，是肯定的眼神。

陆泽磊微微低眸，那些犀利与冷漠便被暗黑的影子遮掩："那时候，我心里想的……根本不是你……"

锋利的刀，往往可以一刀致命。

白慕薇感觉整颗心瞬间流血不止。

尽管昨夜，她已经决心不再心慈手软，可是面对陆泽磊……她始终抱着一丝残存的希望。

只是这种希望，却总是一次次地被他亲手打碎。

“那么好，我一定要开除张林，为了酒店，合情合理，他的表现本来就不再适合呆在香榭丽舍，如果你不同意，那么……”她看着他，目光微颤，“那么就开除我，反正有没有我，你都可以支撑起香榭丽舍不是吗？没有了我……更没有人再去和你的小后妈作对，何乐而不为？陆董！”

她故意说得残忍。

她知道，陆泽磊不吃软，不吃硬，这种破釜沉舟，就当是她赌一次。

赌上他们八年的感情！不管这感情是友情，还是朦胧不明的爱情……

她转身而去，泪水簌簌落下来。

长发荡漾在脸颊边，她隐忍着哭泣声，直到走进卫生间，四周空无一人，她面对镜子中的自己。

这一次，是真的最后一次了吧？

最后一次，对他抱有希望，最后一次……给他重新选择的机会，也给自己一个成为天使的机会。

可是，她生来就不是天使，她早就知道。

她只能是魔鬼，永远生活在黑暗中，见不得人的魔鬼。

小时候是，长大了还是，天堂离她太遥远，她只能选择地狱。

她拿出手机，拨出了那远在大洋彼岸的号码，抽泣的声音在接通的瞬间停止，变得冷而平静：“安平，我需要你。”

对面是长久的沉默。

白慕薇看着镜子中的自己，泪眼不确定的微微颤抖。

终于传来对方沉稳的声音：“什么时候？”

她忽然心尖一痛，祝安平似乎总是这样，无论什么时候，只要她需要他，他都会义无反顾。

而自己却为一个不爱自己的人，而弄得如此狼狈不堪，自尊全无。

她沉一口气：“越快越好，我想……你回国来。”

“好。”祝安平永远会用最简单的回答，给予她最坚实的依靠。

每一次，当她受伤之后，似乎都可以靠向他，然后……慢慢疗伤。

她知道自己很坏，知道自己残忍。

可是，也许有一天她真的会嫁给祝安平吧……

在她得到香榭丽舍的那一天。

白慕薇回到办公室，面向窗外，她看见夏晴急匆匆地走出去，不动声色。

她知道，不用多久，香榭丽舍将迎来又一场风暴。

这次风暴的始作俑者将不再是她，而风暴的中心却依然是夏晴，那个仿佛永远都成为不了合格酒店人的女人。

她掏出兜里装着的巧克力，昨天亲手做给陆泽磊的，每一颗都是玫瑰的形状，她喜欢黑色，喜欢玫瑰，喜欢巧克力，可是，她却最讨厌情人节。

因为每当那天到来的时候，都意味着孤独、寂寞与寒冷……

她拿出巧克力，一颗颗地吃下，那种甜蜜，因为太甜，而变得微微苦涩。

眼泪早已干涩在唇角边，情人节的余味，不胜其苦……

夏晴，我等着看你如何面对即将发生的一切。

这种苦味，我会让你十倍品尝。

第六章 空中花园，心理攻防战

男人靠征服天下来征服女人，女人靠征服男人来征服天下……

香榭丽舍在成功打赢情人节战役后，平静地度过了一个月，陆泽磊没有辞掉张林，但是张林却自己辞职了，因为那件事情，毕竟众说纷纭，他到底受不了压力。

当然，白慕薇也没有被辞掉，陆泽磊当然不会这么做，然而冷艳的天使，却好像更加冰冷了，那之后，她没有再和陆泽磊说过任何一件无关公事的话。

这天，白慕薇与一个人在香榭丽舍咖啡厅聊天，对方不时拉着白慕薇的手，白慕薇常常用捋头发等动作避开，陆泽磊路过咖啡厅，玻璃窗旁，那两个人的身影，令他驻足。

白慕薇与那人一起起身要走，正迎上陆泽磊，白慕薇神情一滞，随即若天使一般微笑看向身边的人："刘总，这位……陆董，陆泽磊。"

"早就听说了陆家公子年轻有为，果然不错，陆董，以后我们合作愉快了。"

说话的人是刘总，娱乐界响当当的人物，刘明磊！

刘明磊怎么会和慕薇在一起？

陆泽磊心中疑惑，却依然风度地与他握手，刘明磊，谁都知道，他是娱乐业大亨，娱乐圈中翻云覆雨，可以一夜之间造就一个明星，也可以一夜之间毁掉一个明星。

"刘总可以光临香榭丽舍，是我的荣幸。"陆泽磊简单的客套，对方亦是，"哪里哪里？"

说着看一眼白慕薇："有白小姐这样能干又漂亮的小姐亲自邀请，我怎么能不来呢？"

白慕薇礼貌微笑："您真是太夸奖我了。"

刘明磊眼光微眯，在白慕薇身上反复打量："我们的发布会就定在你们酒店，到时候许多媒体和明星都会到场，对你们酒店的宣传一定很好，白小姐可欠我个大人情，记得谢谢我哦？"

白慕薇点头："那是当然的了。"

陆泽磊听得有些疑惑，却没有开口问，等刘明磊走了，他与白慕薇一同上电梯，他看着白慕薇侧脸，那分明不可掩饰的美丽，偏偏透着令人畏惧的冷漠："慕薇，刘明磊说的什么发布会？"

白慕薇淡淡道："《一步登天》电影发布会，主演刘磊、赵子英、孙小歌、付玲玲都会到，还有各大媒体，一定……又是一场大的宣传。"

"可刘明磊那个人……不正经，你还是少与他单独相处的好，以后关于这个发布会可以交给其他人，如果你要谢谢他，我陪你去。"陆泽磊知道，白慕薇依然气他，那个冷漠如暗夜玫瑰的白慕薇，又回来了。

直到电梯门打开，白慕薇也没有说一句话，直到走到宴会厅门口，她才回头看向跟着她来到宴会厅的陆泽磊："陆董，我希望你搞清楚，我是在工作，而你无权过问我的工作方式，我的任务是给酒店带来更大的利润，你现在是干什么？保护我吗？你陪我去？你是我什么人？"

"我是你老板！"

"那么抱歉，我是用私人交情请到的刘总，我要谢谢他，也是私人事务，老板无权干涉。"白慕薇白净的双颊有些微红晕，她转头，"老板，还有事吗？没事我要工作了。"

"慕薇，你一定要这样不可吗？"陆泽磊突地拉住白慕薇手腕，这不是第一次了，白慕薇这一次果断甩开他，"陆泽磊，这个问题你已经问过，我们已经说得很清楚，你更没有必要同情我、可怜我……"

她话没说完，陆泽磊还是将她拽进宴会厅，将门关上，白慕薇要夺门出去，被他扣住肩膀："慕薇，好！就算从此我们不是朋友，那么……我不许我的员工出卖尊严，不许你……和刘明磊那种人单独混在一起，不许你自我作践，可不可以？"

"哼！不允许？这话真是可笑！如果我没记错，当年，你那心爱的后妈也是上了嘉信集团皇太子杨昊的床才保住了香榭丽舍！"白慕薇说着，星辰一样的美目瞪向陆泽磊，有如刀光，"怎么？她可以……我就不可以？她这样做就是舍身取义、为国为民？我这样做，就是下流龌龊、自我作践？"

白慕薇眼泪滴在唇边，一颗颗变成一行行："陆泽磊，你公平点行不行？"

她几乎失声地喊道："或者，你就不要再管我，不要再来烦我了，好不好？"

陆泽磊一怔！

"你不要我，就放了我！"她用力挣脱开他，陆泽磊怔忪间，白慕薇已经开门出去。

陆泽磊愣在当地，他不知道，那天晚上竟会对慕薇造成这样大的伤害，更没想到，她竟会如此恨自己！那么高傲的女子也会去求刘明磊！

白慕薇冲出宴会厅，躲进楼梯间，她好想放声大哭一场，却只能强忍着，整个人似乎虚脱了一样，陆泽磊，我恨你！如果我变了，变得自我作践，下流龌龊，那也是因为我爱你……

她承认自己矫情，承认自己爱钻牛角尖，可是，在她的世界里，就只有两种人，爱人和敌人！

这，已经不是她能够改变和选择！

白慕薇又接下了大单子，酒店上下虽然对她不太喜欢，却不得不佩服她。

但是，与此同时，各种流言也不期而至，她到底是用了什么手段，说服了刘明磊，那个娱乐业大亨，潜了不知多少女明星的老总？一个艳美的女人和一个好色的男人，答案似乎是显而易见的，这种传闻在酒店这种八卦聚集的地方当然一天之内就可以传开。

白慕薇不需要听说，也知道会被传成怎样，但是她毫不在乎，甚至任由这种传闻继续，她也毫不避讳地和刘明磊来往于酒店之间。

她承认，她有些故意，她知道，有一个人也许会在某一个角落看着她。

灯火阑珊，夜里的香榭丽舍窗外一片旖旎，灯红酒绿映亮了整片天，星光早已淹没在了城市的喧嚣中。

白慕薇站在窗边，望着来往穿梭的车流："安平，谢谢你，你才回来就马不停蹄的帮我搞定了刘明磊。"

"这不是应该的吗？"

原来祝安平已经在半月前从瑞士回到了国内，并且在白慕薇的安排下一直住在香榭丽舍。

"慕薇，你知道，我愿意为你做任何事情。"祝安平平静却动情地说。

白慕薇微微回眸，卷发遮掩了她半边脸，她没有捋开，只是凝视着祝安平，微微而笑："安平，如果我爱上的人是你该有多好？"

"你现在可以试着爱我，或者给我爱你的机会。"祝安平走近白慕薇，白慕薇却低下眼，叹息道："安平，明知道没有可能的事情，我还要给你机会，那我就太自私了不是吗？不错，我的确是个自私的人，可我不能这样对你。"

祝安平凝眉："我不在乎。"

"可是，我在乎。"白慕薇目光诚恳，"安平，你是我最信任、最好的朋友，我不希望失去你，更不想伤害你。"

"陆泽磊究竟哪里好？"祝安平始终不懂，那个阴阳怪气的小子，凭什么占据了白慕薇的心，白慕薇笑了，带着几分哀凉，“他哪里都不如你，可我……就是爱上了他……”

夜色，沉得几乎压垮了这喧嚣的世界……

这是祝安平早就知道的答案，也许，慕薇说得对，不曾开始就不会结束，就没有伤害，她的怕，她的担心，成为了他的审判书！

酒店里的传闻越来越多，越来越离谱，传说，白慕薇经常夜不归宿，留在酒店三十层某房间内直到深夜才会离开。

这一天的晨会，陆泽磊心里装着这些传闻，脸色难看极了。

“今天，我有一个提案，请大家参考一下。”白慕薇投入工作之时，绝对认真，她将手中的资料递给在座每一个人。

“空中花园？”夏晴拿到资料，不可思议地看向白慕薇。

白慕薇点点头：“不错，是空中花园，效仿国外的酒店，建造一个空中花园，吸引上流社会的名人名士，刺激他们的消费。”

“不行，这资金上绝对是大问题，我们酒店其他运营一定会受到影响。”财务部总监当然不同意。

“想法要与时俱进，没有创新就没有发展，这么简单的道理，我想大家都明白。”白慕薇据理力争。

“白总，我想这也不算个创新，毕竟国外已经有了，真正的名人名士出国应该不少，已经不是新鲜的了，也许并不能刺激他们，到时候只怕适得其反。”夏晴分析道。

白慕薇看向她，看着夏晴的眼光永远冷若冰霜：“夏总，名人名士们也是在国内的时候更多，保守的那一套，在如今这个快节奏的社会已经不行了。”

“可是空中花园确实是一笔不小的开销，我们除非找到足够强的投资人，否则以我们酒店目前的财力，恐怕……”市场部刘玉寒永远站在客观的角度，不偏袒任何一方。

白慕薇看着她笑道：“刘总说得非常对，最重要的就是找到投资人，而这个投资人我已经谈的差不多了。”

“哼，不是那个刘明磊吧？”人事部总监王粲，一直对白慕薇有些看法，说话自然冷嘲热讽，白慕薇并不介意地微笑道：“是谁都不重要，重要的是我能为酒店带来最大的利益！香榭丽舍这几场胜仗都是我全权负责的，没人提出异议吧？”

的确，香榭丽舍近来的大单子都是白慕薇带来的，这些谁都不能去否认。

“那么，我的能力大家也是有目共睹，我是不是为香榭丽舍好，大家心里也都有数。”她说着看一眼夏晴，又看一眼陆泽磊。

陆泽磊始终沉默，这时方才开口：“好了，如果白总你可以找到我们大家都认为很强很合适的投资人，这个计划就可以实施，可以去尝试，可是如果你找来的投资人不够强大，那么……你也不要再坚持。”

“OK！”白慕薇淡淡地答一句，并不看他。

晨会散了，白慕薇被夏晴叫住，会议室只剩下她们两个人。

“白总，我想问你，你对我是不是有什么误会？那么我希望你说清楚，你针对我，不要针对香榭丽舍。”夏晴的话单刀直入，她不想再和一个小女孩兜圈子。

白慕薇却冷冷笑了：“夏总，我拜托你专业一点。对！我说过，我就是针对你，可是，请你不要把个人感情与酒店前途混为一谈。”

“好！那我们就来说说酒店前途，白总，不管你和刘明磊是真是假，你还是个年轻的女孩子，这样的传闻对你不好，你可以说我也曾经这样做过，可你和我不一样，至少杨昊不是刘明磊那样的人……”夏晴不愿意看到一个好好的女孩，为了某种不明不白的原因，而赔上了大好青春，那种日子，自己过过，那绝对是痛苦的回忆。

白慕薇冷哼一声：“真是语重心长啊！不愧是给人家当妈的……”

她走近夏晴两步：“我怎样过，那是我的选择。我的生活方式，都与你无关，与香榭丽舍无关！况且……男人靠征服天下来征服女人，女人靠征服男人来征服天下，我并不觉得这是件多么可耻的事情……”

白慕薇轻轻拍了拍夏晴的肩：“至理名言哦，与君共勉！”

说完，白慕薇没有给夏晴再说话的机会，便转身出了会议室。

夏晴叹息一声，这样的女人，留在香榭丽舍，她心里总是不安，虽然她给酒店带来了利益，虽然她看上去都是在做对酒店有利的事情，可她总是有种天下没有白吃的午餐的感觉，她总觉得这个女人，会是香榭丽舍的暗雷。

夜晚，无数灯火照映进酒店的玻璃窗，那些灯火的繁华却令人感到一种更大的孤独。

所谓孤独，是心的孤独，无论阳光还是灯火都无法照亮的孤独。

慕薇一直觉得自己是一个孤独的人，母亲过世之后，这种孤独便更加不能掩饰。

“慕薇，你这又是何必？他们根本人人都和你作对，何必呆在香榭丽舍。”祝安平一直不明白，既然白慕薇已经对陆泽磊死心，为什么还要呆在香榭丽舍。

白慕薇靠在窗边:“安平,你不懂,现在不是他们和我作对,而是我在和他们作对。”

祝安平一怔，从小到大，无论白慕薇要做什么，他只是帮助她，支持她，从来不问原因,可这一次他却问道:“慕薇,既然都结束了,无论谁和谁作对,还那么重要吗？”

白慕薇突地转身，冷艳的眸因夜的冷而更加寒冷了：“安平，对我来说，非常重要！若你帮我，我感激，若你不愿意，我也绝不会怪你。”

两个人正说着，祝安平还来不及回话，便听见有敲门声，祝安平微微蹙眉，他回国并没有告诉任何朋友，会是谁？

白慕薇亦凝眉望他，现在已经接近十二点，会是谁？在这个时候敲门？

“是谁？”祝安平走到门边隔着门问。

外面没有人应声，白慕薇道：“你有什么朋友是喜欢深夜拜访你的？”

她眼神微挑，有些暧昧意味，祝安平却摇头苦笑：“慕薇，除了你，没有女人可以留在我的房间超过八点。”

祝安平要证明一般，一把拉开门，白慕薇一怔，门已经被打开。

昏暗的房间内，有忽然明亮的灯光，祝安平一惊，白慕薇朝门外看去，亦是一惊，而最为震惊的却不是他们，而是门外站着的人。

他不可思议地看着他们两个人：“安平？是你？”

“泽磊？”祝安平回头看看白慕薇，白慕薇的脸色冷冷的，并没有太多表情，“陆董是要看看你的员工有没有做什么见不得人的事情，是不是？”

原来，是陆泽磊。陆泽磊走进门，祝安平将房门关好，的确，酒店的传闻已经令他烦躁不已，加上今天白慕薇说已经找到好的投资人投资空中花园，他真的以为那个人就是刘明磊，以为白慕薇因为和自己赌气而做出了傻事。

他却没有想到，传说中每晚都在这个房间中流连的白慕薇是和祝安平在一起。

他看看祝安平，又看看白慕薇，心里忽然安静了不少，如果真是这样，如果慕薇和安平在一起，一定会幸福。

陆泽磊知道，祝安平一直很喜欢白慕薇。

“泽磊，好久不见。”祝安平略微客套地说，递过一杯红酒。

“确实好久不见。”陆泽磊接过红酒，喝了一口，“什么时候回来的？”

“才回来。”祝安平看一眼白慕薇，“这不是……慕薇说有项目要与我合作，就把我给叫了回来。”

“项目？”陆泽磊看看白慕薇，白慕薇白他一眼，“你以为，我是和谁上床换了投资吧？呵，不要以为这个世界上的女人都是夏晴，也不要以为这个世界上的男人都是杨昊。”

白慕薇柔美的卷发散落在高傲的肩膀，她的肩永远承受着不是她该承受的沉重，却从没有被压垮。

陆泽磊看着白慕薇，他知道，她是从不认输的女子，或恨，或爱，没有中间。

对于夏晴，她或许已经是恨了。

“那么，你所说的投资人，是安平？”陆泽磊回避了她的冷嘲热讽。

白慕薇走到了祝安平身边，看向陆泽磊：“是，但是不是你想的那么龌龊。”

“你明知道我只是关心你。”陆泽磊看向祝安平。

祝安平笑道：“你们两个，都是我的朋友，说起话来不要这么夹枪带棒吧？”

白慕薇笑道：“安平，现在是他怀疑我，他怀疑我是一个用肉体换取金钱的女人，和妓女没有分别。”

“慕薇，你何必把话说得这么难听，你明知道我不是这样想的。”陆泽磊虽然了解，白慕薇就是这样极端的女子，可是他依然不能让她这样说她自己，她分明是在故意刺激他。

“不是吗？不是你来干什么？不是要捉奸在床吗？”白慕薇转身望向窗外，窗外，依旧灯火辉煌，白慕薇的眼睛却已模糊了那种光亮。

泪水，照映星光，模糊了整座城市。

她的确是故意那样说，的确是要把自己说得那样不堪。

也把陆泽磊说得那样不堪。

陆泽磊叹息一声，看祝安平一眼：“既然是合作，安平，改天我们办公室谈，我还有事先走了，你有空我请你吃饭。”

陆泽磊转身，白慕薇轻轻道：“不留下来多喝一杯？不怕我醉在这儿就不走了吗？”

陆泽磊笑笑：“既然你是和安平在一起，我也放心了，我家还有人等我夜宵。”

白慕薇脸色一滞，陆泽磊便是这样，从来不会如祝安平一样顺从她，她强他也强，那句话明明也是为了气她。

祝安平将一杯红酒一饮而尽，坐在宽大的沙发上，望着白慕薇，这个美丽寂寞的女人，一朵永远不低头的白色莲花……

陆泽磊回到家，夏晴的确没有睡，家里还亮着灯，他走进屋中，夏晴正好端着一碗红豆汤走出厨房，陆泽磊笑笑：“真被我说对了吗？真的有人等我吃夜宵？”

夏晴不懂，只道：“你要吗？张阿姨熬好走的，最近她家里有事，做了晚饭就走。”

“好啊，拿一碗给我。”陆泽磊在沙发上坐好，这个房间什么都没有变，转角的楼梯，还有落地玻璃窗前放着的爸爸的相框。

夏晴将红豆汤拿来给他，陆泽磊笑道：“今天怎么还没睡？不会真的是等我吧？”

“确实是在等你。”夏晴喝一口汤，看向泽磊，目光有些郑重，“泽磊，你愿不愿意跟我好好的谈一谈白慕薇。”

陆泽磊一怔，柔美的灯光令夏晴原本清淡的面容有一丝温暖的味道，想起白慕薇，陆泽磊此时的心情却是复杂万分：“我和慕薇是同学，到了瑞士之后，我一直心情不好，最开始也没什么朋友，总是一个人，慕薇也是一样。虽然她已经在瑞士很多年，可是她很寂寞，她不喜欢和人接触，有点高傲，但实际上她很脆弱，她的心，就好像是不能接近的玻璃，碰碎之后，那些碎片便会伤害身边的人。她不坏，只是有点执着，认定了的事情，无论是谁也改变不了。”

“这点我倒是看出来了，可是泽磊，你不要让她和刘明磊那种人走得太近，我知道，正如她所说我没有资格这样说她，可是刘明磊和杨昊不一样，杨昊是个有情义的人，刘明磊不是，他是怎样的人，我想不用我说你也知道。”夏晴微微叹气，“受制于人的日子也不好过，一个女人被流言包围，也很痛苦，那种日子我过过，我是真的不想她年纪轻轻，也和我当时一样。”

陆泽磊看着夏晴，眼色有点阴：“这些话，是谁跟你说的？”

夏晴一怔，陆泽磊凑近一些，眼神似更冷一般：“你不会说这种话……”

“泽磊，人是会变的。”夏晴看着陆泽磊，这些话很普通，她不知道，他到底怀疑什么？

“你变了吗？”

“泽磊，不要总以为自己很了解我。”夏晴不想对陆泽磊这样疾言厉色，可更不想让陆泽磊有分毫的误会。

“呵，也许吧。”陆泽磊幽幽地看着她，“也许连你自己也不了解自己，我或许不了解你，可我了解……展望！”

一个名字，总能割裂如今两人间努力维系的脆弱情意。

夏晴不语，陆泽磊道：“你去过监狱了吧？是他一定说慕薇有问题，于是你就一定觉得慕薇不是好人？不是为香榭丽舍好？”

“如果是你，你不会拿自己当例子，好像一副关心慕薇的样子，如果是你，你会直接说，这样的行为不好，不会故意来表现你是多么仁慈地在为慕薇着想，你很直接，很直白也很单纯。”隔了一会，陆泽磊才说出口。

单纯？夏晴不禁冷笑，经历了这么多的她，怎么可能还会单纯？

“泽磊，如果你相信白慕薇，我也无话可说，我只是希望你不要因为她是你的同学，而放低了警惕，我跟你说的很多话，你都不相信，但是我还是要说，白慕薇曾经亲口跟我说过，她就是要针对我，不管她为什么针对我，我都觉得，对香榭丽舍不是好事，所以……”夏晴看一眼陆泽磊，“我想，如果我离开香榭丽舍会不会是更好的选择。”

陆泽磊一惊，碗中的红豆汤突然凉了很多似的，他看着夏晴，明亮如阳光的眸子，此时沉沉如夜：“只怕，慕薇只是你的借口吧？”

“泽磊……”

“他快出狱了，所以你迫不及待地要摆脱香榭丽舍，摆脱我？摆脱……陆家！”陆泽磊突地站起身，他不知道自己怎么会说出如此丧失理智的话，但，这就是他心底最真实的想法。

“泽磊，你想多了……”夏晴不急不缓地答他，面对他的愤怒，她内心坦荡，“我是真的觉得，白慕薇的确很能干，但她毕竟很年轻，会被自己的感情左右，如果因为想要针对我而置香榭丽舍于不顾，我又怎么对得起陆家？对得起你？还有……你爸爸！如果我离开，可以让她专心于工作，那么我相信她绝对是少有的优秀酒店人，何况如今我呆在香榭丽舍，本身就没有意义。”

夏晴的确没有想过关于展望出狱后的事情，也的确不是因为展望而要离开香榭丽舍。

不错，白慕薇是借口，是她累了，想要休息的借口。

但是，她知道，泽磊的执拗就如陆辉，不会那么轻易地放她离开。

这其中的原因，想必他那所谓的幼稚的情感不是最主要，最主要的是他不能接受，她离开香榭丽舍却和展望在一起。

她都可以理解。

人，往往以为自己和别人都很简单，但实际上既低估了别人，也低估了自己。

“我不会让你离开！”陆泽磊走向楼梯，扶着白色的楼梯把手，曾经，在这个转角楼梯上发生过太多的故事。

这里，曾经充满阳光，可是如今剩下的，却只是回忆的苍白……

夏晴叹一口气：“我还是会走，没有什么可以束缚我。”

她闭眼，泽磊，你为什么不懂，我留下来毫无好处。

陆泽磊没有说话，转身上楼，这个房间，依然还是他们两个，依然还是一点都没有变的房间，可是正如夏晴所说，也许他们……都变了……

次日，祝安平的到来，再次令香榭丽舍上下惊动。

祝安平，神秘的风云人物，并不常常见诸报端，只是关于他的传说却很多，年纪轻轻，亿万身家，他背后的家族是复杂的家族集团，他似乎游离于家族之外，却又掌控着绝对的权威。

有人说他是私生子，有人说他是家族长子。

会议室内，除了陆泽磊，也许只有白慕薇不是震惊的。

没有人会想到这个风云人物会来到香榭丽舍，并且加入他们的会议。

当宣布祝安平就是空中花园项目的投资人后，没有人再对空中花园的项目提出任何异议。

同时，夏晴宣布辞职。

会议之后，白慕薇一身莲花纹白色套裙，靠在会议室转角的墙边，夏晴走过时，她叫住了她：“你怕了吗？想逃避吗？”

开完会的人狐疑地看着两个人，也看着白慕薇曼妙的身姿，这个女人，一直是一幅画，永远都是赏心悦目的，如果她不说话，如果她不锋芒毕露，绝对是一个令人神魂颠倒的女神。

可一旦开口，一旦言语如刀，她就是一个令人畏惧的女巫。

夏晴当然不想在这样的场合下与她争执，她回头看她一眼：“回办公室说。”

白慕薇没有反驳，在她之前走了，陆泽磊与祝安平看着，祝安平道：“泽磊，我们也谈谈好不好？”

“好啊，你回来之后我们还没有好好聊聊。”陆泽磊道，“楼下咖啡厅吧，那儿应该很合你的口味。”

RM办公室，夏晴关上门，白色的百叶窗露进几丝微弱的阳光。

就好像现在的香榭丽舍，外表看去，依旧光芒四射，可里面却只有一点点的阳光不足以冲淡屋内的冷。

“白总，我不管你为什么要针对我，也不管你的目的，如果你的目标是我，我认输，我离开，我不会和你争任何事。”夏晴看着她。

白慕薇轻轻捋一下卷发，摇头笑笑：“是谁……堂而皇之地说……要保护香榭丽舍的？这么快就认输了，泽磊还真是可怜。”

“和泽磊无关……”

白慕薇眼光微微一滞，看向夏晴：“我也希望这一切都和他无关。”

“我走了，如果可以让你好好的在香榭丽舍工作，不要再针对任何人，也不要再让自己过得那么累。”夏晴的话，话里有话。

白慕薇笑道：“我说了，我和你不一样，我可不是人尽可夫的女人……”

她话里故意带刺，夏晴不和她计较：“伤害别人并不能令自己更快乐。”

“好！那我就不说那些有的没的了。夏晴，既然你认输，你退出，那么我也没什么好说的，不过夏晴，我有个条件。”白慕薇永远要占据上风。

夏晴觉得可笑，却还是愿意听她说下去：“你说。”

“你要走，就走的彻彻底底，永远……离开陆泽磊！”白慕薇的眼神露出女巫一样冷冰冰的森光。

夏晴看着她，她的眼神好像要将自己杀死，那种恨，好像已经深入到了她的内心，难道仅仅因为陆泽磊吗？她不信。

“你指的永远是什么？”

“泽磊已经满了十八岁，不再需要你的监护，你还留在他身边干什么？不是早就说过对香榭丽舍没有企图，不是说，不是为了陆家的财产才嫁给陆辉。既然如此，你现在不是应该离开了吗？”白慕薇的一番话，令夏晴一惊，为什么，她感觉白慕薇知道的很多。

她的年纪应该与泽磊相若，对于上一辈的事情，对于香榭丽舍的曾经，为什么她感觉，她好像知道的不仅仅是一点点？

她不动声色：“到底是年轻，还是个女孩子，好，我会彻底离开，搬出陆家，也希望你可以真的全心全意为香榭丽舍工作，至少……”

夏晴唇角微微扯动：“至少不要对香榭丽舍有别的企图！也不要伤害泽磊。”

白慕薇的眼神忽然变得落寞，她微微低头，掩饰那一瞬间的弱势："陆泽磊没有人能够伤害他，只有他伤害别人的份。"

"总之，收起你的企图！"夏晴站起身，"你收起你的企图，我就永远的离开……"

白慕薇亦站起身："夏总，那就一言为定。"

她转身离开，夏晴知道，白慕薇是从来不屑做好人的。

她的保证并不能当做保证来听。

香榭丽舍咖啡厅。

一杯咖啡过后，祝安平才开口说话："泽磊，为什么让慕薇那么伤心？"

"让她伤心的是她自己，不是我。"陆泽磊说得轻描淡写，这令祝安平微微皱眉，"你不知道慕薇对你的感情吗？"

"我只知道她要的我不能给。"陆泽磊再喝一口咖啡，咖啡的香醇令他的心和语气一样平静。

"为什么不能是慕薇？"祝安平不懂，白慕薇，女神一样的女人，为什么陆泽磊从来都不会将目光特别停留在她的身上。

"因为，我从见到她之前，就已经将眼睛和心留在了国内，和她在瑞士相处了八年的，不过是一个躯壳，一个……行尸走肉。"陆泽磊的眼睛里过往种种，祝安平知道，陆泽磊的家庭，不比自己的简单。

"可是慕薇是个固执的女孩。"

"你也是个执着的男人，我希望最后能给慕薇幸福的人是你。"陆泽磊说得诚挚。

咖啡的苦涩自舌尖迂回到心里，这句话，好像是一口苦到了极致的黑咖啡，他怎么不想？却知道，那不过是一个太遥远的梦而已。

祝安平投资香榭丽舍空中花园的消息，一经传出，又是业内一大新闻，香榭丽舍近来接连的事件和新闻，都引起了业内的关注，当然也有他们最大的对手——艾伦格伦。

而白慕薇这个名字，也以最快的速度传遍了酒店界。

香榭丽舍，依然屹立在一片萧瑟的寒冬。

白慕薇，这个初到香榭丽舍的神秘女子，从刘明磊再到祝安平，一个个大单后的大卡司，更令她的神秘充满了猜疑与非议，白慕薇是天使还是魔鬼？在夏晴离开后的香榭丽舍，似乎已经没有人再敢去挑战！

第七章 剑在手，香榭丽舍 VS 艾伦格伦

心的尽头，没有灯……谁才是你心头的灯？即使我在你心里再渺小，再微弱，我也愿意用我仅有的光，去照亮你……

尽管陆泽磊一直压着夏晴的辞职信，但是就如夏晴所说他并不能阻止她的离开。

她离开之后，香榭丽舍紧接着就要承办《一步登天》的发布会，一连三天的明星接待，媒体安排等等工作也令陆泽磊暂时顾不上夏晴。

可是他不会让夏晴就这么离开香榭丽舍，离开他们那座有太多回忆的家。

“展望，真的不进去吗？”

冬已经过去，四月天气，春意漫漫，香榭丽舍芳菲旖旎。

只是这份春意却早已不属于苍凉的心。

展望仰望着这座如宫殿一样华丽的酒店，这里，曾经有他的梦想，有他的爱情，还有他的兄弟！

如今，物是人非，一切都仿佛是极遥远的事情。

“不了，看看就好，我们走吧。”展望的声音很沉，与这春的盎然格格不入。

夏晴微微一笑：“也好，回家吧。”

今天，是展望出狱的日子，他的第一个愿望就是看一看香榭丽舍。

夏晴知道，这一眼，他等了八年。

夏晴自从搬出陆家，便住在从前爸妈留给她的房间，自从与父母断绝了关系，她虽然常常将钱打到父母的账号，她却知道爸妈一直都没有用那笔钱，甚至搬到了外地去住，可是，却没有换家门钥匙，她用之前的钥匙还是进了来。

她不知道父母什么时候才能原谅她，她更知道，从来都是老实人普通人的父母，

一定不能接受那段日子的她，天天见诸报端，都是行为不检，水性杨花，甚至爱上杀人犯和谋夺陆家财产的消息。

这样的流言，一定让老两口无法再在这里生活下去，老街坊，老邻居都会用怎样的眼光看他们？他们一定承受不住，才搬到了外地，更断了音讯。

自从住进了这里，夏晴常常很心痛，常常想起父母，如今他们的年纪越来越大，她希望，有一天可以让她这个不孝的女儿来弥补这样的过失。

展望从前的房子已经卖掉，他暂时跟夏晴回家。

这八年来，展望一直很少与夏晴多说话，如今也是一样。

“你准备一直用这样的状态跟我相处吗？”夏晴望着窗外，这里没有繁华也没有喧嚣。

这个不过是普通的两居室，有的是令人沉淀的安静。

许久，展望才说：“夏晴，你应该知道，经历了这些，我们根本不能再回头……”

不能回头！夏晴苦笑：“你还恨我是不是？”

“我没有恨过你。”展望看着她的背影，这八年来，这个背影消瘦了却坚强了。

“好！那我们不谈这个，你对我就算不再有感情，我相信你对香榭丽舍依然有感情，那毕竟也是你一生的心血，不然你不会一直不见我，直到香榭丽舍遇到危险。”夏晴知道，如果要找回展望，那个既有城府又温柔入微的展望，不是一天两天可以的，他们这八年，好像已经隔了太遥远的距离，她一直在追赶他，而他却一直在不停奔跑。

既然如此，便先从他们都关心也是唯一的维系开始。

“你上次说的那个女孩，如果真的是因为泽磊对你的感情而针对你，那么，你走了，她就应该不会再对香榭丽舍怎样。”展望对于整件事知道的并不十分清楚，监狱的探视时间只有那么一点点，每一次夏晴只是简单地说，在他的脑海里，只知道有一个厉害的女孩，她好像无所不能，是泽磊的同学，不掩饰对夏晴的敌意，对于香榭丽舍是潜在的危机，如此而已，他甚至不知道她的名字。

上一次的事件，夏晴问过展望的意见，包括这一次，展望建议她离开香榭丽舍，都只是基于她的有限的描述。

可是夏晴却觉得远远没有那么简单。

“我不这样认为。”夏晴回头道，“你没有见过那个女孩，她是我见过的最不可思议的女人，美丽、智慧、镇静、妖娆、冷艳又高贵，她永远散发着光芒，可是，她的另外一面却恰恰相反，冷酷、无情、尖酸又有手段，她人前永远是一个天使，可是面对她想要对付的人绝对是可怕的魔鬼。”

展望微微凝眉，这样的女人，这个世界上有吗？

“也许是你想多了。”展望起身，“香榭丽舍的事情，我已经管不着，也已经与你无关，我们就不必操心了，能不能掌握香榭丽舍的命运，就要看泽磊的了，我相信泽磊也不是个简单的人。”

“展望，你真的放得下香榭丽舍？”夏晴不相信，“即使，我觉得……那个女人很可能真正针对的是香榭丽舍，你也无所谓？也还是不想管吗？”

展望沉默一忽，忽然笑了：“你总是过于感性了，一点都没有变。”

他说完，走向卫生间，夏晴怔住，看来，展望真的是要远离那个圈子，再也不要介入一样。

这样下去，她也离开了香榭丽舍，泽磊，你一个人真的应付得了这一切吗？

她知道她应该相信泽磊，可是，她更希望展望可以帮他，不要再让香榭丽舍经历什么苦难。

夏晴搬出陆家，那是与白慕薇的口头协议，白慕薇当然会知道。

陆泽磊整日的愁眉不展她自然看在眼里，却什么也不说，她知道这是她的好时机，可是她不急于出手，反而故意与祝安平出双入对，谈笑风生，她很希望在陆泽磊的脸上看到哪怕一点的情绪，可惜没有。

平静的日子过久了，刺激总会不期而至。

白慕薇喜欢一个人，一个人逛街，一个人看电影，一个人去唱歌。

芒果 KTV 是她经常光顾的地方，凌晨两点，她一个人走出 KTV 大门，她知道自己要喝酒，没有开车，而是站在路边打车，夜很暗，今天忽然静得令人害怕。

白慕薇左右四顾，怎么好像这里特别安静，不知是不是天生敏感的警觉性，让她忽然有种危险的感觉，她开始不安，迅速向 KTV 走回去，才走出两步，突然，一个人从路边转角处蹿出来，一把捂住白慕薇的嘴，白慕薇刚要挣扎，双手便被人钳制住，她一回头，已有四个人冲了出来，将她连拉带拽到路边，迅速按进了一辆黑色车子。

“你们是什么人？”上了车，他们松开白慕薇，他们个个用脖套蒙面，不说话。

白慕薇扫视他们，一个个的眼神都是冷酷而狠厉的。

这种情况，不用想也知道一定是有什么人要见她。

“是谁要见我？”白慕薇强自冷静下来，淡淡地说一句。

副驾上的人带着黑色墨镜，笑了笑：“白小姐真是聪明，蕙质兰心。”

“到底是谁要见我？”白慕薇知道，他们不会伤害她，这样的架势，一定是她得罪过的什么人。

不过她得罪过的人不算少，是哪一家上门寻仇，她可是无从想起。

“到了你就知道了。”那个人显然暂时不会说。

白慕薇也不再问，而是镇静地坐在车上，车上的人倒是佩服她一个女人，都这样的境地了，竟然没有一点慌张之色，反而安静地坐在车里，一句话都不再说。

车子行驶大概半个小时，该是到了某处近郊。

白慕薇被押着下车，她一甩："不必押着我，我不会跑也不会叫，我到还要会会，是谁对我这样礼遇。"

白慕薇与生俱来的高贵倒是令人感觉她确实不害怕，莫名的没有再押着她。

几个人在前，几个人在后，白慕薇在中间，走进一间简陋的仓库。

仓库之中，有昏黄微弱的灯光。

正中有一张桌子，那里稳稳地坐着一个男人，黑色西装，没有戴墨镜，英挺的鼻翼被灯影晃着，眼眸更显得深邃。

这个人，她认识！

白慕薇见了他，微微一笑："我以为是谁，原来是艾伦格伦的当家，穆董一向可好？"

艾伦格伦总裁穆易，爱享受，并不常常在酒店过问酒店的经营，却依然对一切了如指掌，虽然已经四十五岁，却看上去如三十出头一样壮实。

谁都知道，穆易有黑社会背景，艾伦格伦当时的起家也是因为有这样的背景，才能做大。

一直以来，都是香榭丽舍最为强劲的对手。

"我好不好，白小姐还不知道吗？"穆易点燃一支烟，烟雾缭绕中，望着眼前绝美的女子，"啧啧……真是名不虚传，白小姐果然冷艳高贵，长得真是漂亮。"

他说着，一个眼色，白慕薇身边的一个男人立刻照着白慕薇小腹上便是一拳，这一拳下去，白慕薇如此柔弱的女子，怎么会吃得消，立时踉跄后退几步，差点站立不稳，她疼得直不起腰，捂住小腹，轻吟一声。

"六子，怎么这么不会怜香惜玉？这么漂亮的女人，你居然动拳头？真是一辈子都没长进。"说着，对另一个人说，"花雕，你最喜欢女人了，知道怎么好好疼爱我们的白小姐吧。"

白慕薇抬头，正好对上一双色迷迷的眼睛，她当然知道穆易指的什么，更知道自己到底是哪里得罪了他。

趁着那人走近之前，白慕薇连忙道："穆董，我知道你要什么，你又怎么知道我不会给？我们谈谈怎么样？"

穆易一挥手，花雕忙停住脚步。

白慕薇勉强直起身子，看着穆易："你不过就是怪我抢了艾伦格伦的生意，抢了你的老顾客刘明磊。"

"你知道就好，我们两家一向井水不犯河水，新客户竞争，你们抢去了，我从不说话，可刘明磊多少年都是我的客户，你这女人大概是上了刘明磊那个老狐狸的床了吧？把他魂儿都勾去了。"穆易说话间，站起身，走到白慕薇身前。

白慕薇被他的烟熏得咳嗽："穆董，《一步登天》的发布会我不是非要不可，我不但可以还回去给你，还可以帮你打击香榭丽舍！到时候出了什么事，新闻上怎么写，还不是穆董您一句话的事儿。”

白慕薇冷艳的目光，在烟雾之中更显得迷离而魅惑。

穆易却一巴掌打过去，打在白慕薇白净的脸上：“贱货，你以为我穆易三岁孩子？你会帮我对付香榭丽舍？”

白慕薇脸上火辣辣地疼，该是肿了，她却依然镇静：“穆董，有些事很难说，你应该听说过，这个世上没有永远的敌人，也没有永远的朋友，我跟香榭丽舍是敌是友，想必也不是您所想的那样，总之一句话，穆董，如果您跟我合作，我白慕薇不但保证《一步登天》发布会依然归艾伦格伦，更可以给你香榭丽舍的负面新闻，这您难道不想要吗？”

“我凭什么相信你？”穆易将烟蒂扔在地上，踩灭，他当然不会这么轻易地相信白慕薇。

“您又为什么不信？如果我说假话，以您的势力下次都不用这样大费周章的来教训我，直接叫人做了我好了，我就算有天大的胆子，又有几条命敢骗您？”白慕薇说得轻描淡写，好像现在他们就是在艾伦格伦或者香榭丽舍的会议室谈判，而不是在这个阴森恐怖，死了人都没人知道的破旧仓库。

穆易想想，似乎有理，可是，他依然不信：“原因呢？你的动机是什么？听说你是陆泽磊的同学，跟那小子……呵，上都上过了吧？会害他？”

穆易说话粗俗，可白慕薇心里却莫名一痛，她苦笑道：“我倒希望是这样，可惜他根本看不上我……”

穆易微微皱眉，从白慕薇瞬间失落的神情中，似乎猜到了一二，竟仰头笑了：“哈哈哈……所谓最毒妇人心！我明白了，因爱生恨的戏码……我这辈子倒是真不少见，好！我就信你一次，不过白慕薇我告诉你，如果你敢耍什么小花样，就别怪我穆易……”

他说着，用力比划一下，手起刀落一样，白慕薇笑了：“穆董，我还有一个条件。”

穆易一愣，上下打量起白慕薇。

看上去纤细柔弱的女子，在这样的时候，竟然还敢和自己谈条件？

倒是稀奇。

“好，你说。”穆易走近她两步，白慕薇扬眸看他，“在您得到《一步登天》发布会后，我要您邀陆泽磊来，一来您可以耀武扬威，二来帮我一个忙。”

她说着，看向身边的人：“你们这有笔和纸吗？”

那人看看穆易，穆易示意去拿，那人便拿来纸笔，白慕薇在纸上写下一串数字：“你们打这个电话，约一个人，叫他同时到艾伦格伦去，我不管穆总您用什么法子，我希望，陆泽磊在艾伦格伦看见这个人，但是不要让他们有机会说话。”

穆易接过电话，看去：“展望！”

白慕薇的笑如夜色里妖冶的血莲，美丽而冷酷："不错，展望！我相信以穆董您，绝对可以办得到。"

穆易唇角一扯，这个女人，有意思："呵，有点儿意思。"

他说着，将纸条递给身边的人而一步上前，突地揽住了白慕薇的腰："你这女人……我有点感兴趣了……"

白慕薇并不慌张，笑笑道："穆董，我既不卖笑也不卖身，穆董合作呢，就可以找我，寻欢作乐还是另请高明吧？不然……"

"不然怎样？"穆易越发感到了白慕薇不可抗拒的魅力。

"不然，祝安平会是你的大麻烦。"

提到祝安平，穆易立刻放开了手，他微微沉眉，难怪这女人底气这么足，看来还是有后台撑腰！她不是不怕，是根本不用怕！

穆易倒是庆幸今天的绑架变成了交易，和祝家，那个国际神秘的集团，黑白两道通吃的家族，还是尽量不要翻脸的好！因为一个女人，可更加不值！

"好！我们成交，我不会令白小姐失望，也请白小姐不要让我失望。"穆易立刻吩咐身边的人，"还不送白小姐回去？"

白慕薇微笑转身，其实，她是怕的，心跳早已经失速，只是表面镇定，她知道，面对这种人越冷静胜算才会越大！

这次心里没底的换了穆易，他这次也无异于赌一把，如果白慕薇真的要了什么手段，有祝家撑腰，他也不可能杀了白慕薇！他看看那个电话，纸条上写着：夏晴转展望通话！

这一夜似是梦一般，白慕薇第二天化妆就化了一早上，都遮不住脸上的肿，只能用头发稍加掩盖。

小腹还是有些疼的，那男人那一拳，当真一点都不会手下留情。

白慕薇没有想到，机会会来得这样快，她来到香榭丽舍，香榭丽舍依然为发布会而忙得不可开交。

中午，白慕薇坐在咖啡厅休息，陆泽磊坐在了她的对面。

"慕薇，你是不是以后都不打算跟我好好相处？"陆泽磊突如其来的一句，令白慕薇不解，她笑笑："这问题我们不是第一次谈论了，我想没有必要再浪费时间。"

"好，我只想说，如果你是为了要气我，才故意和安平接近，不必白费心思，也不要再利用安平了。"陆泽磊靠在沙发上，眼睛却不看她，而是看向窗外。

聪敏如白慕薇，她当然知道陆泽磊不会无缘无故地跑来和她说这些。

"安平和你说了什么？是不是？"白慕薇知道，她的一举一动都瞒不过祝安平，自己的目的，也许陆泽磊不会发觉，或者说不想发觉，但是祝安平一定知道，他一定有感觉，自己在酒店之中与他故意地亲近，是做给人看。

陆泽磊叹息一声："我和安平说，感觉你们之间比在瑞士的时候好得多了，要安平加一把劲儿，安平却说，你不过是在利用他来气我，慕薇……"

陆泽磊终于看向白慕薇，目光复杂："成熟一点，我们都是成年人，这样……没有用！我不会生气，而你会伤害安平不说，你自己也不好过不是吗？你为什么不能试着好好和安平相处，好好给他一次机会……"

"陆泽磊，你凭什么这样说？"白慕薇突地打断陆泽磊，"好！我问你，那你为什么不能试着好好和我相处？好好给我一次机会？"

陆泽磊一怔，白慕薇豁然起身，看着他的眼神，不知是痛还是怒："既然你都做不到，凭什么来对我说教？"

她转身就走，陆泽磊想要叫住她，却没有叫出口，她说的没错，自己都做不到，凭什么去要求她做到。

白慕薇不想总是和陆泽磊吵架，见面说不到三句话就会吵起来。

泽磊，你别怪我！既然你不会给我机会，那么……你，我，香榭丽舍之间最后的机会，也就没有了！我白慕薇从小就只靠自己，以后也是！不会靠你，不会靠祝安平，不会靠任何人！我只靠自己！

平复下情绪，她拨通了夏晴的电话，约她下午三点发布会会厅见。

距离发布会还有些日子，发布会会厅还没有完全布置好。

因为时间很紧张，发布会会厅也有很多次修改，因为变动大，刘明磊那边又要求看实景，所以提早布置了这么久，如果修改就随时对实景作出改动。

白慕薇站在酒店的一角看着夏晴到来，祝安平站在她的身边："慕薇，一定要这么做吗？"

"你不要劝我，安平，你相信我，这样做并不仅仅因为陆泽磊，我恨的人，不是他。"白慕薇的眼光随着夏晴消失在电梯门口，才恢复了一点暖意。

祝安平叹息一声："不管你恨的人是谁，剑在你的手上，我都希望，你不要伤害到自己。"

"伤害自己又怎样？从小我受过多少伤？我妈妈去世，已经给了我致命一刀，而陆泽磊，却让我流干了最后一滴血，现在的白慕薇只为目标而活着！"白慕薇将手中的纸杯捏紧，捏得扭曲，"安平，我不想利用你，所以……忘了我吧。"

白慕薇转身而去，陆泽磊今天的话对她不是没有一点触动。

祝安平是怎样为她的人，她心里比谁都清楚，她更知道这样的感情，禁不得被她一刀又一刀地凌迟，让这份感情死，她已舍不得用太残忍的手段，只能……让它自尽！

安平，原谅我！这辈子，我只能爱一个人……

祝安平远远地望着白慕薇的背影消失，黯然落寞，他知道，这一去，白慕薇将彻底走上那条路，那条可能让她再也不能回头的路……

慕薇，你心的尽头，没有灯，谁又是你心头的灯？

陆泽磊吗？也许……

可是，即使我在你心里再渺小，再微弱，我也愿意用我仅有的光，去照亮你……

发布会会厅，以蓝色为主，清新又神秘，又有旷远和大气的感觉。

夏晴四处走走看了看，虽然还没有最终成型，但是已经看出无论是创意还是质量，香榭丽舍都尽了最大的努力，用了心。

她笑笑，看来，也许真的是自己想多了吧。果然如展望所说，白慕薇的目标只是自己，自己消失了，离开了，她就只是一个为香榭丽舍努力工作的员工。

她叹息一声，看看时间，已经到了三点。

白慕薇该不是个不守时的人，夏晴一直等到三点半，刚要打电话给白慕薇，会厅的门便打开了，一个礼宾带着一个女人走了进来，却不是白慕薇，那礼宾依然礼貌的称呼夏晴为夏总，并介绍道：“夏总，这位是刘总的秘书，赵小姐。”

原来是刘明磊的秘书，夏晴礼貌地与她握手。

“你好，我是赵子怡，早听说过夏总，一直没有见面，幸会。”赵子怡典型的职业女性，职业的装扮，职业的微笑。

夏晴笑道：“哪里。”

以夏晴今时今日的身份，并不合适多说，毕竟她已经不是香榭丽舍的人，不能再代表香榭丽舍说些什么。

“夏总，我今天是代表刘总过来看看布景情况，你知道，这次刘总对发布会十分重视，会场也要体现电影的感觉，让人一进来，就有一步登天的感觉。”赵子怡一边说一边四处看。

夏晴只是微笑点头，请便之类的话，她想她也不适合说，看看表，白慕薇到底什么时候才来？

正想出门给白慕薇打电话，电话便突然响了起来，是一串陌生的号码，夏晴接起来，却是白慕薇的声音：“夏晴，我现在这里有急事走不开，我听说刘明磊秘书来了？今天他们没有打招呼，你要是为香榭丽舍好，快帮我一个忙，帮我把蓝色幕布边的白色布拉下来，蓝色和白色并用的方案，他们昨天否定了，我还没来得及让人换掉，免得刘明磊找茬，我一会就过去，谢谢。”

“白……”

夏晴刚要说话，白慕薇就已经挂断了电话，她似乎很着急的样子。

夏晴看看，代表蓝天的蓝色幕布边，确实有一块白色幕布，并且好像是没有挂好的样子。

赵子怡正站在那里望，双眉凝紧，夏晴忙走了过去："赵小姐，到那边看看，我看那边桌上的布置好像很特别。"

赵子怡回头，笑道："那是刘总的提案，当然特别。"

"难怪。"夏晴一边说，见赵子怡转身，便伸手要扯下那块白色幕布，幕布不重，也不大，她很轻易地便拉动了白色幕布，谁知，幕布落下的刹那，一块长方粗木条，大概有两米长的样子，从上方直落下来，夏晴一惊，赵子怡听见动静回头刹那，那长木条已兜头砸了下来，赵子怡花容失色。

"赵小姐小心。"夏晴才出声，赵子怡向后一躲，身子是躲开了，可是那木条却正好砸到了腿上，赵子怡一声痛呼，那木条上的钉子钉入了肉里，她疼得几乎哭出来："啊……"

夏晴忙跑过去："赵小姐……"

"夏总，你们……你们这是要谋杀吗？"赵子怡的声音才落，会厅的门便打开了。

白慕薇，一身白色套裙，冲了进来，身边还跟着陆泽磊。

"夏晴，你怎么在这儿？"白慕薇似乎惊讶万分的一句话，令夏晴立时感觉到不妙，她没来得及说话，白慕薇又连忙对秘书贺兰说，"快叫车，送赵小姐去医院！"

贺兰忙去了，陆泽磊看着夏晴，阳光一样的眼睛里满是阴沉的疑惑，他电话给前台："叫周兵他们到发布会会厅，有人受伤。"

一番忙碌，赵子怡被抬走，送到最近的仁心医院。

会厅之内，只剩下他们三个人，适才，夏晴看着白慕薇紧张的一副不知情的样子，她已能大概猜出接下来要发生的一切。

面对陆泽磊的沉默，夏晴只是道："我说，是白慕薇电话叫我来，并且在刚才用一个陌生电话打给我，叫我去拉那块白色幕布，你信不信？"

她看着陆泽磊，这双眸子，他们不止一次这样相对，却从没有让她感到过这样的失望。

那双眼睛，透着冰冷的光，冰冷背后，似乎有涌动的波澜，随时可以冲破眼眸的冰霜，射出来，甚至想要置她于死地。

"你说刚才慕薇打电话给你？可是今天一天，慕薇都和我在一起！"陆泽磊的话，令夏晴一惊，夏晴看向白慕薇，白慕薇此时眼中一片无邪，那样纯真的目光，再次褪尽了她的锋芒，只有委屈和无奈，"夏总，你要冤枉我，也请打听一下我的行程！今天上午到现在我连午饭都没有吃，一直和泽磊还有刘玉寒刘总开会，你要是不信我，不信泽磊，你去问刘总，我听说刘总也是你的朋友，你去问问她，我是不是一直和他们在会议室开会，只在中午时候上了卫生间，你该不会说我中午打电话给你，让你在赵子怡来的时候拉动幕布吧？况且，赵子怡今天来，我们根本谁也不知道，才听礼宾部的人说了，我们这才赶来接待，夏晴，我知道你对我有成见，可是离开香榭丽舍是你自己的决定，你现在又要来害我！只可惜，你的布局不够周密！”

白慕薇一番滔滔不绝，夏晴几乎无从反击，怎么会这样？为什么她明明接到了白慕薇的电话啊，陆泽磊见夏晴的样子，问道：“几点接到的电话？”

夏晴道：“大概三点四十，白慕薇昨天约我三点见面，在这里。”

“我约你？对，我昨天是有打电话给你，我承认我说的话也不好听，是故意打给你，看你到底有没有彻底离开陆家的，可我就算约你，我为什么要约在发布会会厅？”白慕薇摇头，看陆泽磊一眼，“陆董，我什么也不说了，你们母子俩的事儿，你们自己解决，但是拜托，请你们之间以后不管有什么矛盾、什么误会都不要牵扯上我，牵扯上香榭丽舍！还有，夏晴，即使你要报复我，也请你冲着我一个人来！”

白慕薇说着，似乎怒气冲冲地走出会厅。

夏晴看陆泽磊一眼：“我猜你大概不会相信我。”

陆泽磊低下眼睛，满眼的阴云被遮掩，却遮掩不住口吻里透着的失望：“你要我怎么相信？三点四十……礼宾部的打电话来告诉我赵子怡来了，我特意看了表，那时候慕薇就在我的身边！”

夏晴又是一惊，如此精密的布局，如此恰到好处的计算，白慕薇她究竟是怎么做到的！

她这样陷害自己，又是为了什么？自己已经按照她的意思完全离开了陆家、离开了陆泽磊，那么……她还想要什么！

她很想说些什么来证明自己的清白，可是，她却无话可说……

GM 办公室，三十九层的高度，一直被陆泽磊认为是孤独的高度。

这里，他很少让人来，即使是约了再重要的客户，他都很少让人踏足他的办公室，他把这里当做他一个人的空间。

香烟烧到了尽头，烟雾缭绕了整个房间。

陆泽磊吸烟很少，今天却一根接着一根，好像要烧尽心里的念想，还有那曾经过往的回忆。

白慕薇坐在他的对面，她平时很讨厌人吸烟，可这一次她没有说话，坐在一片烟雾中，看着陆泽磊双眸凝重，终于说：“这次，你信她还是信我？”

事实摆在眼前，陆泽磊想要相信夏晴，却找不到任何理由。

他看一眼白慕薇，低沉地说：“我信你，却找不到夏晴要害香榭丽舍的理由，她没有这个动机。”

“动机？”白慕薇冷冷一哼，“陆泽磊！是不是夏晴在你心里，永远是一只纯洁无瑕的小白兔？永远纯洁无辜、天真可怜？拜托你，她多少也做了那么多年酒店，经历了那么多的事情，为了香榭丽舍也曾经不择手段吧？听说，最后将展望送进监狱也是她的布局，呵，这样的女人，你居然还当她是个纯真少女？我真是不懂你，她给你下蛊了吗？你中邪了吗？告诉你，她在这个酒店的权威已经八年都多，你让她一朝交出所有的权力……她不会甘心！”

“她不是这种人。”陆泽磊站起身，香烟被扔在地上，还燃着微弱的烟火。

白慕薇看了一眼，冷笑道：“她不是？对！她也许主动让贤过，可是你不知道什么是以退为进吗？她就是要给你这种错觉！甚至……利用你对她的感情！你别傻了！她根本就是留恋权力！”

“你不了解她。”陆泽磊依然不相信，夏晴会因为权力而故意伤害香榭丽舍，伤害……他！

“好！”白慕薇站起身，优雅的走到他身边，冷艳又清澈的眸光，在未散尽的烟雾中，无比迷离，“就算她不留恋权力，不迷恋权力，那并不代表她家里的那个人不留恋也不迷恋！”

陆泽磊一惊，看着白慕薇，白慕薇细长的眉微微一动，她转过身，陆泽磊却一把拉住了她的手腕，将她整个人拉了回来：“你什么意思？”

白慕薇手腕被他攥得生疼，却依然微微含笑：“她搬出你家，回到了自己家，也就是她父母的房子，如果你有兴趣可以去看看她……和她的同居男人！”

白慕薇说完，甩开陆泽磊，陆泽磊亦松了手，她走出办公室，烟雾渐渐散去，房间内却似乎依然弥漫着令人迷惑的大雾。

陆泽磊缓缓坐回到椅子上，眼睛望着桌上父亲的照片，双拳陡然握紧！

同居男人？白慕薇指的是谁？

如果，他没有记错，展望已经出狱。

第八章 沉默的玫瑰，夜女郎

黑色的玫瑰，沉默时最美，也最毒！

白慕薇说完那番话，不知道为什么，陆泽磊并没有马上跑到夏晴家，因为安全事故伤了人，刘明磊一方提出解约，重新选择合作多年的艾伦格伦，香榭丽舍贪图廉价，造成安全隐患，致人受伤的大小报道铺天盖地，家族内部斗争，权利争夺殃及香榭丽舍等传闻也令香榭丽舍内部人心惶惶。

夏晴故意破坏，陆泽磊按兵不动，并且赔偿刘明磊损失，刘明磊最终绝对不会起诉香榭丽舍和夏晴的传闻传出，更令香榭丽舍内部动荡不安。

如果夏晴真的是故意，人心怎么能服？毕竟，准备了这么久的发布会，还要为了她的行为而赔偿对方。该花的钱已经花了，该准备的各部门都已经准备，心思和金钱如今全部白费，还要看着竞争对手风风火火地宣传。

陆泽磊当然不会注意不到酒店内部的变化。

人心不齐，是最要不得的，偏偏在这个时候，他接到了穆易的邀请。

虽然，是香榭丽舍最主要的竞争对手，可是和穆易他却几乎没有打过交道，这个人是很少参与酒店管理的。

这个邀约不能不去，陆泽磊知道，如果不去，第二天记者们的笔杆子就会成为一把把小刀，一刀刀割碎香榭丽舍。

艾伦格伦与香榭丽舍不同，香榭丽舍是一座华美的宫殿，艾伦格伦则是优雅的神秘园……

艾伦格伦的大堂内以黑色为主，黑色的玻璃珠子串成的吊灯，没有压抑，反而有一种旷远的感觉。

好像那就是宇宙的另一端，折射着神秘的色彩。

陆泽磊向电梯走去，一个身影擦肩而过。

这个身影很熟悉，从自己记事开始。

陆泽磊忽的停住脚步，他回头看去，那个人显然也注意到了他，两个人已经相距有数步，互相看去，一个满眼沧桑，一个满眼疑窦，一个惊讶中透着复杂的情绪，一个似乎情绪不明。

“陆董，我们快走吧，穆董等下还有一个会。”秘书小姐催促下，陆泽磊转头，那个人，一身蓝色休闲装，卸去了曾经一身沉重的西装，职业的表情，没有了桀骜与刻意的强悍冷酷，剩下的是真实的眼光，真实得接近普通，但是，他不会忘记这个人，更不会认不出……他就是展望！

穆易当然没有事情，不过就是一番冷嘲热讽，一副过来人对年轻人地说教，陆泽磊根本没有心思听，更没有心思和他针锋相对，他的脑海里都是展望，还有白慕薇的话！

他出狱了，和……夏晴住在一起。

原本莫名其妙地想让这件事情过去，不想去证实的他，见过穆易之后，开车急速奔向了夏晴的家。

超速行驶，甚至闯红灯。

他统统都已经不在乎，他只想快一些到那里，去看一看这对狼狈为奸的男女的真面目。

车子停在夏晴家楼下，这个小区不过是J市普通的居民区，陆泽磊的豪车停在这里极是显眼。

他在楼下停了很久，才终于决定上楼去，夏晴家在三楼，叩响她的家门，他双拳攥紧，他很清楚自己内心的挣扎，也很清楚他还有回头的可能。

如果回头，当做什么也没发生，会不会更好？

他不知道，门已经打开。

夏晴惊讶地说：“泽磊，你怎么会来？”

陆泽磊的表情沉沉的，阳光再也投不进他的眼眸，夏晴不由得一怔，这样的眼神，是她最近常见的，而那个眼里永远溢满阳光的陆泽磊，好像已经消失在了八年前……

“是谁？”

展望一句话，好像是点燃了陆泽磊一般，陆泽磊的眸中立刻燃烧起火光，他不等夏晴让他进去，一把将夏晴推进门，夏晴忙将门关好，又转身拉住怒气冲冲的陆泽磊：“泽磊……”

然而，要面对的终究是要面对。

展望，这个曾经是他除了爸爸最信任的人，这个曾经是自己成长一部分的人，也给自己的人生上了最重要的一课，刻骨铭心！

展望亦望着陆泽磊，他长高了，长壮了，阳光一样温暖的少年，如今已经是心事重重的青年，那双清澈的眼里，也已不再是单纯的阳光，也有了黑夜，有了阴霾。

他看着他长大，送他出国，再次相见，两个人之间却早已不再是曾经。

他不再是那个会叫他展叔叔的泽磊。

而他也不再是那个一句话，就可以让他听话的长辈。

“果然是你。”陆泽磊压抑中心里的火，他知道，在展望这种人面前，如果太过冲动，太过暴露自己就输了！

“泽磊，好久不见。”展望不知道要用怎样的开场白开始他们之间的对话。

夏晴走过来：“泽磊，你怎么来了？”

陆泽磊看夏晴一眼：“我不能来吗？你辞职，就是因为他出狱了？对不对？”

“不是！”

“以退为进，他惯用的手段。没想到，我没有回来请你，于是，他教唆你去对付香榭丽舍，对付慕薇是不是？”陆泽磊尽量使声音平静，说到最后却还是微微抬高了声音。

“泽磊！你为什么会这样想？”夏晴不明白他为什么突然将一切都归结到展望的身上？

“我不这样想要怎样想？他杀了爸爸，你不怪他，你还和他同居我不怪你！可是，就算你对爸爸已经完全没有感情，对香榭丽舍也没有，对我……”他顿了一顿，咬牙，“对我也没有！那么你就不为你自己想一想吗？这样的人，迟早有一天利用你过后，也不会对你好！一次两次，三次四次，你为什么就是不肯觉醒？”

“陆泽磊！”夏晴打断他，“你到底要怎样？我离开香榭丽舍是因为白慕薇，我不希望因为我的原因，而让白慕薇因为针对我而对香榭丽舍不利，与你展叔叔无关……”

“谁是我展叔叔？”陆泽磊看向展望，指着他，“他吗？杀死我爸爸的凶手？不……不是！我展叔叔八年前就死了！他是谁？”

屋内，仅有的阳光照不透他们之间的阴霾。

展望静静地望着陆泽磊，苦笑：“我从不奢望你会原谅我，但是，请你清楚，我……是不会害香榭丽舍，而夏晴，她更不会。”

展望知道，他和陆泽磊说什么都已经没有用，他是夺去他爸爸生命的人。

不管这其中有多少纠葛和复杂，不管是谁有错在先，这都是事实。

监狱里的日子，他已经看淡了这一切，如果陆泽磊要报复，他不会反击！

夏晴也明白这个道理，她舒一口气：“好，我们就来谈正经事，泽磊，白慕薇没有你想像的那么简单，我不知道她是用怎样的方法做到既跟你在一起，又打电话给我，可是，如果你对我还有那么一点点信任，就请你……不要对白慕薇放松警惕，香榭丽舍，我不会回去，展望也不会，我们也不会占有香榭丽舍和陆家任何一样东西。”

“哼！这点我信，你们当然不会回香榭丽舍。”陆泽磊冷哼一声，几步走到展望面前，“因为，你们要去的是艾伦格伦，《一步登天》发布会就是你们联手送给艾伦格伦的见面礼吧？”

什么？

“泽磊，你在说什么？”夏晴不懂，展望却明白了，看一眼夏晴，笑道，“好了夏晴，别解释了，今天我和泽磊才见过，在艾伦格伦。”

“可那不是穆易说有关系香榭丽舍的事情要找你，你才去？”夏晴忽然明白了，他们又被设计了。

陆泽磊笑笑：“别演戏了，夏晴，我真的试着相信你，即使没有证据我也相信，所以我一直没有来找你，直到……今天！如果你们告诉我一次是巧合，两次还是巧合，那么第三次……我还相信就是傻子。”

陆泽磊转身要出门，夏晴叫住他：“泽磊。”

“夏晴，我希望你离他远一点，如果……你还对香榭丽舍有感情，就离开他。”陆泽磊出门，将门重重关上。

夏晴回头看向展望，展望的脸色亦凝重非常，他低声说：“你们说，那个女孩叫什么？”

“你说白慕薇？”夏晴道。

“白慕薇……”展望的脸色微变，微微出神。

“怎么？你认识白慕薇？”夏晴见他的样子，不解。

展望回过神，没有回答，走到沙发上坐下，似乎陷入了长久的沉思：“我们都被她设计了，她果然……不是简单的女孩。”

夏晴觉得奇怪，想想，自己之前是没有跟他提起过白慕薇的名字，一直说泽磊的同学，不知为何，她直觉，展望好像有些异样，他是认识白慕薇吗？还是在对整件事进行分析？

“我想，她的目的，是要让泽磊更恨我，也恨你。”许久，展望才轻轻开口。

“你认识白慕薇吗？她为什么要这样做？”夏晴不明白展望的推论。

展望看她一眼，又缓缓低头说：“不认识……”

他没有看着她说，这三个字声音低低的。

夏晴笑笑：“你曾经教过我，不要太暴露自己的情绪，可你好像忘了……”

展望抬头看她，亦笑了：“你想多了，我只是对这个女孩很好奇而已，能不能设法叫我见她？”

夏晴想了想："可以是可以，但是这个女孩……如果真如你所说她是想让泽磊更恨你，也恨我又是为什么？"

展望凝眉而思，摇头："不知道，可是她一方面设计陷害你，一方面又串通了竞争对手艾伦格伦来陷害我，就一定会对香榭丽舍不利！而且，她太精明，能将时间掐算得恰到好处，证据准备得天衣无缝，也难怪泽磊会信她，泽磊没有在最开始就完全相信她的设计，已经算很不容易。"

展望看看夏晴，笑了："也许，是他对你的感情，让他保持了这份理智，可也因为我的出现，让他失去了更多的理智。"

夏晴一怔，转头说："你说这个干什么？"

她听出展望话里有话，展望不再说话，而是凝眉想着那个名字——白慕薇！

他多希望，不是同一个人……

从夏晴家出来，陆泽磊没有回酒店，而是开车去了酒吧。

记得，他第一次来这个酒吧，还是为了找回叛逆的妹妹陆优璇，那时候，他还是一个只会好好学习天天向上的孩子。

他不知道自己喝了多少，头晕欲裂，他很少允许自己这样放纵自己，过来搭讪的美女不少，他却一句话也不说，直到一双白皙的手搭在了他的肩上，他微微侧头，黑色的玫瑰花在白如雪的指尖上绽放，散发着淡淡的香气，优雅又妖冶，这样的女子，只能是白慕薇。

他转头："慕薇？"

果然是白慕薇，看来自己还是没有将自己灌醉，还认得人。

要醒容易，要醉却太难。

"你怎么在这里？"他含混地说。

白慕薇坐在他的身边笑笑："我怎么不能在这里？这里我常来，倒是你，该是与这里终生绝缘的，怎么也会跑来喝闷酒？"

"女孩子，少来这里。"陆泽磊答非所问，起身要走。

他步子有些晃，白慕薇起身扶住他："我送你回去。"

陆泽磊挥开她的手："不用了。"

"你这样怎么开车？"

"我说了不用了！"陆泽磊对她大吼一声，白慕薇一怔，笑道："能让你这样失魂落魄的，除了夏晴没有别人吧，是不是去过了她家，见到了……她的同居男友？"

陆泽磊不说话，两个人已经走到酒吧外，灯红酒绿，霓虹与夜色交融，月光多余，人也多余。

只有沉默，是最合适的伴侣。

陆泽磊坐进车里，白慕薇坐在副驾上，陆泽磊一身酒气仰靠在椅背上，右手扶额，白慕薇道："我怎么都不会让你这样开车。"

"你别管。"陆泽磊低低地说。

白慕薇伸手拔下车钥匙："我不能看你玩命。"

"我玩命跟你有什么关系？你能不能不要总是缠着我？我不喜欢你！你到底有没有自知之明？"

车窗外，夜色迷乱，霓虹闪烁在陆泽磊的眼眸中，他凌乱的双眸里，是她伤心的倒影，白慕薇笑了，那笑带着残忍的音调："如果我没有自尊，你更没有，夏晴根本不喜欢你，她喜欢的是展望，你的杀父仇人，可你现在在干什么？不是和我一样，为别人的情人在痛苦吗？"

一句话，仿佛令时间停住了。

陆泽磊凝视着她，这朵暗夜里黑色的玫瑰花，她美丽却带刺，她芬芳却有毒……

可是她有一句话说对了，他们都一样，都在为别人的情人而痛苦，而折磨自己的心！

"送我回去吧。"陆泽磊微微闭眼，走下车，拉开后车门，躺了进去。

白慕薇换到驾驶上，车子开动的瞬间，泪水落在了手背上……

第二天，白慕薇接到夏晴的短信，约她下午三点，在靠近香榭丽舍的星巴克见。

白慕薇不知道她的用意，却猜测也许和陆泽磊有关，陆泽磊很少和昨天一样失态，于是还是决定去。

星巴克里，光线不甚明朗，虽然是白天也有种暧昧的情调。

悠扬的音乐，诉说着下午人们的心境，慵懒又渴望忙碌。

白慕薇喜欢喝拿铁，拿铁的苦味让她觉得恰到好处，苦而不涩，也有奶香可以安抚浮躁的心。

她刻意早来了一会，一个人品尝这种味道。

三点钟整，自己对面准时出现一个人影，却不是夏晴。

"果然是你……"熟悉又有点陌生的声音，低头喝咖啡的白慕薇还是分辨得出，她微微一笑，没有表现出惊讶，"先生，我们很熟吗？"

她抬头，一身休闲装的展望，她的确不熟悉，记忆里，展望一直是西装笔挺的、严肃的、没有表情的……

她望望四周："只有你一个人？"

展望坐下来："是。"

白慕薇笑道："我想也是，我想你不敢轻易让人知道我们的关系。"

"我为什么不敢？"展望看着她，她依然是那样，高贵而冷漠的美丽，从小就是。

“你说呢？不做亏心事自然不怕鬼叫门。反之呢？”白慕薇挑一挑眉。

“呵，慕薇，你是鬼吗？”展望说完，可以看到白慕薇脸上的表情有些微变化，他笑道，“为什么针对我？针对夏晴？为什么回国？你妈妈呢？”

“你不要提妈妈，你没有资格提我妈妈！”夏晴将手中拿铁重重放在桌上，安静的星巴克忽然被这一声惊了一般，所有的目光都望过来。

展望却平静地笑：“当初我送你们母女去瑞士，把你送进最好的学校学酒店管理，让你妈妈一定要好好教育你，你性子冷漠不像你妈妈，你如此不择手段，工于心计也不像你妈妈。”

“你凭什么教育我？你又不是我爸爸。”白慕薇手指按在桌上，黑色的玫瑰开在手指尖，怒放一样的妖冶。

展望看看她手指按着桌面的力度，笑道：“你这么恨我，为什么？又为什么恨夏晴？你恨我总要让我知道理由。”

“没有理由！”白慕薇眼神看向窗外，展望也不勉强，他知道，白慕薇从小就是这样，她不想说的话，没人能逼她说，她不想做的事也没人能逼她做。

“好！既然你不想说，那么我来说吧。”展望递上一张纸，还有几张照片，“看看，艾伦格伦酒店在香榭丽舍出事之前的几天就开始准备发布会，并且采购了关于蓝天的蓝色幕布等材料，发布会所用特殊设备等，这是单据和布置酒店的照片，照片下面有时间，难道他们有未卜先知的能力？能预测到香榭丽舍会出安全事故吗？”

白慕薇一惊，她怀疑的拿过桌上的纸和照片，的确，一张张照片和单据都无比清楚。

“你要说什么？要证明什么？”白慕薇迅速镇静下来，“去告诉泽磊，是我私通艾伦格伦吗？可惜，这些只能证明也许香榭丽舍有内奸，却不能证明是我。”

其实白慕薇很奇怪，这些单据应该是秘密的，这些照片他又是从哪儿来的？

“这些当然不能，但是有人能，也有证据能！我混酒店业这么多年，即使离开了八年，人脉也不会全部都断了，拿到这些东西，并不是太大的难事。自从夏晴和我说泽磊有一个同学，好像是针对香榭丽舍开始，我其实有特别注意香榭丽舍和香榭丽舍的竞争对手。果然不出所料，你的出手未免太容易让人看出破绽了。这样可不行，慕薇，课本上的东西你学的不错，实践经验还是太嫩了些。”展望的话带着暗藏的刀锋。

白慕薇艳美的眼眸凝视着他：“你不要吓唬我，我不是被吓大的。”

“我当然知道你不是被吓大的，你是怎么长大的我比谁都清楚。”

“你住口！你清楚？你几年都不见得见我一次，敢说你清楚？”白慕薇冷冷地笑，美丽的脸上露出微微的伤悲神色。

她是怎么长大的？她的长大，只伴随着一个词——孤独。

“适可而止，慕薇，我不会让你伤害香榭丽舍，也不会让你伤害泽磊，还有……你自己。”展望的警告很郑重。

白慕薇看着他，许久没有说话。

他们的对峙，伴随着悠扬的音乐，似乎持续了很久很久……

白慕薇终于站起身："好，那我们就试试看，看看最后是你赢，还是我赢。"

她转身离开，又忽然停住脚步，她没有回头，只是低低地说："还有……我妈妈死了，你可以安心了。"

突然，好像整间咖啡厅的音乐都戛然而止。

适才，在那一场短暂博弈中占据上风的展望，似乎一下便落在了下风，白慕薇的身影消失在门口，展望不敢相信自己所听到的。

她说什么？她妈妈死了？

当他回过心神，起身追出门去的时候，白慕薇已经走了……

街道之上，人来人往……

香榭丽舍就在不远处，曾经，是谁，在原地等待，又是谁为了谁忘记了曾经的约定……

他大概有些懂了，白慕薇为什么恨他？为什么恨夏晴？

为什么……会回到国内，为什么……来到香榭丽舍……

展望回到家，心情沉重，脸色更加难看。

夏晴见他的样子，难道，白慕薇竟厉害到令展望都无可奈何？

展望将那包所谓的证据放在桌上，他似乎很累，靠在沙发上闭目养神。

夏晴打开那包东西看去，看了一会儿，忽然说："这些……这些不是证明艾伦格伦早就知道可以得到《一步登天》的发布会？"

展望不语，夏晴没有多想，拿起手机："我找泽磊。"

突然，手被按住，展望已坐起了身，他深邃的双眸看着她，疲惫地说："没有那个必要……"

"为什么？这是香榭丽舍有内奸的证据！即使不能证明什么，也可以给他提个醒儿啊。"夏晴不懂，他为什么阻止她。

"我说了，没有那个必要。"展望说着，抢过她手里的证据，走到厨房，打开炉灶的火。

不久，烧焦的味道布满了整个房间。

夏晴站在厨房的门口，怎么回事？为什么展望见过了白慕薇，好像整个人都变了，变得更加深沉，更加难以捉摸了……

白慕薇，她究竟是怎样的女子？

真的是一条能够蛊惑人心，捕获猎物的美女蛇吗？

怎么连展望都不能幸免？

还是这其中，有什么自己不知道的秘密，关乎着他，关乎着香榭丽舍……

“真的不能和我说吗？”

展望走出厨房，夏晴问他，展望沉默了一会儿：“这些并不是确凿的证据，只能证明艾伦格伦早就开始准备《一步登天》发布会，并不能证明白慕薇的参与，今天我只是吓唬她，说我有证据可以证明了她的参与，可实际上我没有……我只是托从前的朋友拿到了这些无关紧要的东西。”

展望看着夏晴，深深目光更似当年的难懂：“你知道，兵不厌诈，希望她可以在乎那些警告吧。”

真的是这样吗？不知道为什么，夏晴就是感觉他在说谎，他一定有所隐瞒，是什么？是哪里？她却说不出……

与展望的见面令白慕薇心里忐忑不安，她不知道展望会不会将那些东西交给陆泽磊。

如果他真的掌握到了自己出卖香榭丽舍的证据，真的也有空中花园的证据，那么自己不停手，他真的会交给陆泽磊吗？

看来自己的策略没有错，一定要让陆泽磊更恨展望，才能让陆泽磊不去相信他。

可是，他究竟是如何掌握到了空中花园的证据？空中花园的项目她全权负责，而祝安平更是不会出卖她，祝安平手下的人，不可能和入狱八年的展望有关系，他是怎么做到的？

她知道展望很厉害，却不相信才出狱的他，就可以将一切掌握在手中。

“安平，你确定，你那边负责这个项目的人跟展望毫无关系吗？”白慕薇还是警惕地问祝安平，祝安平点头，“我确定，而且十分确定。”

白慕薇也相信，祝安平常年居住在国外，这次启用的人也都是从没有负责过国内项目的人选。

“其实，展望也许是诈你的。”祝安平想，展望即使有通天的本领也绝对掌握不到空中花园的秘密。

“嗯，有这个可能，可我却不能冒这个险。”白慕薇放下手中资料，看祝安平一眼，“安平，恐怕之后还要你的帮忙才行。”

“你要怎么做？”祝安平从白慕薇的眼神里可以看出她心里已经有计。

“他要玩我，我就陪他玩；他可以威胁我，我也可以威胁他；他可以诈我，我也可以诈他。我还要让泽磊更加恨他。”白慕薇转身出门，“安平，今晚就打电话给夏晴，说我因为她……抢走泽磊，泽磊还是始终不爱我，一直郁郁寡欢，自暴自弃，每天晚上都去 S-STAR 酒吧喝酒跳舞到后半夜，夏晴自然会告诉展望，而展望一定不会让夏晴过来……他会自己来。”白慕薇似乎很有信心。

“你那么自信？”祝安平的声音有些低，“这是你威胁展望的手段吗？”

白慕薇一怔，祝安平的声音里满是落寞：“你和他……究竟是什么关系？”

白慕薇的心骤然一痛，和他是什么关系？她希望她从来都和他没有关系，那么她的人生也许就不会有这么多的悲哀，她的母亲，也不会在临死之前不能得偿所愿。

她冷冷一笑：“你要不要帮我？”

祝安平苦笑：“你明知道我会。”

白慕薇心里叹息，她知道她这辈子兴许只欠一个人的情，那就是祝安平！可是，她却只能欠他。

白慕薇拉开门，低声说：“你放心，我和他既不是旧情人，也不是父女。”

她一句话，是安下祝安平的心，却还是不能告诉他他们真正的关系……

其实，他们是什么关系？她也不知道……

S-STAR 酒吧位于城东，是著名的高级娱乐场所之一。

有多少衣冠楚楚却内心空虚的伪君子？有多少压力太大无法承受的瘾君子？

灯光幽暗，纸醉金迷，无外乎就是如此。

白慕薇今夜一身黑色，黑色的短裙，黑色的卷发，黑色的眼影，黑色的手包，还有黑色的心情……

这样一朵暗夜玫瑰，要引来多少男人的目光，搭讪者不计其数，她却一声也不吭，默默的喝酒，她的沉默反而更加使她成为了全场的焦点，一只手忽然搭在了她的肩头：“小姐，女人太寂寞了，不好。”

白慕薇目不斜视，依然喝酒，那男子得寸进尺，手指滑向她的胳膊，白慕薇终于侧眸看了他一眼，冰冷的女子，冷漠的目光竟令那男人微微胆怯的拿开了手，那男人站起身，一边走一边叨唠：“这女人一定有病……”

白慕薇不搭理，继续喝酒。

“自暴自弃不太像你。”

这个声音，才是白慕薇今夜一直等的声音，她终于抬起头，灯光之下，那个男人的脸显得冷峻阴森。

不错，是展望，他的身边没有其他人。

她果然没有猜错。

白慕薇笑笑：“你是谁？是我什么人？凭什么管我？”

展望从来讨厌这类地方过度的吵闹，和颓靡的气息，他拉起白慕薇：“不管因为什么，也不许你自甘堕落。”

此时，酒吧之中，音乐响起。白慕薇回头看去，这间酒吧，如果台上没有领舞，任何人都可以跑上去做领舞。

这首曲子似乎没有，白慕薇一把甩开展望，转身向舞台跑去。

黑色的身影穿梭在躁动的人群中，当她站在台上，卷发活泼而热辣，黑色吊带短裙，紧紧裹住曼妙的身躯，炫彩的灯光，打在她白皙修长的腿上，黑色的高跟鞋踩着性感的节奏，纤腰扭动，风情万种。

台下很多男人都为此而高声喝彩，也有不少刚才搭讪失败的人，跟着叫嚷。

这样的女子，一身黑色的妖艳，如此魅惑，如此销魂，如此惊心动魄。

她的眼神，在绚丽的灯彩下，在动感的音乐中，变化无常，或迷蒙，或冷艳，或天真无邪，无论是哪一样都是叫人血脉贲张的诱惑。

展望看着她腰肢、胯部柔软地扭动，挑动着台下男人愈发放肆的情欲。

他终于忍不住冲上舞台："跟我走。"

白慕薇唇角有一丝不易见的笑，她没有反抗他，在人们的起哄和奚落声中，展望拉着她冲出了 S-STAR。

门口，依然是灯红酒绿的旖旎。

白慕薇想，不能再离开这里，离开了，一会儿看戏的观众可是要白白跑来了。

"放开我！"白慕薇终于挣脱开他，她挑动着艳美的眼眸，"你凭什么管我？凭什么？"

"就凭， 妈妈死了，我也有权管教你！"展望一个中年男人，与一个妙龄女子在酒吧门口的争执，自然会引起他人的猜疑的目光。

"不要在这里说，你有什么不满意，你想要怎样报复我，我们找个地方说。"展望企图拉住她，白慕薇却一步后退，"不，我就要在这说，你要么在这里说清楚，要么……就什么都不要说，放我回去跳舞喝酒。"

她转身，展望用力抓住她的手腕，她回眸看他，毫不退缩的眼神。

展望叹一声气，轻轻放开她："好，在这里说，你要什么？你要什么才可以不要这样自甘堕落！才能放过香榭丽舍，放过夏晴，好好地生活。"

"放过香榭丽舍？放过夏晴？"白慕薇冷笑，"你为什么，不让我放过你？还是你知道，我根本不可能放过你？"

展望看看来往的人，稍稍往灯光昏暗的地方靠了靠："慕薇，我知道你对我心里有怨气，有恨，我不求你的原谅，你要我怎样，我没有二话，但是请不要连累无辜的人。"

"哈……"白慕薇嘲讽地看着他，"什么时候……不择手段，诡计多端的展望，也会说……不要……连累无辜的人了？"

"慕薇，人是会变，当你到了我这个年纪，当你经历过一次复仇之后，你所有的想法都会改变。"展望看着她，黑夜之中，白慕薇的美，更加突兀，她似乎属于这黑夜，属于这种颜色。

白慕薇的眼光忽然变了，她微微一笑："或许不是不能商量。"

展望一怔，如果白慕薇愿意商量，他可以不计代价。

白慕薇缓步走近他，她的笑有冷艳的魅惑。

细长玉臂轻轻勾住他的脖颈，眼角一丝挑动："吻我……你敢吻我，我就放过夏晴。"

"你疯了！"展望抓住她的胳膊，"你这样轻贱自己是想我心疼你，还是想我因为这样而内疚？"

他一边说，一边要推开白慕薇，白慕薇却突地抱紧了他，她的身体就好像一条蛇，展望无论怎样推搡，都还是缠绕在自己身上，他又不敢太用力，怕伤到了白慕薇："你醉了！"

她满身的酒气，展望倒宁愿相信她是真的醉了才说出那样的疯话。

他索性一把抱起她，转身要打车，刹那，好像夜色全部落入了眼眸里。

那琐碎的星光，照不亮眼前的黑暗。

只见，一男一女双双站在昏暗的路灯下。

路灯的颜色，凉到了眼底……

"夏晴、泽磊……"展望愣在当地，怀中还抱着白慕薇，白慕薇脸上有微微的红晕，一身性感的装扮，暧昧的搂着展望，无邪地看着眼前的两个人。

白慕薇心想，没想到夏晴也会赶过来，原本她只想让陆泽磊一个人来看这场戏，而更恨展望，夏晴，你可真是配合我，真是我这出戏的最佳女配角！

她唇角带笑，更紧地搂住展望。

展望要放她下来，她却瘫软在展望的身边，酒醉的媚态更胜于平日的妩媚，展望看她果然要摔倒，只好用手揽住她。

"不是你们想的那样！"展望冷静地说道。

陆泽磊的脸色阴沉，他看看展望，又看看白慕薇，握紧了双拳，夏晴当然不信展望会和这个年轻女孩有什么，只是展望也的确太奇怪了，他明明手里有证据，却不交给陆泽磊，今晚，明明是祝安平打电话给她，要她来酒吧，他却偏偏不让她来，要自己过来，如今又是这样一个暧昧的场面，她不知道，用什么可以解释，只是长长的一声叹气。

展望用力扭过白慕薇的身体："你不是喜欢泽磊吗？你倒是说话解释啊？"

白慕薇不语，只是似醉非醉，似醒非醒地看着展望，又看看夏晴和陆泽磊。她不说话，她的沉默令陆泽磊愤然瞪向展望："你果然功力不减当年，利用女人……果然是你最常用的手段。"

陆泽磊转身，侧眸看一眼夏晴："你还要留在这儿吗？"

夏晴不知道，只是，她知道她如果留下来，是更尴尬的局面，她亦转身，上了陆泽磊的车。

原本，她是重复了祝安平的话，要陆泽磊过来看看白慕薇，没想到却看到这样的场面……

展望看一眼依然斜倚着他的白慕薇："人都走了，还演戏？"

他早该想到不是吗？当她莫名其妙地要他吻她，故作暧昧的时候就应该想到有诈。

"这是你的挑战和威胁吗？"展望望着已许久沉默不语的白慕薇。

他忽然发现，黑色的玫瑰，沉默时最美，却也最毒……

"是演戏，也不全是。"白慕薇好好站直，凝着他的眸，"你该看得出我的确喝了不少酒，可是我没有醉，为什么？因为借酒浇愁已经是我生活的和生命的一部分。如果，你要将我的事情告诉泽磊，如果你一定要阻碍我的计划，那么你看到的就不仅仅是在舞池上卖弄风骚的白慕薇，说不定你下次找到我……是在某个公子哥儿的床上……你要吗？你知道……我敢！"

不错！她敢！她没有什么不敢！

她在用自己威胁他！她知道，他在乎她！对她的责任和愧疚，都让他不能漠视她的堕落，无论是真是假。

这些年，她究竟过的是怎样的日子，会让她的性子变得这样极端。

这些年，她究竟是怎么一个人坚持下来？

他的确愧欠她："慕薇，你要泽磊恨我，你要夏晴恨我，也要她痛苦，更要香榭丽舍！"

"不愧是展望……不错，这就是我想要的！我的痛苦，我妈妈的痛苦，我要你，要夏晴，要香榭丽舍十倍偿还！"

白慕薇黑色的眼影令她的眼光看上去更加森然。

冷冷夜色，漫长的灯影。

两个人相对无言。

展望知道，她承受的太多，已经不堪重负，她需要报复的快感，来救活她死了的心。

可是慕薇，你可知道，报仇，报复过后，却不能让你感到一丝一点的快乐。

反而，会更沉重……

第九章 交锋，双眼看不透的迷局

眼见未必为实，有时候，当双眼只能看到想要看到的事情，所有事实都会被假象掩盖……

陆泽磊开车回陆家，夏晴没有反对，这个房间她并不陌生，陆泽磊开一瓶红酒，那是夏晴最喜欢的一种。

两个人许久都没有说话。

"你还相信他吗？"陆泽磊终于开口。

"那你呢？"夏晴反问，"你还相信白慕薇吗？"

"慕薇不过是一个女孩子，她有点极端，却绝不会是展望的对手。"陆泽磊的眼里，展望永远是这世上最阴毒的魔鬼。

夏晴笑笑："有时候眼见未必为实，白慕薇可不是善良天真的天使。"

"她再不善良，也不会是展望的对手。"陆泽磊看着夏晴，眼光不明，"我在艾伦格伦看见展望，加上《一步登天》发布会，不要告诉我都是巧合。"

"都不是巧合。"夏晴也看向他，"可这些局都不是展望布下的，我们，你、我、展望都被利用了。"

"你不要告诉我那个人就是慕薇？"陆泽磊冷笑。

夏晴叹息，就知道他不会相信："我说是她，你一定不信，你知道吗？艾伦格伦在香榭丽舍出事之前，就开始准备《一步登天》的发布会了，展望拿到了证据，甚至有他们开始布置会场的照片，还有购买蓝色布景等用料的单据，照片下有日期，单据上也有，所以，香榭丽舍的意外绝对是有人精心设计，当然，你可以说是我配合着展望设计的，我无话可说。"

陆泽磊一怔，不错，他的确有这样的想法，可是他又不能去怀疑夏晴。

“单据？”陆泽磊摇摇头，“在哪里？如果他真拿到了这些为什么不拿给我，来揭穿慕薇？还是……”

陆泽磊的眼光忽然变得阴森恐怖，捏着酒杯的手指节泛出白色，“还是他拿着这些单据去要挟慕薇，去做下流的事情？或者，你不要告诉我，展望想保护慕薇，保护一个他素不相识的陌生女人。”

夏晴一怔，单据被烧掉了不说，她也的确无法解释，展望烧掉单据的原因，如果一切如她所说，都是白慕薇的设计，那么展望保护她，又是为什么？她真的不能为展望解释！

“总之泽磊，他不会用那些东西去要挟白慕薇做你想的那些事。”

“不会吗？我看刚才就很像。”陆泽磊站起身，落地玻璃窗透进迷离的灯光。

“我说了，眼见未必为实，有时候，当双眼只能看到想要看到的事情，所有事实都会被假象掩盖。泽磊，你现在就是这样，你的眼睛，只看得到你想要看到的，只相信你心里所想的，而拒绝看到事实，拒绝分析事情真相。”夏晴虽然对展望和白慕薇之间有太多疑问，也气展望，可她却相信，她看到的是白慕薇想要让她看到的，而不是事实。

她也知道，陆泽磊心里也是明白的，展望不会和白慕薇有那种关系，只是他更愿意相信展望是那种人！而刻意增加自己对他的怨恨！

夏晴拿起包：“我该回去了，泽磊……”

夏晴望着陆泽磊沉默的背影，突然道：“其实……你也看不明白自己，今天，我打电话给你，你一路上开车时候的愤怒、生气和焦躁还有……你看到白慕薇和展望纠缠在一起时候，那一瞬间眼里爆发的怒火，绝对不仅仅因为展望，其实……你是爱她的！”

许久，只有空气默默地流动。

陆泽磊的背影一动都没有动，他的目光落在酒杯里，直到夏晴出门，房门关闭，他才回过头，他不是傻子，他当然知道慕薇的种种行为很可疑，可是，他却千方百计的设法相信她，就如夏晴，千方百计地相信展望，即使这其中，有她不能解释的疑问，夏晴爱展望才会这样……

那么自己呢？真的……爱上了白慕薇吗？

什么时候？

今晚，他的心情真的很乱……

夏晴回到家，展望已经回来。

“我以为你今天不会回来了。”展望看着夏晴疲惫的样子。

夏晴面无表情：“送她回去了？”

“嗯。”展望简单地答应一句，夏晴坐在他的身边，黑暗肆无忌惮的笼罩整个房间，只有一只微弱的壁灯，挥洒着微弱的光。

“还是不能告诉我吗？”夏晴不看他，眼神却是失落的。

“什么？”展望明知故问。

“你和白慕薇的关系？我不信你会对她怎样，更不信你们会有什么曾经，她太小，可是你们一定有关系是不是？你们一定认识，并且……关系很深。”夏晴看得出来，展望今天一个人去找白慕薇的时候，脸上的表情是焦急而复杂的。

他是真的关心白慕薇。

而他毁掉证据，也是为了保护她吧？

可是为什么？只能是因为他们的关系！

“你没有必要知道。”展望忽然站起身，冷冷地说，“我明天会搬出去，我们住在一起，会不方便。”

搬出去？明天就搬？那就说明他早就开始找房子，才能明天马上搬走。

夏晴亦站起身：“展望，你说什么？”

“我会搬出去，不过放心，我会告诉你地址，我们还是朋友……”

夏晴冷笑，“还是朋友……原来，这就是我等了八年等来的……”

“没有人让你等这八年。”展望背对着她，那声音冷酷得接近无情。

夏晴好像被一把剑穿胸而过，整个人都僵住了。

展望却默默的走回了房间，壁灯依然努力散发光芒，而夏晴却感觉整片天都黑了下来。

没有星，没有月，没有灯——

八年，她从未感受过这样冷的黑暗……

次日，白慕薇才走进香榭丽舍，便被陆泽磊拦住。

白慕薇微微一惊，看着陆泽磊阴沉的脸色，冷冷道：“陆董，请让开。”

她要错身过去，却被陆泽磊一把拉住，大庭广众，陆泽磊拉着白慕薇向楼梯间走去。

酒店中的人，无论认识的还是不认识的都纷纷看去。

“你放手，你还嫌酒店中的传言不够多吗？”白慕薇挣脱开他，要往回走，陆泽磊却再次拉住她，推进了楼梯间里。

白慕薇无法，靠住楼梯间的墙壁，楼梯间光线不明，陆泽磊的脸色更沉。

白慕薇冷声道：“你是想问我和展望吗？”

陆泽磊道：“你说呢？你们是什么关系？你们早就认识对不对？”

“对！”白慕薇看向陆泽磊，“是什么关系……你去问展望啊，他不是你的……展叔叔吗？”

她故意这样说，陆泽磊上前一步："我就问你！"

"问我？"白慕薇明丽的眼睛一动，"旧情人，你信不信？"

"凭你的年纪？"

"我的年纪怎么了？"白慕薇亦微微靠近陆泽磊，"当年，你爱的小后妈不也是小你爸爸十几岁？"

"八年前你才几岁？不要告诉我你是他监狱里的旧情人。"陆泽磊逼近一步，"到底是什么关系？"

白慕薇看着陆泽磊，他忽然如此坚决的逼问，倒是令她微微一笑："陆泽磊，你为什么一定要知道？你这么紧张，我可是会误会的……"

"误会什么？"陆泽磊一步一步，已经令白慕薇紧紧贴着墙壁。

白慕薇忽然心跳一滞，她看着他，敛住了所有表情："误会你喜欢我！你吃醋！我想你不想有这种误会吧？"

白慕薇与他对望片刻，转身要走，陆泽磊拉住她的手腕，眼神凶恶："你是想用这样来刺激我吗？呵，很抱歉，这招对我没有用，但是我很失望，作为朋友，我也不愿意看到你变成现在这样，堕落、放浪，听说你是因为我，是吗？你想要什么？怎样才能不让你再去那种地方放纵？"

陆泽磊手上忽然一紧，用力将她按回到墙壁上，白慕薇惊道："你要做什么？"

陆泽磊不由分说，狠狠地吻下去，白慕薇丰盈柔软的唇，不期然遭遇这样狂风暴雨一样的吮吸，令她全身颤抖："陆泽磊……"

他放开她的唇，眼光依然冰凉："这是你想要的吗？还是想要更多？"

他说着，按住她双手的手揽住了她的腰，她的腰纤细如柳，他的手在她腰间背上游走："是不是我给了，你就满足了？不再去那种地方，和乱七八糟的男人乱搞，糟践自己！"

他说着，又要吻她，白慕薇一把推开他，一掌狠狠打在他的脸上："陆泽磊，你浑蛋……"

她哭了，是由心而来的悲伤，她掌心生疼，却及不上心里的一丝一毫。

她不可思议地看着陆泽磊，他怎么可以……这样……

他是她真心爱的人，唯一爱的人。

"不错，我是喜欢你，可是……我说过，我还有骨气！你现在给我……晚了！我就是要糟践自己，就是要和乱七八糟的男人乱搞，和你最恨的男人乱搞，但是……就是不会再回头！"白慕薇说得坚决，她说的不是实话，却斩钉截铁。

她哭着跑出楼梯间，她不知为什么，那种伤心，那种刀割一样的感觉那么刺痛明显，那么让她不能承受，她躲在一个角落，努力平复了好久，才终于使身体不再颤抖……

白慕薇只有在祝安平这里才感到自己是安全的，被保护的，从小好像就是这样，受了伤害，只能想到这一个港湾，可是他也不能让她感到快乐，她的寂寞只有自己抚摸。

她的确经常借酒浇愁，但却是一个人在家，并不是去那么喧闹的地方。

也许，不知从何时起，她爱上了这种寂寞吧？

“慕薇，不要喝了。”祝安平拿过她手中的酒杯，白慕薇走到桌前拿另一个杯子又倒上一杯，祝安平温暖的手按在她的手上，白慕薇的泪却滴在了他的手背上。

“为什么，总是要为他哭？为什么……不给自己一条生路？”祝安平紧紧地握住她的手，白慕薇不语，祝安平的气息越来越近，在耳边拂动，“慕薇……”

当他同样温暖的唇吻上她的脸颊，她却立即闪身开，一把推开了祝安平，她眼中的惊恐好像是受伤的白兔。

“安平……不行！”白慕薇看着祝安平，今天的他似乎有些不一样，他的眉宇间不见了那深深的忧郁，只有更深的纠结。

祝安平一步跨到她的身边：“慕薇，忘了他吧……”

他顺势将白慕薇摁倒在宽大的沙发上：“慕薇，我才是爱你的人……”

祝安平失控的眼神，失控的双手，失控的行为，失控的心，令白慕薇惊恐不已：“不……祝安平，你敢……你敢……我会恨你一辈子！”

她嘶声叫道，祝安平却没有停止手上的动作，他扯开她的衣扣，精致的绣着莲花的衣扣掉落在地上，白慕薇的手在身边不住摸索，桌台上的台灯，亮着恍恍惚惚的光，她顺手拿起，朝着祝安平打去，祝安平吃痛，躲开身子，白慕薇顺势起身，拉好衣服，衣服掉了一颗扣子，只能勉强拉好，祝安平抬头看着她，她慌乱无措，他从没有见过这样的她。

他，竟让她如此张皇。

“对不起。”祝安平冷静下来。

白慕薇却摇头说：“不怪你。”

的确，不怪祝安平，是她，一直以来自私的依靠祝安平，自私的寻求唯一的安慰，而忘记了，他是一个男人，而自己是一个女人。

白慕薇拿起包，走出门。

“慕薇，我送你。”祝安平忙要追出来。

“不用了。”白慕薇关上门，她急速地走出祝安平的房间，这个时候，这样的夜，她，又该去哪里？

昨夜喧闹的S-STAR突然出现在脑海，那种喧闹，那种颓靡，那种放纵，似乎所有人都不需要掩饰。

不知不觉，白慕薇已经走到门口，她微微舒一口气，脚步有些迟疑，但最终还是决定走进去，因为她已经无处可去，在这座城市，她没有朋友，只有敌人，没有爱人，只有对手！

她才迈出一步，身后忽然有人拉住了她，白慕薇一惊，回头看去，脸色瞬间变了：“展望？”

她不可思议，展望怎么会在这里？

“原来你真的每晚都来这里……”展望看看S-STAR闪烁的灯牌，薄唇紧紧抿着。

白慕薇心里的惊讶未消，脸上却露出理所当然的表情：“那当然？你以为我骗你？”

她没想到，展望竟然会因为昨天故意气他，威胁他的话，而真的等在了这里……

“跟我走。”展望拉着她要离开。

白慕薇如昨天一样甩开他：“你脑子坏掉了吧？我跟你走？哼……”

白慕薇转身刹那，展望在注意到她的衣服，好像是被谁拉扯坏了，白慕薇这样注意仪表的女人，断然不会无缘无故穿着掉了一颗纽扣的衣服在大街上晃。

他紧紧攥住她的手腕：“谁欺负你了？”

“要你管？我愿意！”白慕薇欣赏一样看着他脸上的表情。

“跟我走！”

“放开……”白慕薇用力挣扎，“你不放开我叫非礼……”

“想知道你妈妈的事吗？想就自己来！”展望猛然回头，甩开了白慕薇的手，他的眼眸如夜里的鹰，锐利而冰冷。

妈妈，他说妈妈……难道妈妈的事，还有她不知道的吗？

展望没有再多说，径直向前走。

白慕薇怔怔地站着，他显然很有把握，她会跟着他回去，的确，这次交锋，他赢了！

跟着展望来到一个老小区的一居室，听说展望入狱之后，卖掉了房子、车子，她在瑞士收到过一笔巨款，是他打过来的，应该是他所有的钱。

也就是说，现在的他，应该是没有积蓄的，或者说只有很少的积蓄。

老小区，楼道里总是有些黑暗，展望打开门，让白慕薇进去。

打开灯，屋内很乱，到处码放着纸箱和来不及收拾的其他杂物。

“我今天才搬进来，还来不及收拾。”展望道，“你找个地方坐下。”

白慕薇在那张不大的单人沙发上坐下来：“有什么话，说吧……”

展望倒了两杯水来，递给白慕薇一杯，白慕薇看看白水：“我从来不喝白水，或者说我从来不喝没有味道的水。”

“没有别的。”展望也坐了下来，“慕薇，告诉我，你恨我，要报复我，为什么一定要牵扯香榭丽舍？”

白慕薇笑道：“我是来听你说妈妈的事，不是来回答你的问题的。”

“我想知道，你妈妈是怎么告诉你，我们的关系？”展望感觉，白慕薇这么恨他，这背后的原因一定不简单。

“放心，我妈妈没有说你是我爸爸！”白慕薇扬头道，“你怀疑我妈妈骗我？展望，你不要太低估我妈妈，不错，这些年在瑞士，都是你养着我们母女，没有你，我不可能上名牌学校，不可能在国外过着衣食无忧的日子，但这并不能让我不恨你！”

“你知道你妈妈的真实的姓？”展望坐着，双手交叉，并不看白慕薇。

白慕薇道：“白，我跟妈妈姓，妈妈从不提起爸爸，我也问过你是不是我爸爸？她很坚决地说不是，我相信！”

“你……见过这个人吗？”展望从钱包中拿出一张照片，递给白慕薇，白慕薇接过来，那照片上的女人，清秀美丽，带着纯真的笑，她的身边站着年轻的展望，这个女人依稀像妈妈，可却不是妈妈。

“没见过，有点……像妈妈。”白慕薇看向展望，冷漠的眼似乎有了些情感。

“她是我最爱的女人，莫涵。”展望拿回那张照片，看着照片上微笑的女子，“你妈妈不姓白，姓莫，莫秀仪！”

莫秀仪？莫涵？这个女人和妈妈是什么关系？姐妹吗？

白慕薇正要问，敲门声响起来，展望微微皱眉，他出狱之后没有联络过太多人，更不会有人在他搬家第一天就跑来。

除非是……夏晴！

展望将门打开，果然，只见夏晴站在门前，脸色不是太好：“展望，我想我们还是谈谈。”

这个声音白慕薇听得出，如果是从前，她一定站起身，故作暧昧，可是展望刚才拿出的照片，让她心里犹豫了，至少她要先弄清这件事。

展望开着门，却没有让夏晴进来：“太晚了，不方便吧。”

夏晴的脸色一滞，苦笑不说话，她自顾走进房间，展望想要拦住她，她却已经走了进来，展望叹一口气，关上房门，白慕薇坐在沙发上，微微抬眼看去，这一次，那双眼平静如水，没有丝毫的挑衅与针对，平静，令这个女人看上去变成了唯美的天使。

只是夏晴却看到了她胸前若隐若现的风光，她胸前掉了的纽扣，令这凌乱的房间看上去顿时春光无限。

夏晴笑笑：“不方便？”

展望靠在墙上，没有话说。

“这是你搬出来的原因吗？”夏晴说。

许久，展望才道：“算是吧。”

他微微低头，夏晴的心凉到彻底，她曾经不止一次地相信他和白慕薇之间什么也没有，曾经不止一次地对自己和陆泽磊说，他和白慕薇之间什么也没有，可是越来越多的事情，越来越多的现象，让她也不得不有所怀疑。

她不知道自己是怎么走出展望的家的，但是表情一定难看极了。

白慕薇靠在沙发上，看着展望："今天，我可什么都没说，什么都没做。"

展望看她一眼："你沉默的时候才最可怕。"

白慕薇笑笑："我们可以继续我们的话题吗？还是……你需要调整心情？"

"不需要。"展望走到她身边坐下，"可能你已经猜到了，你妈妈就是莫涵的妹妹，当时莫涵过世，我知道莫涵最放心不下的就是她唯一的亲人，也就是你的妈妈秀仪，你妈妈当时的精神状况本身就很不好，她未婚先孕，又被那个男人抛弃，如果没有莫涵，她恐怕就活不下去了，我知道莫涵放心不下她，也为了让她好好活着，好好生下你，我开始照顾她，一开始她不接受，更受不了莫涵去世的打击，后来她慢慢适应了这种生活，可是她一直怕碰见熟人，一直怕……不肯去做产检，我趁着她还能禁得起飞机，把她送到了瑞士，因为想彻底告别过去，她改姓白，后来生下了你，你的名字还是我起的……白慕薇，做一朵令人羡慕仰望的美丽紫薇花，你做到了……"

这些都是白慕薇从小不曾知道的，母亲的精神状态和身体的确一向很不好，她也很少问起往事。展望也很少来瑞士，来的几次，都是来也匆匆，去也匆匆。很小的时候，她就问过妈妈，展叔叔是不是她的爸爸，妈妈总是一边摇头一边流眼泪。她再问，妈妈就会说，慕薇，你展叔叔说，得到了香榭丽舍，就会回来了，和我们一起生活。那时候，她问妈妈，香榭丽舍是什么？她长大了要帮展叔叔得到了香榭丽舍，他是不是能早点回来，妈妈就开心了。每当这个时候，妈妈才会笑。

当她长大，她才知道，香榭丽舍除了是法国一条著名的大道，也是国内一家顶级酒店。

而展叔叔，就在这家酒店，为了这家酒店，他不肯回来陪妈妈，妈妈总盼着他回来。直到……他入狱……妈妈临死都没有见到他最后一面，含恨而终。那个时候，她在妈妈的床前发誓，一定要得到香榭丽舍，并且要让他和那个将他留在国内的女人夏晴感受到妈妈的痛苦。

"我不知道你为什么恨我，恨得……这么深！却知道一定与你妈妈有关……现在你可以说说了吗？"展望一副恳谈的样子。

白慕薇看着他："我妈妈是你情人吗？"

"不是。"展望坚决摇头。

"那你为什么要对她说，你一定会照顾她一辈子，等得到了香榭丽舍就回来娶她，给她完整的家？"白慕薇突地站起身，想到母亲，她不能冷静，母亲就是抱着这句话过完了悲惨的一生，到最后都没有见到他最后一面，甚至没有一句话的交待。

展望望着白慕薇，有些疑惑："我说过，我会照顾你们母女一辈子，等得到了香榭丽舍就会去瑞士，和你们生活在一起，不会让慕薇在不完整的家长大。"

展望想想，难道，莫秀仪误会了他对她的照顾，曲解了他的话？一直将这句话当做承诺，直到死。所以白慕薇以为他因为夏晴而背叛了莫秀仪，才会这么恨他，这么恨夏晴，这么恨香榭丽舍。

“你现在当然可以这样说来撇清，妈妈已经死了。”白慕薇不能接受展望这样的解释，这甚至更加让她生气，在他入狱后，妈妈的日子过的非常辛苦，整天以泪洗面，人不像人鬼不像鬼，好在，妈妈不知道有夏晴这个女人的存在，可是妈妈不知道，她却查清了！她不会放过夏晴，不会放过香榭丽舍。

她转身要出门，展望道：“不管你信不信，我的本意绝不是那个意思，我的原话也不是那样。如果我令你妈妈误会了，这也确实是我的责任，你应该恨我，可是……不要再把无辜的人牵连进来。”

“无辜的人？谁？夏晴吗？没有她，你不会对香榭丽舍手下留情；没有她，你不会留在国内更不会入狱；没有她，你就会回到妈妈身边。至少……让她在临死前不至于死不瞑目。”白慕薇泪水纷纷落下来，湿透了眼睫，“展望，如果你要说的说完了，我可以走了吗？还有，如果说我有一样是感谢你的，那么就是谢谢你给我起的名字，慕薇，我很喜欢！而我……也一定会做一朵令所有人羡慕仰望的紫薇花！”

白慕薇离开后，展望陷入了沉思，看来，这一切都是他的错，他也许的确伤害了秀仪而不自知，才造成了今天这样的局面……

怎么办？要怎样……才能消除慕薇心里的恨。要怎样……才能让她明白，恨和报复是这世上最冲动，最浪费时间也只会令自己痛苦的事情……

一切，好像是一场迷局，双眼看不透，双手摸不着。

经过昨晚，白慕薇心里很乱，妈妈临死前的样子不断冲击着她，她不相信妈妈会说谎骗她，妈妈的的确确，清清楚楚的对她说过不止一次，慕薇，等展叔叔得到了香榭丽舍，就会回来娶妈妈了，你就有爸爸了。

从那个时候起，她就开始恨展望，恨这个把她们母女抛在国外的男人。不管他为了什么，到最后，他竟然爱上了别的女人，还为了这个女人甘愿去自首，抛却了所有的前途，更抛弃了她们母女，妈妈听说他入狱的消息，整个人都崩溃了，也是从那一天开始，一病不起，直到去世，都还念着他的名字，可是……他那个时候，心里想的恐怕是另一个女人。

妈妈的死不瞑目，她永远忘不了。

因为，从小到大，她只有妈妈。

可是，那个叫莫涵的女子，果然和妈妈长得好像，如果如展望所说，那是妈妈唯一的亲人，又曾经是妈妈唯一的支柱，为什么妈妈从来都没有提起过这个名字，更没有提起过这个人？

她直觉，一定有哪里出现了问题，一定有双眼看不到的地方，使整件事不能顺理成章。

可究竟是哪里出了问题？究竟，那个看不到的角落里，还有什么秘密左右了这所有的一切？

她想得头疼，却接到了穆易的电话。

穆易约她晚上六点，艾伦格伦咖啡厅见面。

他们的合作，仅限于《一步登天》发布会，他还找她干什么？

白慕薇不是个会退缩的人，兵来将挡水来土掩，到了晚上六点，她准时出现在艾伦格伦咖啡厅内。

她刻意找了隐蔽的地方，穆易也是一个人来的。

白慕薇只要了一杯橙汁，和她冷艳的气质倒是不太相配。

“穆董找我，有何贵干？”白慕薇看着他。

穆易笑着说：“和白小姐合作很愉快，只是……白小姐，我有一件事不明白，为什么那天你一定要让陆董看见展望？你和展望有什么过节吗？”

白慕薇警惕地笑道：“为什么这么问？”

“呵，当然白小姐可以不说，只是，展望是个酒店人才。我想不必我多说，你一定知道，他才出狱，应该不太好找工作，你知道我是不在乎人的曾经的，我如果要聘请展望来我艾伦格伦，不知道白小姐是否介意？”穆易说得礼貌客套。

白慕薇却知道，他这是试探，试探展望与香榭丽舍现在的关系。

“穆董，您尽管放心，展望因为什么罪名入狱，我想您也很清楚，您以为，香榭丽舍和他……还会有什么特殊的关系吗？那天我让陆董看到展望，只是想提醒陆董，这个人出狱了……他要随时小心，我之所以不直接提起，是因为每次提起这个人，陆董都会很生气，他更不喜欢我们做下属的知道太多他的家事，所以我只能出此下策，倒是劳烦穆董了。”

穆易想想也是，展望是杀死陆泽磊父亲的凶手，这个世界上再大度宽容的人也不会再和这样的人有关系。

看来是自己谨慎惯了，多虑了。

“白小姐,那……我明天可就亲自去请人了,以后白小姐的对手可是更加强劲了。”穆易笑得和气，却话里藏刀。

白慕薇平静道：“有竞争才更刺激！和高手过招才能提高自己！”

穆易听了，欣赏地大笑：“哈……白小姐真是女中豪杰！不简单，后生可畏，后生可畏啊！”

“穆董您过奖，只是，展望那个人我多少也有所了解，他大概不会那么好请，恐怕陆董要费点心思了。”白慕薇喝一口橙汁，“他那个人道貌岸然，对于你这个曾经的竞争对手恐怕没有那么容易答应，我有个建议，穆董……也许夏晴也是个不错的突破口。这我倒是可以帮你，您久经沙场，应该不必我把话说得太明白。”

白慕薇的眼光幽幽的，唇角却带着纯真的笑，穆易一怔，随即亦笑道：“我懂！那就有劳白小姐了。”

白慕薇不再说话，喝完了一杯橙汁便离开了。

展望，如果你进了艾伦格伦，恐怕泽磊对你的恨就再也不能逆转。而夏晴……我自然有办法用她来说服你。

这一次，我赢了！

第十章 最后深夜，如果给我一个吻

不是所有爱，都能相爱……

《一步登天》的发布会风风光光地在艾伦格伦举行，大小报道占据了娱乐版、财经版还有酒店专业报刊杂志的头条，艾伦格伦不费一兵一卒就打了一场大胜仗，对香榭丽舍来说，影响很大。

客流量不断减少，市场部面临很大的压力，刘玉寒是再能干的女人，也不得不承认，这次失误，给香榭丽舍造成的负面影响很难在短时间内挽回。

更重要的是，香榭丽舍这一次没有任何的危机公关。

这期间发生了太多事，陆泽磊顾不上，白慕薇也似乎顾不上。

香榭丽舍内部的恐慌加剧，陆泽磊却似乎看上去很镇定。

白慕薇自从那晚之后，很少与祝安平单独相处，祝安平的苦恼，全被陆泽磊看在眼里，在瑞士，祝安平也算他为数不多的朋友。

“你最近常常喝闷酒。”陆泽磊经常在酒店特有的光影吧台看到他。

祝安平看陆泽磊一眼，从来都保持着风度的他，这一次没有掩饰眼里的厌恶：“你有什么好的？慕薇……为什么就是不死心？”

他喝多了，陆泽磊知道。

“你喝多了安平，我送你回房间。”陆泽磊想要搀扶他起来，祝安平却一甩手，“告诉我，你有什么好？”

“我没什么好，安平，我知道你爱慕薇，也知道慕薇让你做什么事情，你都会去做，即使有些事情你明明知道会伤害到别人。”陆泽磊看着祝安平，祝安平心不在焉，“可是她不爱我，现在……也不见我……”

“我很能理解你的感觉……”

“你能理解？”祝安平冷笑，“你一直……被慕薇那么爱着，你能感觉？”

祝安平反问，陆泽磊苦笑：“世界上不是只有慕薇一个女人，我也爱一个女人，从小时候，十六岁开始，我就爱她了，她单纯、善良又倔强，她很坚强，陪我度过了我人生中最低谷的日子，可是……我不能爱她，即使能，她也不爱我……”

祝安平听着，看着陆泽磊略有悲伤的侧脸，平静了不少。

“她也爱着别人，爱着……我的仇人！”陆泽磊清朗的眸子略紧。

祝安平似乎懂了：“夏晴？”

陆泽磊无奈的笑：“怎么样？你还觉得我不能理解你吗？”

“这也是你不爱慕薇的原因？”祝安平问。

陆泽磊点头：“这个世上，不是所有爱，都能相爱……”

祝安平道：“你有话要问我吧？”

话已至此，祝安平知道，陆泽磊今天一定不是无缘无故来找他，陆泽磊笑道：“你总是那么敏感，不错，关于慕薇！”

“慕薇？”祝安平有点意外。

“安平，你爱慕薇，和慕薇的时间也更长，你和慕薇的母亲也是认识的，那你知道她和展望的关系吗？”陆泽磊直言不讳。

祝安平一怔，他突然问起来，他有些不知如何回答。

展望，他曾不止一次听白慕薇的母亲提起过，而他也对这个人略有知晓，可真的问到他，他们是什么关系，他也不知道。

“我不知道，只知道，应该是认识的，有些渊源。”祝安平如实说。

有渊源！陆泽磊双手不自觉握紧，眉心亦紧凝着。

“是敌是友？”陆泽磊简单明了。

祝安平沉默片刻，看着他说：“不像是敌！”

“不像是敌？”陆泽磊重复一声，“好，我知道了。”

他说完，转身要走，祝安平叫他一声：“泽磊，如果可能，真想和你来一场公平的竞争。”

陆泽磊没有回头，灯光晃荡在他的睫毛上：“我也是！”

果然，展望当然没有那么容易答应穆易到艾伦格伦。

与夏晴的再次见面，也自然早就在白慕薇的日程当中。

她选了离夏晴家较近的一家书屋，这里环境清幽，可以喝喝茶，看看书，聊聊天。

夏晴也早料到，她不久就会来找她。

“我知道，你心里一定有很多疑惑，关于我和展望？”白慕薇的开场白便充满火药的气味。

夏晴冷笑："疑惑与否和我想不想知道，是两回事。"

"是吗？"白慕薇微笑点头，"好，就当是这样，展望不告诉你，我也不会说，可是，夏晴，你愿不愿跟我赌一赌？"

"赌？"夏晴不懂。

白慕薇笑道："赌一赌……在展望的心里，我们两个谁比较重要？"

"无聊。"夏晴道，"这种小女孩的把戏，我没有兴趣。"

"是没有兴趣……还是不敢？"白慕薇一再刺激她，夏晴听得出，并不生气，"你怎么想都好，我没有时间陪你玩。"

"艾伦格伦找了展望，他当然不会答应，但是你说……如果香榭丽舍的家族丑闻曝光于众……对于现在已经陷在危机中的香榭丽舍……是不是等于雪上加霜呢？"白慕薇看着夏晴，唇角带着清淡的笑，眼神却如冰一般。

夏晴知道，自从张林事件后，就有很多香榭丽舍的老员工提出辞职，这次事件之后，又有一部分人也萌生退意，如果在这个时候再爆出什么丑闻来，对于香榭丽舍又何止是雪上加霜？

"你什么意思？"夏晴道。

白慕薇笑笑："展望不去艾伦格伦，他一个大男人，总是闲着也不是法子，不是吗？我也是为他好，他和泽磊水火不容，那么艾伦格伦是最好的选择，他得罪了穆易，我可不敢保证穆易掌握的……关于陆辉逼良为娼，逼死莫涵，令兄弟反目，展望杀人，还有豪门小新娘和年轻继承人的禁忌之情，你说媒体会不会更感兴趣？哦！对了！你和展望和陆辉……都很有噱头呢……"

"白慕薇，这么做到底对你有什么好处？你为什么一定要让展望到艾伦格伦去？穆易又怎么会……"夏晴刚要问穆易又怎么会知道的那么清楚，见白慕薇眼光微挑，她明白了，就算穆易不知道的她会去告诉穆易，可是她还是不明白，如果是这样，她为什么不自己去和展望说。

"我明白了，可是这些你完全可以自己去找展望，完全可以自己去威胁他，为什么一定要通过我？"夏晴不懂，白慕薇永远是一个谜，看不透她心里的真正想法。

"我去？那么泽磊……又怎么会连你一起恨呢？又怎么会有母子不和的传闻来动摇军心呢？"白慕薇摇摇头，"为什么这么久了，你还是一点长进都没有？到时候穆易自然会去在泽磊面前感谢你的……放心吧。"

白慕薇说完，站起身："这么做，也正好看看你在展望心里，究竟是什么分量，对不对？"

她说完离开，夏晴看着她的背影，这个女人，究竟是什么人？为什么她的恨那么强烈？

夏晴来到展望家，对他将白慕薇的话重复了一遍。

她不懂为什么展望就是不能将白慕薇的事情告诉她？不信任吗？展望的冷漠，究竟是为了什么？还是他始终无法跨越心里的鸿沟？

“白慕薇……她是什么人，真的有这么重要？重要到你连我也不信任。”夏晴还是说出了口。

展望摇头：“不是不信任，而是……那是慕薇的私事，慕薇看上去很坚强，无所不能，其实她十分脆弱，她不想说的事情，我不能替她说。”

“你这么在乎她？她一定对你很重要。”夏晴隐隐地觉得，自己不能再如此理智地相信他和白慕薇什么也没有，可是要她相信他们有什么，又太过不可思议。

展望看看她，昏弱的灯光里，夏晴略微消瘦的脸有些憔悴，他知道，他不应该再说什么去刺激她，更不能再去伤害她，可是，不伤害就意味着也许更长久的痛苦，他们……毕竟不再是从前，有些事情一旦捅破了，就再也难回到最初的圆满，已经有了心的障碍，就再也难回到曾经的坦荡。

他低下头，轻声说：“是，很重要！所以……既然她希望我进艾伦格伦，那么我就去。”

夏晴心一颤，屋内只有昏暗的一盏台灯，暗淡的光线看不清展望的脸，他的表情意味不明，夏晴怔怔站在原地，他的表情虽然看不清，可那冰冷冷的一句话，却已经可以想像出他此刻无情的脸。

纵使她有一千一万个不愿意相信，可是……她依然不得不接受这个事实。

白慕薇，是对展望很重要的女人。

而他也会到艾伦格伦工作。

展望决定去艾伦格伦工作，却不肯担任艾伦格伦 RM 一职，只愿意当一个顾问或者助手，但是也已经成为了业内的一大新闻，同时对艾伦格伦又是一轮不小的宣传，而对于香榭丽舍则更是一个打击，昔日的 RM 到了竞争对手的酒店，种种猜测甚嚣尘上。

对于香榭丽舍的不利传闻，陆泽磊却一直显得很淡定。

白慕薇告诉陆泽磊，穆易约他，陆泽磊没有多说和多问，便赴了约。

“陆董，您忙里偷闲还来见我这个老头子真是荣幸啊。”穆易一副得了便宜卖乖的样子。

陆泽磊从容道：“不知穆董找我有何贵干？”

“贵干没有，闲聊而已，对于最近的一些传闻，我想陆董也听说了。”穆易倒是开门见山。

陆泽磊笑笑："听说了，穆董您不计过去，敢于重用杀人凶手，这种魄力，的确值得我们晚辈学习。"

穆易亦笑道："呵，陆董，说起来还要感谢您的继母夏晴，要不是她啊，恐怕展望可没那么容易答应我。"

"是吗？"陆泽磊眼里带笑，唇角亦微微扬着，"那不如穆董将夏晴一同聘任去，岂不是更好？"

穆易稍稍顿了顿，随即道："倒也不错。"

"呵，用不用晚辈去和夏晴说一说？"陆泽磊喜怒不形于色，穆易倒是没了兴致，悻悻然道，"不用不用，人事任命总不好过于频繁。"

两个人刀不对鞘，自然话不投机，穆易的每一拳出击都好像打在一块软绵绵的棉花上，毫无反应，也便懒得再说，两个人的谈话没有持续多久，陆泽磊便回到了香榭丽舍。

他知道，虽然他可以不当回事，可是艾伦格伦势必会放出消息，他们母子间分赃不均、反目成仇的传闻就会传遍整个香榭丽舍、甚至整个酒店业。

那个时候，香榭丽舍要面对的就是人心浮动。

越来越多的传闻势必会积压成一种气，这种气，足以摧毁香榭丽舍这么多年来积攒的信誉。

"泽磊，你不打算想些对策吗？"白慕薇看着站在窗前的陆泽磊，陆泽磊喝一杯咖啡，咖啡的浓香弥漫整间办公室，"什么对策？事到如今，还不是走一步算一步。"

"这可不像你。"白慕薇有些不解，将自己完全陷在被动挨打的位置上，绝不是她认识的陆泽磊，这反而叫她不安。

"你很了解吗？"陆泽磊忽然问。

经历了这么多，经历了这么多次的冷战和争吵，他忽然问出这句话，令白慕薇心中无端一酸："你说呢？"

"我不知道。"陆泽磊的每一句话，都很简单，简单到冷如冰霜，白慕薇苦笑："这么多年……只换来……你不知道……"

陆泽磊回头看她："慕薇，有时候……人是会变的，心也会变，你之前的了解并不代表你现在的了解。"

白慕薇看着他的眼睛，那双沉淀了夜色的眸，令她捉摸不透："心会变，是吗？那你对夏晴的心，什么时候能变？"

陆泽磊低头不语，白慕薇冷冷一哼："事到如今，你还爱她？还相信她？即使，她已经决意要与你为敌？之前和你说……她根本是在留恋权力，你不信，现在还是不信吗？"

陆泽磊放下手中的咖啡，摇头：“不信。”

“陆泽磊,她对你下了什么迷药？这样的时候,你依然不相信？”白慕薇不可思议。

陆泽磊抬头看她：“那你呢？我给你下了什么毒，让你对我……这样付出。”

白慕薇一怔，的确，她许久沉默：“我懂了。”

“你不懂……”陆泽磊深深看她，走近一步，白慕薇后退，“我说我懂了，你不必再说下去，假装……你也很了解现在的我。”

她说完，转身而去。

走出房门的刹那，她感觉自己又一次在陆泽磊面前逃跑了……

逃得那样仓皇。

不错，他们也许谁都没有对谁下迷药。

只是这世上有一种毒，无药可解，它的名字叫做爱……

初春，有料峭春寒，薄薄的凉意，萦绕着香榭丽舍。

客流量的持续下滑，人员的不断流失，不觉间，短短的一个月，香榭丽舍已经不再是从前的香榭丽舍，人员的变化不可谓不大，新人的层出不穷，老人的不断离开，是这个月份的关键词。

而陆泽磊的沉默，难免会惹来信任危机。

刘玉寒一向很冷静，却也不能再不说话，她终于找到陆泽磊，希望能够得到一个对策。

“刘总，你不会是来辞职的吧？如果是，我是不会接受的。”陆泽磊一向最欣赏客观冷静的刘玉寒。

刘玉寒坦白说：“是不是辞职，就要看陆董给我的答案了。”

陆泽磊自然明白她的来意，笑说：“我知道你的来意，你想问我面对如今的局面是不是要想个对策？”

刘玉寒点头：“不错，陆董，这样一直沉默下去，一直不做任何改变，没有危机公关，我们是在坐以待毙吗？如果是，很抱歉，我今天就是来辞职的。”

陆泽磊靠在椅子上，唇角似乎带笑：“您认为我们应该做怎样的应对？”

“我不是 PR，香榭丽舍的 PR 是白总。”刘玉寒责怪的意思不需要再明显。

陆泽磊知道，白慕薇其实在等着他亲自找她，他笑说：“好，刘总，请再给我一个星期时间，我一定要你看到香榭丽舍的改变。”

一个星期！刘玉寒有些诧异，一个星期能有多少改变？怎么能挽救酒店现在的颓势？

但是，她对香榭丽舍有着很深的感情，不是迫不得已，她也是不愿意离开香榭丽舍，于是点了点头：“好。”

陆泽磊道："谢谢。"

刘玉寒出门，陆泽磊拨通了一个电话："怎么样？"

"问题不大。"对方的答案令陆泽磊松了口气。

"好！但愿不要出任何问题。"陆泽磊挂断电话，又打电话到礼宾部和客房部，叫他们准备足够的房间和准备一场接待，虽然大家工作热情不高，情绪也不高，可董事长有令，还是会好好准备，陆泽磊并不在意，因为他知道，很快就可以峰回路转了。

当一切安排妥当，陆泽磊静静地望向窗外，天色如洗，碧空朗朗，坐在这个位子上，如果还想要心里充满阳光，真的是一件很难很难的事情……

"你在等着他来求你是吗？"舒适的羊毛毯上，祝安平靠在墙壁上，他喜欢这样的设计。

白慕薇这是自那次事件之后，很少的与他单独相处的时间，白慕薇笑笑："他不会。"

"他是不会，可是你希望他来求你，慕薇，我问你，如果他求你来做这次的危机公关，你会帮他吗？"祝安平的眼神看着手中的红酒杯，似乎无意。

白慕薇想了想："我不知道。"

"你会。"祝安平替她说出心里的想法，"所以慕薇，你到底清楚不清楚自己想要什么？如果你帮他，又何必辛苦布局？你要的到底是陆泽磊？还是香榭丽舍？这两者，明显就是鱼和熊掌，不可兼得，除非……"

"除非？"白慕薇回头看他，"祝安平，你是不是想说，除非我忘记了我母亲？"

她看着祝安平，这么多年来，她头一次觉得这个男人她其实也是不了解的，不知是不是受到陆泽磊那天那一些话的影响："安平，我怎么觉得你知道的比我想象的多？你……比我更热衷于这件事。"

祝安平微微苦笑："我当然热衷，因为我清楚自己要的是什么。"

他抬头看向她，幽幽目光如同那杯中殷红的酒色，那样殷切："我要的是你！对你的事，我自然是满腔热血。"

白慕薇别开目光："安平，我不值得。"

"慕薇，陆泽磊也不值得。"祝安平眼光忽然变得更深。

白慕薇眼神却忽然变得悲伤："呵，这个世界真的很奇妙，夏晴不知道给泽磊下了什么毒？泽磊又对我下了什么毒？而我对你，也是一样，都下了毒！"

"相爱就是解药。"祝安平起身，高大的身躯靠近白慕薇。

白慕薇警戒的后退一步："安平，我不想我们连朋友都不是。"

祝安平的影子停留在白色的羊毛毯子上，长长的投影，好像这几年来漫长的等待，夜半无人，寂寞得无声无息……

一周后，陆泽磊叫上刘玉寒，要她陪他去艾伦格伦，刘玉寒很惊讶，他为何找自己，而不是白慕薇。

“陆董，PR是白总，一周到了，今天是最后一天。”刘玉寒试探地问。

陆泽磊笑道：“是最后一天，所以要你来，我们该去找穆董谈谈啦，想必现在的艾伦格伦应该是一团乱。”

刘玉寒微微蹙眉，不懂陆泽磊的意思，车子已经开到艾伦格伦。

果然，陆泽磊一进酒店，酒店的气氛便有些不同，陆泽磊的身份，酒店人应该都是知道的，他在这个时候来到艾伦格伦，想必不是善意。

迎面，展望正巧走了过来。

见到展望，刘玉寒毕竟曾与展望共事许多年，还是有些惊喜：“展总。”

她习惯性这样叫他，陆泽磊看着他，面无表情：“穆董在吗？不知道有没有什么可以帮忙的？”

“你找他？恐怕现在他没有时间见你。”展望说话的语气也好像和一个陌生人说话。

刘玉寒是看着陆泽磊与展望走到了今天这一步，陆泽磊小的时候，与展望的亲密，也是她看在眼里的，如今两个人是比仇人还要更冷漠的关系。

陆泽磊道：“是吗？我想也是，没什么，告诉他一声我来过了，如果有什么需要帮忙的尽管开口。”

陆泽磊看刘玉寒一眼，转身走出艾伦格伦，刘玉寒更不懂了，他为何带她跑这一趟：“陆董，怎么回事？”

她说着，身边便有两个记者样子的人急匆匆的冲进艾伦格伦：“陆董，艾伦格伦到底发生了什么？”

“《一步登天》发布会之后，当红偶像剧《路过错过》的发布会也选择了这里，并且还有影迷见面会也选在艾伦格伦，比《一步登天》的排场还要大。”陆泽磊说着，站在不起眼的角落里，望着艾伦格伦。

“那对我们会有什么好处？”刘玉寒还是不懂。

陆泽磊冲着她深深一笑：“站得越高摔得越狠，场面越大砸的得越大，影迷见面会昨天举行了，发布会定在五天之后，这五天内，本来还安排了点映和同名小说的签售，现在看来要推一推了。”

刘玉寒蹙眉：“为什么？出了严重的事故吗？”

“事故倒是没有，职业操守如果被质疑，诚信和酒店的声誉都要同时受到质疑。”陆泽磊说得云淡风轻。

“职业操守？艾伦格伦不会犯这样的错误吧？”刘玉寒有些怀疑，毕竟艾伦格伦也是国内首屈一指的酒店。

陆泽磊看向她："那么正常情况下，香榭丽舍会出那样的事故吗？"

刘玉寒一怔，看着陆泽磊冷峻镇静的脸，突然懂了："以其人之道还治其人之身？"

陆泽磊一笑："然也。"

原来，《路过错过》剧组住在艾伦格伦，当红明星庄韵在换衣服的时候，客房部负责清扫的员工突然闯进来，已经闹得很不愉快，后来，又一次窗帘被无故自动拉开，正巧庄韵与另一位女性朋友正在挑选第二天要穿的礼服，对面窗户还发现了望远镜，虽然迅速就被拿开了，但是庄韵一口咬定就是看见了望远镜，艾伦格伦一而再再而三发生这样的事情，被冠上窥探客人隐私的恶名。

第一次事件，听说是展望出面才勉强给压下来，第二次发生了这样严重的事情，是再也压不下去了。

穆易大怒，更惊讶于记者们的无孔不入和闻风而至的速度。

即使他再有势力，也不能得罪了所有媒体，他可以威胁小的媒体，可大传媒背后也有更大的势力，到底还是压不住消息，况且《路过错过》剧组背后也有不小的人物撑腰。

《路过错过》剧组当即决定搬出艾伦格伦，与此同时接到了刘玉寒的盛情邀请，选择了香榭丽舍，"正巧"的是，香榭丽舍有足够的房间和会议室，刘玉寒承诺一切为《路过错过》发布会让路，保证一切按照他们原有的时间照常进行不会耽误。

一个月的时间，瞬息万变。

一切好像颠倒了，好像一个月前香榭丽舍事件再次上演，只是换了主角。

媒体自然不会放过这个噱头，香榭丽舍不需要费力气，又得到一次免费宣传。

白慕薇有些诧异，按说穆易应该不会出现那样的错误才对啊？艾伦格伦又不是才开业的酒店，穆易也不是第一天做酒店，怎么会犯这样的错误？还是连续犯错？她怎么都觉得有点可疑。

她怀疑展望，可是听说第一次事件是展望出面解决才压下来，又是怎么回事？

香榭丽舍，似乎在无声无息间，便打了一个漂亮的翻身仗，员工的工作热情也重新被提了起来，大家都为《路过错过》的发布会和签售会，还有点映仪式忙碌着。

白慕薇看着这一切，百思不解。

"你也许低估了一个人。"祝安平提醒她，白慕薇回头看去，祝安平不知道何时站在了她的身后，他是很少来她办公室的。

"谁？"白慕薇问。

"陆泽磊。"祝安平平静地吐出这三个字。

白慕薇微微蹙眉，不错，泽磊是那样优秀的男子，可是如此沉默，的确不像他。

可是，他究竟是怎样做到的？怎么会发生这样的事情？况且，听说庄韵第二次投诉，是因为窗帘被拉开后，还发现有人用望远镜在看！可据她所知，艾伦格伦为庄韵提供的房间窗子对面也是酒店的客房，明星的房间是保密的，难不成有人故意泄密？可是时间又怎么会掌握的那么好？又是谁打开了自动控制的窗帘？这是要做通很多人，甚至跨部门的工作，又要做到滴水不漏，不走漏任何消息，这么短的时间内，也有点不可思议，她有点想不通。

“可他是怎么做到的？”白慕薇不懂，她看向祝安平，祝安平耸耸肩，“我只是直觉上，这件事是他以彼之道还施彼身，而且是故意以这种方式夺回主动的，呵，泽磊这样做……霸气外露了呢！”

白慕薇没有再接话，如果真的是泽磊，如果泽磊这样精明，他又会不会察觉到她与穆易早就有了联系？

她不免心里一慌。

夜色阑珊，万千灯火，却寂寥无声。

夜的静，总能给人心灵的抚慰，陆泽磊喜欢站在三十九层的落地玻璃前，望着窗外的夜景。

这间办公室，他很少用来说私事，除非是特别的人。

“泽磊，我帮了你这么大的忙，你要怎么谢谢我啊？”说话的女子，声音娇柔，如同一缕棉絮落在人心里一样，正是当红偶像明星庄韵。

若是定力稍差，一定会陷落在这个声音里。

“呵呵，当然要请你吃一顿大餐了？听说你喜欢林子磊，我要他下厨为你做一桌美味如何？”陆泽磊笑容平淡，却也分明是在笑，令人看不出诚与不诚。

“还说是老同学呢，就一顿饭啊。”庄韵娇嗔道，“高中的时候，我追过你的，那时候……你可是一副冷冰冰的样子，唉，我当时可想得开呢，你是富家公子，我不敢高攀。”

她媚眼如丝，勾动一丝妩媚。

陆泽磊当然知道她的用意：“呵，那……你可是今非昔比了，现在是当红的美女明星，难道还想追我吗？”

庄韵忽然站起身，走到陆泽磊身前，水蛇一样的腰肢，柔若无骨，一根纤细的手指滑过陆泽磊脸颊：“那可不一定啊，如果我想呢？”

庄韵是陆泽磊的高中同学，对于庄韵，陆泽磊已经再看不到曾经清纯的样子，那时候她有点害羞，与自己说一句话都会脸红，如今却敢如此赤裸裸地引诱他。

他笑着握住庄韵的手，轻轻拿开：“庄韵，我谢谢你为我说谎，我知道你从来不说谎的。”

“人会变呢。”庄韵又凑近一些。

陆泽磊微笑:“是,人会变呢……所以……当初的懵懂,现在想必也变了,是不是?”

黑夜里，男子的微笑亦有如这夜，虽然他在笑，如同灯火的温暖，可终究是夜，那样远，那样深，那样沉……

庄韵怔忪之际，门忽然被打开，昏暗的房间内瞬时有一道明亮的灯。

“泽磊……”

门口的人只是叫了一声“泽磊”便怔住了。

庄韵回头，陆泽磊迅速放开她的手，亦望向了门口。

门口的女子，长长的身影却僵直地站着。

陆泽磊按下灯的开关，屋内刹那亮如白昼，而站在门口的白慕薇，目光却依然是夜色的黑暗与冰冷。

陆泽磊没有说什么,只是缓缓坐下身,两个女人对视片刻,似乎便看透了彼此一般。

“你好，庄小姐，这么晚了还没有睡吗？放心，我们香榭丽舍是不会出现偷窥行为的。”到底还是白慕薇打破了沉默。

庄韵看一眼陆泽磊，又看向白慕薇，笑道：“当然，我和泽磊这么多年朋友，我当然相信他和他的酒店。”

白慕薇一怔，庄韵显然有些示威的意思。

“原来，庄小姐是泽磊的朋友？”她看向陆泽磊，他面无表情，白慕薇随即道，“庄小姐抱歉，我与泽磊有些公事要谈，不知道……方便吗？”

庄韵挑唇一笑：“我也该睡了，女人嘛，要睡美容觉的。”

她说着，回头对陆泽磊娇媚一笑：“拜拜哦，泽磊，记得欠我一个大人情呢。”

她走出办公室，白慕薇走到陆泽磊身边，不等白慕薇开口，陆泽磊便道：“庄韵只是我的高中同学,你知道,我高中没有毕业就去了瑞士,这些年也没有联系,其实……也不算有什么交情。”

白慕薇微微一笑：“我有问你关于庄韵吗？何必急于解释。相比于你们两个关系，我反而对……你欠她的人情更感兴趣。”

白慕薇坐在陆泽磊对面，看着他：“我说，我怎么也想不通，是什么人有这么大的本事，在这么短的时间内，让国内首屈一指的酒店犯两次愚蠢的错误，而且部署的如此周密，简直是滴水不漏！现在我明白了，如果庄韵说谎，一口咬定对面有人偷窥，只要确定了对面没有人住就好了，就可以懒上酒店，这就不难了……对面根本不需要人，只要她说有，就是有！”

“慕薇，有时候人不要太聪明。”陆泽磊默认，看向她。

白慕薇的脸色却微微一沉：“为什么，你一点都没有跟我提起过？”

“我和任何人都没有提起过。”陆泽磊平静道。

任何人……白慕薇心里苦笑，自己真是太傻了，居然问了这么愚蠢的问题，自己对于他，也许和庄韵一样，只是一个没有多少交情的，在瑞士的同学而已，什么都没有，他何必事事都与自己说？

“泽磊，我只是希望，你有事情可以与我商量。”

“慕薇，我只是怕你聪明反被聪明误。”

陆泽磊没有等白慕薇说完，便打断了她。

他的眼神深不可测，白慕薇心中一颤，他似乎话里有话：“泽磊，你话里有话？”

“你想多了。”陆泽磊笑笑，站起身走到落地窗前，夜色沉入眼中，更深……

“是吗？”白慕薇亦站起身，走到他的身后。

许久，陆泽磊才道：“慕薇，我知道，你不仅仅为了我，而来到香榭丽舍工作，我知道，你心里一直一直都藏着许多我不知道，或许别人也不知道的事情，可是……我希望你能放下，你心里那些沉重的东西，它令你不快乐。”

白慕薇忽然鼻端发酸，这些年，真的还有人在乎她是否快乐吗？

“我快不快乐，谁在乎呢？你吗？”白慕薇低头，掩饰即将滑落的泪水。

陆泽磊回头：“我不知道，你心里的沉重究竟是什么，可是如果你愿意放下，你要什么，我都可以给你。”

白慕薇冷哼，抬头之间，泪水滑落：“是吗？我要香榭丽舍！你也给吗？”

夜的静谧，忽然变成可怕的沉默。

白慕薇看着陆泽磊，陆泽磊的眼里似乎有一瞬的失落，他的唇角有不易见的牵动，却没有说话。

白慕薇冷冷一笑，她不知道那一丝失落为的是什么？是因为她的功利？还是他觉得她放不下的是野心？

不管是什么，他说的所谓的什么都可以，不过是一句空泛的安慰，自己在陆泽磊心里，根本没有位置。

更不会重要到与香榭丽舍相提并论。

这点自知之明她还是有的。

她转身而去，厚重的大门，好像关住了两个人的心。

那样沉重。

白慕薇靠在门板上，很久很久，泪水不绝，她知道，陆泽磊一定已经知道了什么，她有感觉，不然他不会说出这些话。

这一夜，也许是他们两个人能够这样相对的最后一夜吧。

泽磊，你说要我快乐，要我放下心里所有的沉重，可是，你可知道，这有多简单。如果刚刚，你给我的不是失落的眼神，而是一个吻，我便愿意为你放弃所有。

第十一章 拿什么拯救你，我的天使

谁说的？人非要快乐不可？好像快乐由得人选择……你听寂寞在唱歌，轻轻地，狠狠地，歌声是这么残忍，让人忍不住泪流成河……

有一句话，陆泽磊说对了，她的确不快乐，心里的确有太多的沉重，而这种沉重有时亦让她感到不堪重负。

这些都是她自作自受，她也知道。

放下？谈何容易。有时候，她是真的想放下，可想到母亲临死之前都要见展望一面的绝望，想到母亲的死不瞑目，她的心就会被撕扯得四分五裂。

如果不是香榭丽舍，展望就不会留在国内；如果不是夏晴，展望就会回到瑞士和母亲团聚，至少见母亲最后一面。

“慕薇，我以为你再也不会在我面前喝酒了。”祝安平看着伤透心的白慕薇，看着她眼角未干的泪水。

白慕薇亦看向他：“我也以为我不会了。”

自从那次，白慕薇和祝安平已经保持了距离，可是，她发现，除了祝安平，她竟没有可以依靠的肩膀。

“安平，我是不是错了？”人喝醉，总是会特别脆弱，白慕薇也是一样，醉了才会觉得累，累到不能面对。

祝安平一怔，她知道，能令她这样的人只有陆泽磊，她之前一定见过了陆泽磊。

祝安平一笑：“能让你放弃复仇念头的只有陆泽磊。”

不错，的确是这样，如果情人节那一夜，他可以选择与她在一起，那么她哪怕是放弃了这仇恨又怎样呢？

“我也想快乐。”快乐往往是最简单的愿望，也最难。

白慕薇是自己捆绑了自己，自己束缚了自己，她全都知道，却不肯解开身上的绳索。

“其实……当年的事情，已经没有办法证明了，不瞒你，展望曾经对我说，他没有说过那样的话，他的原话不是如妈妈说的那样，他没有要妈妈等他，更没有说过要娶妈妈……”白慕薇回想起展望的话，并不是完全不相信。

“你信了？”祝安平问。

白慕薇摇头：“我不知道，我只是觉得……他当时说话的口气和表情，还有……他对我的关心，不像是假的。”

白慕薇话音才落，祝安平便忽然站起了身，从抽屉里拿出一件东西，递给白慕薇。

“是什么？”白慕薇脸颊微红，却还有几分清醒，她接过来，“录音带？”

祝安平点点头：“你记得吗？我曾经帮伯母找过心理医生。”

白慕薇当然记得，母亲的精神状态持续不好，她曾经托祝安平为母亲找心理医生，她知道有时候母亲只是希望倾诉。

“当然记得，这个是……”

“这个就是当时的其中一段录音。”祝安平坐在白慕薇身边，略一犹豫，还是道，“你知道的，这些录音出于保护病人的隐私，即使是最亲密的人，也不可以听，我求了我这个朋友很久，他才肯给我。”

白慕薇攥紧录音带，看着祝安平凝重的表情：“里面说了什么？”

祝安平看着她，许久才道：“说，展望说，等他得到了香榭丽舍，就会到瑞士跟你们母女团聚，会娶她为妻，一辈子……都不分开。”

沉重的过去，犹如一柄利剑，再次割开心里最深的伤口。

白慕薇将录音带越攥越紧，祝安平继续说：“其实伯母只是有一些郁结，她一直很娴静，很清醒，她的话……应该不会错的，况且，通常情况下，心理医生会帮她放松，在放松的情况下引导她说出心里最真的想法，最真的话……”

“不要说了。”白慕薇突地站起来，祝安平的话，好像一盆冰冷的水兜头浇下来，难得她愿意试着相信展望，可……她看着那卷录音带，咬紧了嘴唇！

展望，你果然是职业的酒店人！演技已经炉火纯青，无论是说谎还是心虚，都让人看不出破绽！

即使，是我！

白慕薇离开后，回到家，放了一整夜录音带，里面是母亲熟悉的声音，那么安静、那么淡然、轻轻缓缓的，就好像是小时候为她轻轻讲着故事，泪水湿了枕头，心的疼痛，被母亲的声音抚平，恨却更深……

因为，这个声音，已经离她远去……再也不能回来……

她不知何时睡着了，梦里，是瑞士街头开满的蔷薇花，火一样的红，灼烧着她的眼眶，疼得她，泪流满面……

陆泽磊利用与庄韵的关系，打击了艾伦格伦，重塑香榭丽舍的形象。

《路过错过》点映热烈，签售火爆，发布会井然有序，好评与褒奖随之而来。

这些天，陆泽磊一直陪着庄韵，几乎形影不离，香榭丽舍老板与美女明星的绯闻自然也随着炒起来。

和白慕薇，好像更加疏离了，她甚至公事都很少再与他谈起。

电梯上，难得只有他们两个人，陆泽磊看看她，轻声问："很忙吗？"

白慕薇笑笑："当然没有陆董忙，陆董日理万机，还有空陪着美女明星吃饭、聊天，这份精力很是让人望尘莫及。"

陆泽磊笑笑："慕薇，什么时候，你也这样不专业了？酒店的利益高于一切，我要的是她带来的消费和声誉，她不过要和我吃几顿饭，不错，这些天我是跟她在一起的时候比较多，等这股风儿过去了，我就会注意和她保持距离。"

白慕薇道："你大概太低估了女人，庄韵……我看可不像是一只小白羊，让你招之即来挥之即去的。"

陆泽磊还没有说话，电梯门便打开了，白慕薇道："对不起，我要去会场看看，今天有个小型会议在这儿。"

说完，走出电梯，陆泽磊默默按下电梯上关门的按钮，眉心微蹙。

为了庆祝《路过错过》发布会的成功，也为了一扫香榭丽舍这么久的阴霾，陆泽磊组织了员工 KTV，就在酒店的娱乐厅。

这个晚上，每个人都在欢呼和雀跃，流行歌曲、怀旧经典不断的被唱起来，只有两个人始终沉默。

一个是白慕薇，一个就是陆泽磊，两个人一直各自坐在一边，距离很远，却不断目光交汇。

直到人群散尽，只剩下他们两个，白慕薇才起身要走，陆泽磊却叫住了她："慕薇，等等，还有人没来。"

白慕薇回头看他："是谁？"

"来了，你就知道了。"陆泽磊道。

白慕薇看看他，整晚的沉默不语，好像令两个人更加遥远了……

她转身回来，默默走回去，一句话都没有说，只是点了一首歌。

音乐声忽然再次响起，陆泽磊抬头看去，大屏幕上，《寂寞在唱歌》五个字跃入眼帘。

这是一首老歌，阿桑，那个已逝的歌手，独特的声线曾经将这种寂寞唱到了极致……

不错，白慕薇就是这样寂寞的女人，同样独特的嗓音，歌唱着不同的寂寞……

她美丽的眼睛望着他，过往匆匆，在她的眼底流过，在她的歌声里沉默……

“天黑了，孤独又慢慢割着，有人的心，又开始疼了。

爱很远了，很久没再见了，就这样竟然也能活着……

你听寂寞在唱歌，轻轻地、狠狠地，歌声是这么残忍，让人忍不住泪流成河。

谁说的，人非要快乐不可，好像快乐由得人选择。

找不到的那个人，来不来了，我会是谁的？谁是我的？

你听寂寞在唱歌，轻轻地、狠狠地，歌声是这么残忍，让人忍不住泪流成河。

你听寂寞在唱歌，温柔地、疯狂地，悲伤越来越深刻，怎样才能够让它停呢……”

高潮部分重复着，深刻强烈的音乐，诉说的却是悲伤无助的寂寞……

陆泽磊的心忽然被这种声音刺伤，他皱眉，台上的女子眼泪盈盈，在眼眶中打转，凝望他的双眼，有不能停的悲伤……

“天黑得

像不会再天亮了

明不明天也无所谓了

就静静地看青春难依难舍

泪还是热的泪痕冷了……”

强烈的音乐过去，歌曲最终还是结束在悠慢的音调中，悲伤更浓。

白慕薇久久站在他的对面，没有走开。

陆泽磊知道，她是在用这首歌回答他昨晚的问题，他要她快乐一点，她用歌词告诉他：“谁说的，人非要快乐不可？好像快乐由得人选择……”

不错，快乐不由人选择！泪还是热的，泪痕冷了……

陆泽磊缓缓起身，他没有说话，而是走到点歌台前，同样点上了一首歌……

白慕薇转头，她从来没有听过陆泽磊唱歌，在瑞士，也曾有过华人学生联谊会，或者和祝安平等一些朋友的聚会，陆泽磊虽然参加，却从来没有唱过歌。

《英雄》，同样是一首老歌，沉重苍凉的音乐，落满尘埃的歌词，诉说着孤独英雄的疼痛与执著，寂寞与坚持。

“给我一个寂寞能停泊的地方，一个人喝醉

爱我、恨我随风飘流

给我一个悲伤能借放的港口，夜里有灯火

勇敢、脆弱明天再说

沈默的伤口为谁承诺身不由己的梦

寂寞的深夜为谁承受多少伤人的酒

谁能爱着我不管我明天对或错

有谁能将命运摆脱哭笑都还给自由

谁能了解我只是风雨中的孤舟

何时才有一种温柔？

没有痛

永远握在我手中……”

一首歌，结束在沧桑的音乐中，陆泽磊的声音带着微微的涩，他并没有唱出这首歌真正的孤独与坚持，似乎还差了些什么，却说不清究竟差在了哪儿……

两首歌，同样的寂寞孤独，不同的人生态度。

白慕薇幽幽道：“有的温柔，即使放在你的眼前，你也并不见得想要握在手中……”

陆泽磊唇角微动：“有一种快乐，可以选择……”

白慕薇看着他，她不懂，今晚的他，眼里有令人难解的深沉，不同于以往。

“我曾经让你选择，可是……”陆泽磊看着白慕薇，深深凝望，“可是……你选择了香榭丽舍，而不是我！”

白慕薇一惊，微弱五色的灯光，变幻着在眼前飞旋，安静的没有了旋律的屋内，一片静静的沉默。

陆泽磊的眼睛始终望着她，那双被黑夜遮蔽了阳光的眸，似乎又重见了曾经的温暖。

好像，又回到了瑞士学校内的草坪，好像又是某个午后一起坐在咖啡厅看书的时候。

那个时候，单纯得没有负担。

可是，当他们都不再纯真，爱情却好像成了谁也买不起的奢侈品。

渐行渐远的两个人，在岔路口无数次错过，最终又会在哪里重逢？

她不止一次地想，想到头痛，也想不出答案。

“你说什么？”白慕薇怔怔的，想要掉泪。

陆泽磊苦笑：“那天，我问你要怎样你才能真正的快乐，而不是像现在这么沉重的生活，你说，你要香榭丽舍……而不是我……”

那晚的情景再次出现在脑海。

白慕薇错愕地看着他，他的目光如同深海，漫无边际又波涛汹涌，不可能的，不可能是这样……他的意思是……如果她选择了他，他也会将这种温柔握住吗？

“可是……可是明明……”白慕薇没有说下去，明明从前那么多次的她的表白，都被他拒绝。

他不想握住她，不想！

她不断这样告诉自己：“不可能！陆泽磊，曾经……”

“曾经，我陷在一段不可能的感情里，因为这种感情，八年来，困住了我的心，我一直认为我要的人就是夏晴，因为我们曾经有过一段共同度过的艰难日子，不是物质的艰难，是心的艰难，这种艰难让我对她有了一种错觉，而这种错觉来不及打破我就去了瑞士，于是这种错觉就在我的心里滋长，生根发芽，让我以为这就是爱了，可是当我回国，当我重新面对她，面对她的情感，还有……她的提醒，我才渐渐的发现，也许那不是爱，那只是那种特殊日子里，我们彼此需要……”陆泽磊走近一步，他字字恳切，“慕薇，是夏晴的一句话，让我开始重新认识自己，也认识她，认识你……”

“夏晴？”

“她说，我其实是爱你的。”陆泽磊叹息地笑笑，“那天，她打电话给我，我们赶到酒吧，看到你和展望的那一天，她说如果我不爱你，不会有一路的紧张，更不会在回来之后，更恨展望，却始终相信你……”

他顿了一顿：“那种相信，就是夏晴对展望相同的相信，那么我对你……”

他没有说下去，只是看着她流泪的眼睛：“慕薇，我知道我错过了很多，也伤害你很多，尽管我不知道你为何对香榭丽舍有这样的敌意，但愿不是因为我……”

不是！当然不是！可是泽磊，如果这些话，你可以早一天说，如果这些话，你可以在我听到那卷录音带之前说，我会为了你不顾一切，我会为了你选择相信展望的话！可是太晚了……

“太晚了泽磊……”白慕薇泪流满面，“我们……都回不去了。”

陆泽磊微微一怔，随即有一丝失望：“是……安平？”

白慕薇闭眼，不再看他！她终于明白了那天晚上，陆泽磊眼里那一瞬间的失落，不是因为觉得她功利，而是因为，她选择了香榭丽舍，而不是他！

门声响起，两个人走进了房间。

白慕薇回头看去，只见展望和夏晴并立在门口，白慕薇泪光里看到两个人平静的面容，忽然看向陆泽磊：“他们为什么会在这里？”

陆泽磊低声说：“这就是我说要来的人，慕薇，如果你对香榭丽舍的恨是因为我，那么我无话可说，如果是因为别的，我也希望你能认清楚，不要被别人利用了……”

利用？

白慕薇不懂，她看向展望，展望道：“慕薇，你被人利用了，想要香榭丽舍的人不仅仅是你。”

“我不想听你说话。”想到母亲的录音，那声音里的悲伤和绝望，她就不能不恨眼前这个男人。

夏晴走到白慕薇身边：“我不知道我应该叫你什么，但是我要说，展望对你的心，让我很嫉妒，他至今不肯再和我在一起，却对你的事情特别的关心，而你和他之间的恩怨，他始终不肯告诉我，更不肯告诉我你们的关系……”

“哼！关心我！说的好听。”白慕薇泪迹未干，眼光已冷，“展望，这次艾伦格伦一败涂地，和你分不开关系吧？虽然你解决了第一次所谓的危机，可是……光庄韵与泽磊演戏，还不足以促成这部大戏吧？是谁让庄韵房间的窗帘自动打开的？又是谁将庄韵安排到了那么刚好的房间里？对面没有人住，让她说什么就是什么。不是里应外合我怎么都不信。”

展望道：“不错，是我。”

展望看向陆泽磊，陆泽磊走到白慕薇身边：“慕薇，是我找了他，对他说，答应艾伦格伦的邀请。”

“你？”白慕薇没有想到，会是陆泽磊！

“是我！的确我与展望之间，有恩怨，有仇恨，可是我却很明确地知道一点，展望不会害香榭丽舍，夏晴也不会，这就够了！当我们就一件事能够达成共识，这个商场上没有永远的敌人。”陆泽磊看着白慕薇，他了解白慕薇，他知道，也许这些话说出来，白慕薇未必能够理解他的用心。

“所以说，利用我的人，就是你？”果然，白慕薇冷冷一笑，“我明白了，陆泽磊，谢谢你之前说的每一个字。”

陆泽磊拉住白慕薇的手腕：“慕薇，不错，我承认我利用了你，我明明知道了，你也许对香榭丽舍有别的心思，可是我假装不知道，我也知道了，你见过穆易，所以我怀疑过你，也利用了你和穆易要招展望去艾伦格伦各自达到目的的事情，你想让我更恨展望，夏晴告诉了我……”

陆泽磊看夏晴一眼，白慕薇亦不可思议地望过去：“你竟然告诉了他？”

“我觉得，有些事情，你想的太复杂，却把泽磊想的太简单，其实泽磊早在你一定要开除张林的时候，就对你有了怀疑。”夏晴的话，令白慕薇一惊，她看向陆泽磊，陆泽磊点头，“不错，你这样针对一个员工，不像你，你不是一个冷漠无情的人，除非这背后有很大的原因，后来看到你一直针对夏晴，我开始思考，直到你有一天有意无意的来告诉我，张林是展望的朋友，所以夏晴才会力保他，我觉得……你知道的太多了……不是那么简单……”

白慕薇没有想到，一句话就暴露了她。

“你比我呆在瑞士的时间还要长，如果不是特别有意关心过香榭丽舍，根本不会知道我和展望之间的过节，而你是在知道我和夏晴关系之前就开始针对夏晴，不可能是因为我……所以，我特别叫人注意你平时和谁来往，当然并不是跟踪，只是你酒店里的日常事务，得知你去见穆易，也是因为你接到了一个他的电话，在办公室。”

办公室，果然是风声鹤唳的地方。

白慕薇听得心惊，她原以为自己已经做得足够好，却从一开始就露出了破绽。

“虽然这些破绽都不足以证明什么，却足以让我提高警惕，应对一切。”陆泽磊道，“我不是沉默，而是不动声色。”

他看展望一眼：“我和他之间是个人恩怨，不会牵扯到香榭丽舍！”

展望与他对望，他陆泽磊不再是那个明朗的少年，他的眼里有了心机和算计，有了复杂和利益，可他依然心思清明，目光也因此而不是黑暗无光的。

“慕薇，利用你的不是泽磊，另有其人。”展望忽然开口，“想要香榭丽舍的也不仅仅是你。”

“你说什么？”白慕薇不懂，却依然一副不想和他说话的样子，“你说的话，我一个字也不要相信，你说你从没有和我妈妈说过要她等你，你会回瑞士娶她，可是……昨天我听到了妈妈在心理医生那里的录音带，妈妈亲口说了你对她的承诺，她这些年的等待，这些年心里为你受的苦，换来的竟是你为了另一个女人而抛弃她，而让她绝望一生的结果！”

白慕薇指向夏晴，她咬紧嘴唇，眼泪不绝：“夏晴，你现在知道我为什么恨你了？没错！的确不是因为陆泽磊！是因为展望，因为如果没有你，他就不会去自首，如果没有你，他就不会入狱，如果没有你……他就不会抛弃我妈妈一个人在瑞士，让她死不瞑目！”

夏晴怔怔地站在原地，她看着展望，她不敢相信，原来，展望与白慕薇之间，竟还有另外一个女人的存在，而这个女人因为她的原因而含恨死去了吗？

她有些怔愣，展望微微低头，夏晴心里忽然明白了，难怪展望不肯说，并不仅仅是为了保护白慕薇吧？那个女人是谁？他不是和杨昊都对莫涵一往情深，怎么还会有另一个在国外的女人？那白慕薇……

她疑惑的眼神，令白慕薇冷笑：“你不必担心，我不是展望的女儿，可这并不代表，他就可以这样伤害我妈妈！展望你做不到的事情，为什么要轻易开口？你既然做不到，为什么要让我妈妈等你，为什么要说会娶她？你既然说了会娶她，又为什么会和这个女人在一起？”

这个时候，想知道答案的，已不仅仅是白慕薇。夏晴同样望向展望，展望却依然冷静：“我的确说过，等得到了香榭丽舍，我会回去瑞士，与你们母女团聚，可我并没有说过要她等我，要娶她的话，也许是我对她的照顾，让她误会了这些话，误会了这些情感，也是我的错，我不想解释。”

“她妈妈是……”夏晴看着展望，事到如今，他还是不想说吗？

展望亦看向她：“慕薇的妈妈，莫秀仪，是……莫涵的妹妹。”

莫涵的妹妹！夏晴似乎忽然懂得了，不需要展望说，也懂得了。

出于对莫涵的爱，在莫涵死后，一定会照顾她的妹妹！

“是你不想解释？还是不能解释？”白慕薇耳边响着母亲的录音，那寂寞无助的声音，就好像是那首歌，绝望又希望……

展望道：“慕薇，你不相信我，我理解！但是请你看清你身边的人。”

“你指谁？”白慕薇看看他们三人，明显意有所指。

展望低头不语，陆泽磊轻轻说：“祝安平！”

祝安平！

白慕薇几乎笑出声音，她看着陆泽磊，如今的陆泽磊脸上带着顾怜与温柔的表情，那双深黑眸子亦流露着万般情意，可这些，都不足以动摇她对祝安平的信任。

“陆泽磊，安平是我最信任的人。当我需要的时候，他永远站在我身边；当我难过的时候，他永远是我的依靠……他也是你的好朋友，你却怀疑他？”白慕薇不以为意。

陆泽磊叹息一声：“你信也好，不信也好，他为空中花园投资，原本就是利用你……要打击香榭丽舍！”

“那是我的计划！”白慕薇此时已不需要遮掩，“你不必安在他的身上！”

“如果不出意外，你所说的，你母亲的录音也是安平给你的吧？”陆泽磊话里有话，白慕薇看他一眼，这一眼已经证明他说的是对的，可白慕薇不认为这其中有什么关系。

“你想说什么？”白慕薇看着陆泽磊。

陆泽磊轻轻摇头：“我知道，我说什么你也许都不会相信，但是我希望你可以用你向来的理智来看这件事情，你母亲的病，我也知道一二，她脑子时常是不清醒的，那么也有可能被人引导说出一些话被录下来，如果我没有记错，你母亲的心理医生是安平的朋友。”

“够了！”白慕薇打断他，看看他，又看看展望与夏晴，冷笑，“你们现在是在做什么？是不是听到了什么风声？于是过来收买我？拉拢我，并且挑拨我与安平的关系？”

白慕薇挑眉看陆泽磊：“那你们……真是打错了算盘，因为……我对安平的信任，远远超过我对你们！不用白费力气了！”

白慕薇说完，转身而去，门口停留的刹那，望一眼陆泽磊，陆泽磊的眼里有深深失落，却只是看着她离开，没有出声阻止。

“为什么不拦住她？”夏晴问。

陆泽磊依然望着门口，苦笑：“慕薇的性子，除非是亲眼看到或亲耳听到事实，否则……是说什么也不会相信的！况且……她说的没错，她对安平的信任，远远超过对咱们的……”

夏晴不懂，白慕薇明明如此深爱着陆泽磊，为何对他却无法信任？

也许，是陆泽磊给予她的爱与关心太少，她的爱，得不到一丝一毫的安全感。

她看一眼展望，展望亦是浓眉深锁，光线暗淡的房间里，有些回忆被倏然惊动，惊动得那样透亮，那些过往俱在眼里穿梭，过去的点滴历历在目！

夏晴看懂了他的眼神：“你不必内疚，我想莫秀仪该是理解错了你对她的照顾……”

“不！”展望看她一眼，“若说错，那一定是我，莫涵死后，我陷在长久的悲伤里，能让我的悲伤少一点的方法，一度是对秀仪的照顾，带着这种感觉的照顾，或多或少会令人误会吧？”

他不想责怪自己，却只能责怪自己！

他走出房门，夏晴没有跟过去，经历了那么多沧桑与变故的他，也许只想一个人呆一会儿吧？

白慕薇不可思议今晚的一切，她不曾想过，陆泽磊对她也许是爱。

可是一切都太晚了不是吗？

她已经决定要得到香榭丽舍的所有！这个决定，是她和祝安平一起的决定！

夜晚的黑，令她心里更深的冷。

祝安平的房门口，她呆呆地站着，却不敢敲门，今晚的一切，突如其来，她分不清真假，或者说不想分清真假。

若是真，那么事到如今，陆泽磊的爱，她要怎么接受？

若是假，那么又为何还要这样伤害她？

想着，门声轻轻响了，祝安平竟打开了房门，白慕薇微微一惊，苍白的脸色，让祝安平一怔，随即舒缓地笑了："慕薇，原来你在我的门口，我说为什么我忽然想要出去走走？"

他笑得那样温柔，亦如从前所有的时候。

白慕薇凝视着他，眼里的泪光不觉闪烁。

祝安平凝眉道："是陆泽磊又给你委屈了？"

这样熟悉的温暖，这样了解的目光。

白慕薇无论如何不能相信，他也在利用自己。

她被他让进屋内，熟悉的柔暖光线，舒服的色调，这里的一切都是她所熟悉的……

包括眼前的这个人。

"喝一杯吧。"祝安平递过一杯红酒，"这样会让你舒服一些。"

灯光流转在杯沿，亮晃晃的晕开一道明亮。

她许久都没有说话，而祝安平亦习惯地坐在一边不语，望着她，守着她，等待着她……

这也是她习惯的，尽管她知道这样有多自私。

"今天，他对我说，其实……他是爱我的。"白慕薇终究直言不讳，她抬头看祝安平，祝安平的眼里有瞬间惊异而后便是长久的失落。

他凝视她，片刻，低下头："那……恭喜你们了。"

"可是，我们已经决定得到香榭丽舍了不是吗？"白慕薇看着祝安平低垂的眼睑，她看不见他眼里的光，却可以看到他唇角不经意的牵动，"是啊，你要后悔了是不是？后悔我们的计划和决定？"

"不！"白慕薇依然望着祝安平，"我没有回应他。"

祝安平似乎一惊，抬眼与她相望，柔暖的光线交织彼此的目光，有片刻茫然的宁静。

随而祝安平一笑："为什么？"

他的笑里有几分期待，白慕薇明白，却只是说："我无法原谅展望。"

"仅仅是如此？"祝安平追问。

白慕薇点头："仅仅如此！"

祝安平自嘲地笑了："好！即使是如此，你到底没有糊涂，我想，精明如陆泽磊，在这样的时候对你表白，该是听到了什么风声吧？"

白慕薇道："你这样认为？"

"不是吗？他可以无声无息的利用一个小明星而扳回一城，怎么不会是得到了消息，利用你扳回另外一城？你要知道，我们的计划一旦实施，对香榭丽舍的打击是怎样的？他早不表白，晚不表白，偏偏选在这样的时候，慕薇，你是聪明人，其实不用我说吧？"祝安平缓缓站起身，"利用感情的男人，我最看不起。"

利用感情？白慕薇知道，这是他对自己的暗示，可她看着祝安平的背影，却忽然有一瞬间觉得距离很远……

光与影中，他背影线条那么明朗，可与平时不同的是，他没有面对自己的眼睛！

从前，说起陆泽磊，他不会为陆泽磊说话，却也不会说他的不是，而且每一次，都会望着自己，眼里的真诚一览无余，这一次，他却没有！

是自己想多了吗？

陆泽磊的话忽然穿过脑海，她闭一闭眼，不，不会的！

即使全世界都背叛了她，祝安平也不会……

一夜挣扎，白慕薇选择相信祝安平，他们的计划依旧。

例会之上，祝安平突然闯入了会议室，陆泽磊微微怔忪，看一眼白慕薇，白慕薇却是面无表情。

祝安平突然造访，绝不是好事。

陆泽磊起身道："安平，有事？"

祝安平看他一眼："当然，不然我不会挑开会的时候。"

祝安平将一叠资料放在桌上，表情还算平和，他看陆泽磊一眼，郑重非常："泽磊，我们是朋友，有些事能过就过，慕薇对我说，香榭丽舍需要投资，看在我们三个的友情份上，我来做这个投资人没有问题，可你于公于私难道不应该给我一个交待吗？"

祝安平的眼神看向桌上的一叠资料，陆泽磊拿起资料一页页翻去，越是看越是脸色阴郁，他眉头紧拧，摇头说："这不可能。"

他回头看向白慕薇，白慕薇面无表情，亦不看他，祝安平将资料拿起，递给身边的刘玉寒，被整个香榭丽舍认为最客观公正的人。

“看看这些劣质的材料，再看看你们报给我的材料，到底这其中有多大黑洞？空中花园，那么大的工程项目，就被你们如此糟践吗？我祝安平可以为了人情而做一些事情，却绝不会为了人情而容忍对我的欺骗。”祝安平一边说，刘玉寒一边浏览手中的资料。

她不负责工程，是如何招投标的她并不知道，但是这些数据，这些对比，却很显然，原本奢华旖旎的空中花园项目，俨然变成了豆腐渣工程。

陆泽磊看着一言不发的白慕薇，昨晚，那个悲伤孤独的女子，今天便是冷漠的冰玫瑰，她的心，或许一如既往，对他，也对香榭丽舍。

这件事，该是与她脱不开关系吧？

只是他没想到，祝安平会这么快的动手，给他的又是如此大的一个措手不及。

“泽磊，我希望得到你的一个交待，否则……”祝安平看着陆泽磊的眼光一改往日的平静深沉，锋芒毕露，“否则，我将撤回对香榭丽舍的所有投资，并且……要求赔偿我的一切损失！”

祝安平扭头就走，陆泽磊无话可说。

例会就在这样的状况下结束，陆泽磊站在落地窗边，他独独留下了白慕薇。

陆泽磊一句话也不说，白慕薇也沉默不语，其实两个人怕是心照不宣了吧？

最终，还是白慕薇打破了沉默，她轻声道：“你想问什么我知道，不错，这件事和我有关。我说了，我要得到香榭丽舍！”

陆泽磊并不感到意外，他苦笑：“所以，你还是不相信我就是了！”

白慕薇冷冷道：“相信？你叫我如何相信？怎么相信？就在我想要实行这个计划的时候，你对我说，你其实是爱我的？呵……即使如此，也改变不了我恨香榭丽舍！”

“不！”陆泽磊轻声说，“我指的不是这个，我指的是……你不相信，想得到香榭丽舍的不仅仅是你吗？”

白慕薇一怔，随即道：“你又想说安平吗？”

陆泽磊回过头：“你可以和我正面交锋，可以和我斗，却不要让别人利用了！”

“你不是利用我吗？”

“你敢不敢打个赌？”陆泽磊忽然说，白慕薇一怔：“什么？”

“若如你所说，安平只是为了你，你敢不敢……试探他？”陆泽磊看着白慕薇，白慕薇亦与他久久相望：“试探？”

“如果他只是为了你，若你说现在停止计划，若你表现出一点想要停手的意思，那么我想他依然都会为了你而停止，若不是……”他没有说下去。

白慕薇却明白了，若不是，他就不仅仅是为了她！至少，也有一部分原因为了香榭丽舍！

她不知为何会有心里瞬间的矛盾与退避。

陆泽磊笑了笑："你不敢？因为你也怀疑……"

白慕薇脸色一变，别开眼神："有什么不敢？我自有我的法子。"

她转身："陆泽磊，有时候不要太自以为是！"

"慕薇，"陆泽磊叫住她，"如果证明我说的没有错，希望你可以找我商量，像信任安平一样信任我！"

白慕薇站在当地，半晌无语，可以吗？她可以信任他吗？这个从来都漠视她的爱的男人？

这个突然说爱她的男人？

这个……她爱的男人……

第十二章 三分尘俗，七分自误

不能爱，就只有不爱……

空中花园工程之事很快传遍整个香榭丽舍，甚至是整个J市。

大小媒体，有关无关的都纷纷在酒店大堂转悠，希望可以套到第一手八卦。

陆泽磊却淡定从容，好似没有任何事情发生一样，刘玉寒来过两次，陆泽磊都交待给她一些无关紧要的事情。

刘玉寒看得出来，他似乎在等待什么，并且胸有成竹。

作为公关，白慕薇对于这件事的不作为，亦令香榭丽舍上下议论纷纷，原本关于陆泽磊和白慕薇的传言便很多很多，加上这次与艾伦格伦的斗法，介入了明星庄韵，人人都说，是因为庄韵的原因，向来能力高人一等，人脉广阔的白慕薇不愿再帮香榭丽舍收拾残局。

这种传言，白慕薇当然听说了，却乐得听到这样的绯闻，至少，她在这个位置上不必要顶着那么大的压力。

而庄韵则亦因为与香榭丽舍老板的传闻而登上各大娱乐版头条，虽也有被怀疑炒作的声音，可很多人都是相信的，尤其是香榭丽舍内部，因为最近陆泽磊与庄韵出双入对的场面越来越多，也越来越不避讳，这种传闻似乎有被坐实的迹象。

白慕薇暗里看着，她不知道，是否她可以自恋的以为陆泽磊是为了刺激她，可她果然仍然无法坦然地面对陆泽磊与另一个女子的亲密。

不再是夏晴，那个令他心心念念的人，也不行！

夜总寂静，透着星光的冷艳，深蓝色夜空，星星点点都是寂寞的光。

白慕薇近来常常用酒精麻痹自己，常常灌醉自己，常常一个人发呆。

祝安平看得出她不开心，即使，他已经对香榭丽舍步步紧逼，她依然无法开心，还是……她是因为这样才更加落寞？

“慕薇，别因为他的几句话再折磨自己！他根本不爱你，你做的没有错！”祝安平宽慰她一般，声音温柔如初。

白慕薇抬眼看他，琉璃一般的眼眸流转着整个屋内柔和的光线，这光线太柔，而令人有些朦胧的感觉。

“慕薇。”祝安平坐在白慕薇面前，深深看她，“还不能忘了他吗？他已经如此公开地和庄韵在一起，他根本不在乎你。”

“你在乎我吗？”白慕薇怔怔看着他，用一种从没有过的目光。

祝安平亦有片刻怔忪，他不明白白慕薇为何忽然这样问他，但他知道一定是有目的的。

他低头，轻轻执起白慕薇的手，她的手指纤柔细腻，柔若无骨，祝安平在她手背上轻轻一吻：“你说呢？这么多年，难道你还是不了解我吗？”

白慕薇看着他，许久不语，她当然希望他是如她所了解的那样，可是，陆泽磊有一句话说对了，她怕，她真的害怕，若祝安平果然如陆泽磊说的一样，对她也是利用和伤害，这样的结果，她是不是可以承受？

“安平，我好累。”白慕薇喃喃说。

“你累了，就好好休息，香榭丽舍之后的一切都交给我来处理。”祝安平温柔的眼光有刹那锋芒，白慕薇凝眉，忽然道：“安平，我们放手好不好？我觉得……这样做了，我却并不快乐。”

祝安平神情一滞，随即笑道：“慕薇，你确实累了，不然你先回瑞士等我，这里交给我。”

他握住白慕薇的手一紧，白慕薇看着他，长久的凝视：“你和我一起回去好不好？”

一起回去？祝安平有些错愕，脸上的表情亦有些许复杂。

白慕薇道：“怎么？你不愿意？”

祝安平怔忪片刻，方道：“我当然愿意，可事情做到一半半途而废，可不是我祝安平的风格。”

“你不愿放手？”白慕薇追问，眼神不变。

祝安平笑笑：“慕薇，你是想的太多了，我们现在放手，又何必当初费了那么多心思？”

“我想放手。”白慕薇近一步问他，眼神亦更深的凝望。

祝安平面对她清可照人的双眸，那如明镜一样的眸子，忽然轻轻放开了她的手，站起身来背对她：“慕薇，我说了，一切交给我。”

一切交给他！

白慕薇心里忽然有什么陷落了，她望着那个背影，柔和灯光下颀长的背影，曾经最温暖踏实的港湾，她好像已不认得回去的路了。

“你不愿意，即使我想放手，即使……可以和我一起回去瑞士，远离陆泽磊。”白慕薇多希望，他可以在最后的时刻，有一些些动摇。

可那个背影一动不动，只轻声道：“慕薇，早点回去休息，你累了，如果你想回瑞士，不再操心这些，我马上叫人替你安排。”

重重的光影，忽然变得迷离不清。

眼前的人，陌生得可怕！

白慕薇如同坠入了万丈深渊，她缓缓站起身，企图看清眼前这个人，能清楚一点……再清楚一点……

可惜，水雾遮蔽了她的眼睛，漫漫似江河汹涌的悲哀冲击着她的心。

忽然，她觉得自己很可笑。

她麻木地挪动脚步，不知是如何走出了祝安平的房门，回到自己那冷清的房间内，望着窗外漆黑一片的夜空……

深蓝色的幽冷变成了深黑，便看不到一点光明！

白慕薇，你真的很可笑。

她笑着流眼泪，眼泪已不受控制。

你爱的人，不肯爱你！你信的人，如此利用你！

她故意说，要和祝安平一起回瑞士，故意说要放弃这一切，可是祝安平没有她想像中的欣喜，他应该开心不是吗？他……不是爱她的吗？可是，为了得到香榭丽舍，他却肯放开她的手……

陆泽磊果然说对了！多么讽刺，自己的信誓旦旦，如今看来都只是一场笑话。

手指已经冰凉，如同冷却的心。

她苦笑，白慕薇，从今天起，这个世界上你已是真正的孤独一个人……

再也，没有了肩膀……

陆泽磊迟迟没有危机公关，因为与庄韵的绯闻，香榭丽舍员工之间的微词大多给了陆泽磊，见色忘义，始乱终弃，这些个罪名私下里已统统扣给了陆泽磊。

外界也是一片质疑的声音，香榭丽舍年轻老板不理工程丑闻，绯闻不断，遭到质疑。

重重的压力，似乎都在陆泽磊一边，而没有人责怪白慕薇，白慕薇知道，自己怕是被大家放在了受害者的位置上。

根据当初的合同，祝安平不但有权毁约停止合同，还有权利追究香榭丽舍的责任。

祝安平亦步步紧逼不肯退让。

咖啡厅，白慕薇正巧遇见了庄韵，庄韵看白慕薇的眼神，高高在上，胜利者的姿态一览无余。

白慕薇看着她，面无表情，庄韵走过她的身边，轻蔑地看她："我和泽磊说不定会订婚哦。"

庄韵说完，笑着离开，白慕薇僵直地立在当地，猛然回头看去，庄韵婀娜的身姿摇摆在她的眼底。

她说什么？订婚？

这是她从未想象到过的场景，自己爱了将近十年的男人，和别的女人订婚，她将会怎样？

可是现在她却没有资格去怎样不是吗？

自己是将香榭丽舍推入深渊的人，自己是让陆泽磊陷入困境的罪魁祸首！

不要说是订婚，即使是结婚，她又还有什么资格去怎样？

坐在咖啡厅，望着窗外的车水马龙，回想回国后的种种，自己多希望可以重新来过，那么，她宁愿去亲手杀了展望然后判刑，也不愿走进香榭丽舍，走进这金碧辉煌的漩涡中。

害人害己！

"现在后悔还来得及。"熟悉的声音。

白慕薇回头看时，那人已坐在了自己对面。

是展望！

白慕薇笑道："什么来得及？"

"如果你肯放手，还来得及。"展望看着她，白慕薇比莫秀仪更多几分冷艳与美，这样的女子，本该拥有天下人的宠溺，却自小孤独的成长，无依无靠。

每每想到这里，展望都会自责。

白慕薇看着展望，许久没有说话，如今的局面只恐怕不是她想放手便可以放手的。

"工程部总监赵雷在事发之前的一个月辞职了，现在人在瑞士，对不对？"展望的话，令白慕薇一惊，随即隐去，是的，没有什么好惊讶的，这个人是展望，是永远敏锐如鹰、细腻如尘的酒店老手。

她笑笑："不错。"

"在祝安平公司的关系公司里工作，薪酬丰厚。"展望继续道，"当时的招投标总负责就是赵雷。"

"你知道这些已经没有意义。"白慕薇站起身。展望叫住她："慕薇，你知道，泽磊为什么要和庄韵假装亲密？"

假装亲密？他们……不是都快要订婚了吗？

白慕薇没有回头，淡淡道："这里是咖啡厅，恐怕不适合说关于老板的八卦。"

她要走，展望看看四周，轻声说："只有这样，才能保护你，不会受到外界太大的压力，毕竟你负责着公关，还与祝安平关系密切！”

脚步骤然停住，白慕薇心里如同被一个针出其不意的扎入，那么突兀！

尖锐的疼痛，令她愣在了当地。

保护她？因为这样……他就要承受来自外界的质疑和香榭丽舍员工私下的唾骂？

展望路过她的身边：“能帮泽磊的就只有你！能让赵雷说出实话的，我想除了祝安平，也只有你！”

展望说完，转身离开。

如今的香榭丽舍，他早已不好插手太多，毕竟，与陆泽磊还是存在着种种隔阂。

一时的合作，驱赶不了两个人心中的魔障，他们都知道……

白慕薇有些混乱，为什么这一切都来得那么突然。

他说爱她。

他保护她。

他顾及她。

他在乎她。

这一切的一切，原本都是祝安平在做的，如今这两个人却好像对调了位置。

让她如何相信和接受？

昨晚，她说好累，并不是单单的试探，她是真的累了。

这么久的精于算计，这么久的恨，让她身心俱疲。

她现在要怎么办？现在后悔，真的……还来得及吗？

白慕薇想一个人静一静，门声却响了起来，她的住处平时基本没有访客，除了祝安平。

果然不出意外，她打开门，祝安平手里拿了一瓶红酒，走了进来：“你今天没有去找我，我看你还是需要它才能睡着。”

白慕薇关上房门，她的房间，灯光昏暗，有淡淡暗红色，祝安平将红酒倒好，透明的玻璃杯，香甜的酒气，白慕薇脸色却微微苍白。

“慕薇，不舒服吗？”祝安平问。

白慕薇摇摇头，只是看着祝安平：“安平，如果我和你一起，我是说……”

她略微犹豫，低头：“我是说，我们一起回瑞士，从此以后，就只有我们在一起……”

白慕薇的声音很低，她没有抬眼看他。

祝安平却凝视着她，久久凝眉，她的意思，他很明白，她说，她要他们在一起，这是他盼了多久才盼到的一句，可是如今听起来，却令他心中冰冷。

她不抬头，她不看他。

因为白慕薇知道，她看他的眼神里，永远不会有超出友谊的情愫。

祝安平冷笑：“你的意思是……我们在一起？”

白慕薇轻轻点头，暧昧昏暗的暗红色光线，勾勒她迷人的脸庞，那如玫瑰娇红的线条，令人心旌摇曳。

祝安平突地上前几步，低头看白慕薇，白慕薇明明可以感觉到他炽烈的目光，却依然不抬头，突地，祝安平捏住白慕薇下颌，猛然抬起，白慕薇琉璃一般的明眸顺着落下两行清泪，这两行泪好像两行冰冷的毒，流入祝安平眼中心里。

她明明那么勉强，明明那么不情愿，却依然说出……要和他一起！

祝安平猛地将白慕薇搂在怀中，不由分说，深深吻下去，白慕薇的唇犹如柔软的棉花糖，温而香甜，带着淡淡樱花的唇彩香味儿，白慕薇身体战栗，忍不住微微颤抖。

她本能地将手抵在他的胸口，却犹豫着没有推开他。

这原本该是多么浪漫的时刻，可白慕薇的泪水却更加汹涌，祝安平将她推倒在沙发上，宽大柔软的白色沙发，却令白慕薇感到害怕，她终于推开他，祝安平向后仰去，白慕薇立即起身，泪水不绝，深深吸气，整个人都在微微发抖。

她从没有这样害怕过祝安平，然而她多想驱散内心的恐惧，多想顺应他的情欲，可她终究还是不能。

就算是假装，也不能。

祝安平冷冷笑了：“我就知道，你办不到！又何谈跟我一起？”

白慕薇回头看他，祝安平的表情冷漠得好像是另外一个人，一个这么多年都不曾见过的陌生人！

暗红色的光线勾勒他冷硬的脸廓，他的眼里沉淀了暗与红的焦灼，神秘而又阴森。

白慕薇怔怔然看着他，若水琉璃的眸子忽然流露出脆弱的光。

“安平，你不愿放手！你想要香榭丽舍多过于想要我，是不是？”白慕薇看着这个人，这个从小到大，虽然不爱，却最信任的人。

祝安平平静地看着她，微微笑了：“慕薇，不要这样说，我对你怎样……”

“你对我怎样，我已不知道了。”白慕薇直言不讳，泪眼干涩，能更清楚地看着祝安平。

祝安平怔忪片刻，叹息一声：“慕薇，商场如战场，当我出手，便不能收拳。”

“所以，你果然是利用了我是不是？从一开始就是利用？”白慕薇终于还是说出了心里最刺痛的一句，她希望不是，可眼前的祝安平她已经不认识。

祝安平缓缓站起身，走到白慕薇身边：“慕薇，相信我对你的爱是真的。”

“你对香榭丽舍的野心也是真的！”白慕薇苦笑一声，“安平，你知道孤独的滋味吗？”

祝安平一怔，白慕薇低头微笑：“我现在……是真正的孤独一人，再也没有相信的人！”

她转身要走，祝安平却拉住她的手："慕薇，你当然可以相信我，我从没有想过伤害你！"

"安平，如果你想要香榭丽舍为什么不从一开始就告诉我？而是利用我对展望的仇恨，利用我对泽磊的感情，而达到这一切的目的？安平，我真希望这一切都从没有发生过，我没有回国，更没有来到香榭丽舍，这样，我就还是我，你也还是你，我还有一个随时可以依靠的肩膀！"

祝安平自身后紧紧抱住白慕薇："我还是你的肩膀，只要你愿意！"

"事到如今，你以为还可以吗？"白慕薇微微侧眸看他，冷水幽幽的眼眸，深深的失望，令祝安平轻轻放开了手。

白慕薇转身打开房门，她一句话都没有说，只是低头看着祝安平离开，祝安平在门口稍稍驻足，白慕薇却轻轻关上了房门，靠在门板上，白慕薇流泪微笑。

她到底不能勉强自己爱他，那么就只有不爱……

如今，她终究是一个人了……

而可笑的是，造成这一切的始作俑者竟然就是她自己。

一切的一切，三分尘俗七分自误，怪只能怪自己……

这一天，很早，白慕薇便来到了陆泽磊的办公室。

陆泽磊倒是意外，白慕薇一身干练的白色套裙，若清艳的莲花，散发着幽幽香气。

"你来了？怎么这么早？"陆泽磊问。

白慕薇回头看他："等你。"

她的表情看不出情绪，冷冰冰的，陆泽磊猜测说："你和安平谈过了？我说的没有错，是不是？"

看着陆泽磊，白慕薇许久都没有说话，她走到办公桌前坐下："没有，我没有找他谈。"

陆泽磊微微皱眉，没有谈，为什么会是这样的神情？

她好像很累。

"那你找我有什么事情？"陆泽磊走到她身边，低头看着她，白慕薇却不抬头，"你和庄韵要订婚了？"

陆泽磊微微皱眉，失笑道："庄韵说的？"

白慕薇不语，陆泽磊道："原来你是为了这个，老板和小明星，不是很正常？订婚？她倒是想。"

陆泽磊说起来好像提起一个毫不相干的人，白慕薇终于抬头看他，那个眼里满是阳光的少年，如今已收起了透彻的阳光，更多了几分沉淀的厚重。

"也不错啊，你们青梅竹马，很合适。"白慕薇心里依然酸酸的，但这正是她今天来的目的。

陆泽磊轻轻弯下腰，与白慕薇目光相对，他的眼光深幽如潭水，竟有溺死人的温柔，白慕薇瞬间感觉心跳失速，连忙别开目光，陆泽磊道："真心话吗？"

白慕薇低声说："真心！因为……这样我们就都可以幸福。"

陆泽磊的表情忽然僵住了，白慕薇话里有话："你什么意思？"

白慕薇起身，离开他的包围。

"我的意思是，你和庄韵，我和安平，这样……我们所有人都会幸福……"白慕薇说着，转身面对落地玻璃窗，窗外的景色早冷了，没有了这个月份柔和的色调。

"是吗？"陆泽磊忽然明白了她的意思。

"不是吗？"白慕薇深深吸一口气，转过头来看他，绽出一丝微笑，"我们……本来就是不可能的两个人，从一开始就是！而香榭丽舍……鹿死谁手，我们各凭本事！"

陆泽磊凝紧双眉，俊美的脸上阴云密布，他深深看着白慕薇，这个如水又似妖的精灵女子："你还是不肯相信我。"

"我只信我自己。"这句话，是实话，如今的白慕薇已没有相信的人。

"白慕薇。"陆泽磊很久没有这样直呼她的名字。

白慕薇心里似冷水倒灌，可这正是她如今所希望看到的。

她不语，陆泽磊只是轻轻放开她的手腕，白慕薇轻声道："总有一天，你会看不起我，我已不在乎是哪一天了。"

这句话陆泽磊不懂，他看着她转身离开，没有阻拦。

白慕薇关上办公室的门，感觉心的某一处似乎扎进了千万根针，刺痛难忍。

泽磊，你可以为我而忍受外界的指责，与庄韵虚情假意。

那么我，也可以勉强自己去做勉强不来的事情！

香榭丽舍，是我欠你的！

我会还给你！

白慕薇才出陆泽磊办公室，便接到了展望的电话。

展望约她在楼下咖啡厅见，这个咖啡厅是发生了太多故事的地方，白慕薇见展望坐在一个不起眼的角落。

展望已为白慕薇点好一杯拿铁，白慕薇喝了一口："拿铁不加糖。"

"你喜欢的。"展望淡淡道。

"我已经不喜欢了。"白慕薇放下杯子，抬眼看他，"不要装出一副很了解我的样子。"

"慕薇，我不能不让你恨我，我自己也恨我自己，可我希望你可以面对自己！你还是很爱泽磊的，可是为什么一定要伤害他？你要对付的人只是我，如此对待香榭丽舍，如今伤害的是泽磊。”

展望找她，绝不仅仅只是为了说这些，白慕薇知道。

她看他一眼：“你到底要说什么？”

展望看着她，到底白慕薇是个心思细密的女人，他将手边一份资料递给白慕薇：“这是我托人找到的，赵雷与祝安平曾一起出入过第五会所！如今赵雷在祝安平旗下公司也是事实，这两件事如果串联在一起见报，我想，对你……也不太好。”

白慕薇明白他的意思，如今的舆论压力都在陆泽磊一边，对于自己大多是同情的目光。

若在此时，自己招揽的投资人出现这样的问题，自己也难逃干系。

展望果然是神通广大，虽然八年牢狱，却依然有不可低估的人脉。

白慕薇随便翻了两页，这些，现在对于她已经不重要了。

“慕薇，比这更糟的是泽磊的信任危机。”展望看着她，郑重道，“香榭丽舍上下的传闻，相信你听的比我还要多！老板与女明星本身就不是光彩的事情，加上之前你与他的绯闻，现在他是始乱终弃的代表，这次招投标出现的问题，空中花园的意外，更让大家骂他是个纨绔子弟，败坏了陆家基业，毁掉了香榭丽舍。”

展望叹口气：“我想，香榭丽舍最近有多少人想要离开，想要辞职，你也该比我知道得清楚，这样下去，香榭丽舍不用你出手，就已经毁了！”

人言可畏！白慕薇当然懂。

这其实是她之前最希望出现的场景。

“你现在是要刽子手放下手里的刀，你认为可能吗？”白慕薇看着展望，故作冰冷。

展望诚然望她：“我希望可能。”

白慕薇笑笑：“那对不起，让你失望了。”

她起身，展望叫住她：“慕薇，我们都不想伤害你。”

白慕薇回头说：“如果你们想做什么，尽管去做，这些可笑的爆料真是足够可笑，投资人请招投标人吃饭，多么正常的事情，你还有什么？呵，展望，我知道你有的是人脉，想做什么……不需要来问过我，还有，这些个爆料要配合着一些绯闻才有力度吧？你要不要再去挖点绯闻出来？”

白慕薇说话不留余地，这是展望没有想到的。

他原本认为即使是看在她对陆泽磊的感情上，她也会后退一步，然后他们一起让这件事化解于无形，可是他好像错了。

白慕薇言语咄咄，倒似乎在激他。

灯火阑珊。

夜晚的香榭丽舍总有神秘的妖娆。

白慕薇再次来到祝安平的房间，已经没有了曾经的依赖，取而代之的是厌烦。

“我以为你再也不会来了。”经过那一晚，祝安平以为，他和白慕薇已经不可能回到从前，尤其在这样的夜晚，她不会再出现在他的房间里。

白慕薇面无表情：“祝安平，我只是来告诉你，展望手里似乎有一些东西在，你想要香榭丽舍，却好像没有那么容易。”

祝安平微微一怔，凝视白慕薇略有苍白的脸，笑道：“你为何要告诉我？你不是已经想要收手？”

白慕薇微微抬眼：“你不是不想？”

祝安平不解看着她，白慕薇道：“既然，你不想，既然，你还没有收手，既然，展望今天还要来威胁我！我之前的心软，希望你忘记。”

祝安平心一颤，随即唇角勾动一丝笑意：“慕薇，这就对了！你本就不应该再对香榭丽舍和展望存着妇人之仁！还好，我足够坚定。”

他上前一步，拉住白慕薇的手，声音柔和了许多：“慕薇，等得到了香榭丽舍，我们就回瑞士，我们一起！”

他的手紧了紧，白慕薇却轻轻抽离了，她望着他冷笑：“虽然我不打算放过香榭丽舍，可我也没有打算原谅你！祝安平，你在我心里，已经不是那个可以完全信赖，让我依靠的祝安平，我们之间，有了欺骗，有了隔阂，就再也回不到从前了……在一起？我给过你在一起的机会，可你在香榭丽舍和我之间，果断选择了香榭丽舍，就可见我在你心里的位置，既然如此，我们彼此也就不用再虚情假意，我们现在只谈合作，不谈情！”

白慕薇的决然，不在祝安平的意料，他看着她，她目光依然，却已不是曾经的透明。

“慕薇，何必？”

“如果你不愿意，也可以，我们各自为战。”白慕薇说着，转身要走，祝安平连忙叫住她，“好！我答应。”

其实，这才是白慕薇不是吗？情感上永远极端，要么是爱，要么就是恨，要么是敌，要么就是友！那么鲜明！

祝安平苦笑：“看来，鱼和熊掌果然是不可兼得的。”

他顺一口气：“好！那我们就来谈谈怎么合作好了。”

祝安平转身倒一杯红酒递给白慕薇：“合作关系，也不介意喝一杯红酒吧？”

白慕薇接过来：“展望手里的资料他并没有让我多看，但我保证是有一些东西的，展望虽然入狱八年，可他的人脉通过艾伦格伦的事情，就可以看得出，并没有被打散，他说，他已经知道赵雷在瑞士，你旗下的公司工作，这一点如果曝出去，恐怕不太好。”

“赵雷辞职之时，空中花园还没有事发，那个时候，我们曾经共事过，叫他去我的公司不是很正常？”祝安平道，“退一万步说，到时候辞掉他，就说因为空中花园的事情，不就得了？”

“所谓请神容易送神难，辞掉他后，你真觉得赵雷什么都不会说？”白慕薇道。

祝安平想了想，的确，赵雷是个势利小人，他答应了他国外优越的生活条件，他才放弃了香榭丽舍的工作，冒险作弊。

如果这个时候辞掉他，不给他工作，他没有了安全感，就要永远用钱堵他的嘴，到时候如果他胃口越来越大，又或者别人同样用钱收买他，难保他不会再当叛徒。

祝安平目光忽然凶狠，白慕薇亦冷声说：“安平，商场斗争，你可不要想着杀人灭口这样令人发指的手段。”

他的一个目光，便暴露了他的心。

白慕薇道：“你不想你的后半生都在监狱里度过吧？或者陪一个不相干的人去死吧？”

“我会做得神不知鬼不觉。”祝安平看向白慕薇，白慕薇冷哼一声，“没有密不透风的墙，展望就是最好的前车之鉴！”

“他是自首！我可没那么蠢，为了一个女人去自首！”

“你以为如果不是当初夏晴已经掌握到一切，揭穿了他，他会去自首吗？”白慕薇有些嘲笑地挑唇。

祝安平凝眉，白慕薇继续道，“别傻了，对于这种人，还是暂时安抚的好，我想我过两天回一次瑞士，你也先叫人辞掉他，这样保险一些，我亲自回去安抚，当然安抚他的费用，你来出。”

白慕薇说得平静而理所当然，祝安平愣了一下，随即笑道：“果然，你还是白慕薇！”

这样的果断，这样对他指手画脚，才是白慕薇！

白慕薇笑笑：“承蒙夸奖，我回去瑞士的时候，你也不要动香榭丽舍，尽量和他们拖延，不为别的，我要陆泽磊……亲自来求我放过香榭丽舍和……他！”

她起身，祝安平赞赏地看她：“我就是喜欢这样的你！”

白慕薇没有说话，转身出门。

祝安平，你喜欢这样的我吗？

那么最后，也许你恨的，也是这样的我！

白慕薇请假，有许多事情需要交代，她突然要回瑞士，陆泽磊有些意外。

展望已与陆泽磊提过赵雷的事情，陆泽磊一直压下来，没有实行对策，而她这次要回瑞士，是果真想要放松压抑的心情，还是为了赵雷的事情？

陆泽磊也有些迷惑。

“为什么回瑞士？”楼梯间里，陆泽磊问。

这个楼梯间，曾经发生过多少故事？想必每一个公司的楼梯间里，都会有很多段不为人知的往事。

香榭丽舍亦是如此。

“展望不是都告诉你了？你还猜不到？”白慕薇平静回答。

陆泽磊走近一步：“真的要这样吗？我们之间……真的不是你死就是我活吗？”

白慕薇扬眉：“不然呢？”

“慕薇，我不想这样。”陆泽磊诚挚的目光看着她，白慕薇却冰冷以对，“陆泽磊，收起你的妇人之仁吧！对我……没有这个必要，因为在我心里，我对你感情，还比不上我对我妈妈的，为了我妈妈的仇，我可以不顾一切！”

陆泽磊凝眉：“你变了。”

“人都会变。”白慕薇转身，陆泽磊没有阻拦她。

“泽磊，庄韵似乎是真的很爱你。”她顿了一顿，“希望我从瑞士回来，能看到你们订婚的消息，这样还能减少一些我的愧疚。”

陆泽磊看向她，白慕薇感到一阵寒意自背后而来，她笑笑：“祝你幸福……”

祝你幸福！

陆泽磊以为他足够了解白慕薇，可是难道人真的会变得这样陌生吗？

即使，曾有过那么深的爱，也会在顷刻荡然无存吗？

白慕薇的假批了下来，她匆匆离开了香榭丽舍，从来，她没有觉得机场这么空旷，这一次，天空之上，云雾缭绕，她明白，这一去后，很多事，都不能再回头了。

人往往在想要回头的时候才发现，没有后路……

陆泽磊心情当然不会好，香榭丽舍的大小事务，都由刘玉寒顶下了。

展望与夏晴了解陆泽磊此刻的心情，很久，都没有回到陆家的这座别墅。

今天进门，就是满屋子的酒气。

夏晴叹息一声：“你平时喝酒都很有分寸。”

陆泽磊看他们一眼：“你想说什么？”

展望走到陆泽磊身边：“泽磊，这些都怪我，我不知道我要怎么做才能补偿你，但是我会尽力救香榭丽舍。”

“救香榭丽舍？”陆泽磊冷笑，“现在，香榭丽舍已经辞职的就有八位，都是比较重要的位置，暂时也招不到人来，与艾伦格伦的胜仗，算是白打了。”

展望知道，香榭丽舍现在的问题是人心涣散、缺少人手。

陆泽磊纨绔败家子的形象，令很多员工不满，已经失去了威信。

展望看夏晴一眼，眼神交汇，夏晴懂了。

她上前一步："我们回去帮你。"

夏晴的话，令陆泽磊一惊，回去帮他？

他一时错愕，夏晴道："我们回去香榭丽舍，现在香榭丽舍缺少人手，大家也都没有干劲，如果我们回去，至少可以缓解一下人员的紧缺。"

不错，这个时候，香榭丽舍各个部门缺少的不仅仅是人手，更加缺少一股力量。

一股支撑他们相信香榭丽舍会走出危机的力量。

如果这个时候，展望和夏晴回去，说不定可以给大家一个希望，不失为一个好法子。

可是，他看看展望，无论如何，他对展望的那根刺还在。

他无法原谅他，是人之常情。

可是，如今这样的局面，这确实是最好的法子。

展望当然明白，他也不能完全坦然地面对陆泽磊，他低头说："你放心，度过了这场危机，我一定会离开，只要香榭丽舍重新走上正轨，我也许就会离开这个城市。"

离开这个城市！

夏晴亦是一惊，展望从来没有对她讲过。

她看向他，有些许震惊和失落。

展望却不看她，离开这里，是他出狱后一直想要做的事情，只是有太多的牵绊和无奈，才让他留了下来。

这座城市给他的回忆，是沉痛和悲伤，那些伤口，即使是男人，也是不可承受的沉重。

那些回忆，那些曾经的梦，就都让它们破碎在这个城市吧。

他希望，他离开的那一天，都不会带走它们！

次日，展望与夏晴重新出现在香榭丽舍。

这对于香榭丽舍上下都无疑是一个惊喜，人们自然揣测着其中的原因，但话题围绕的还是这三个人错综复杂的关系。

死气沉沉的香榭丽舍似乎突然有了一种诡异的活跃。

展望的职务是之前没有过的 GM 特别助理，而夏晴则依然是 RM。

正巧白慕薇不在，亦少了很多纠纷。

对于夏晴的回来，最近劳心劳力的刘玉寒很是惊喜。

"没想到你会回来。"很少在工作时间私聊的刘玉寒，竟然主动与夏晴说起了工作之外的话。

夏晴笑笑："这个时候，我怎么能不回来？虽然我可能永远不是一个合格的酒店人，但我尽我所能，希望可以帮香榭丽舍走过这一关。"

刘玉寒笑笑："你已经很合格了。"

“真的吗？”

“嗯。”刘玉寒望着夏晴，眼神怅惘，“曾经，我只会工作，从来都不觉得工作中需要有人情在，但是这两年，我觉得，其实有时候，你是对的。”

“我？”夏晴不解。

刘玉寒点头：“就好像你现在回来，有很多原本要走的人，都收回了辞职信，因为你曾经在工作上不止一次地宽恕过他们，那时候我骂过你不专业，现在想想一旦遇到危机，不专业的反而是那些专业的东西。”

夏晴笑了：“其实，我很庆幸香榭丽舍有你。”

刘玉寒亦微笑：“彼此彼此。”

在香榭丽舍，似乎已经很久没有这样令人舒心的对话了。

阳光，令今天的香榭丽舍有了一丝温暖……

第十三章 为你变成狐狸精

你可以为我背负骂名，我当然可以为你变成狐狸精……

展望与夏晴的回归，算暂时稳住了香榭丽舍。

至少人心上的浮动小了很多，至少可以保证正常的工作进行。

白慕薇从瑞士回国，祝安平接她回香榭丽舍，路上对她讲了这一切。

“你怎么看？”祝安平问她。

白慕薇笑笑：“意料之中。”

“怎么讲？”祝安平没想到，白慕薇会这样平静。

白慕薇看向他：“展望和夏晴，本来就不可能看着香榭丽舍落入别人的手中！这样也好。”

“哪里好？展望可不是好对付的。”祝安平对于展望还是忌惮几分。

白慕薇挑唇一笑：“这样才好玩不是吗？难道你不期待和展望的正面交锋吗？”

她看着祝安平，祝安平面色复杂，没有回答她，而是转开了话题；“赵雷的事情怎么样？”

“为了避免别人抓住我们托关系的把柄，我给了他很大一笔钱之后，要他自己开店或者找工作，有需要再开口，我亲自去诚意是在的，他当然会被暂时稳住。”

“暂时？”

“你以为这样的人会是永久？”白慕薇摇摇头，“我们只管先顾好眼前，他之后还要什么花样，我们之后再说。”

如今是关键时期，倒也只能这样。

祝安平没有再说什么，一路开车回到香榭丽舍。

看到白慕薇的回归，每个人的眼神都是怪异的，因为，谁都知道，当初白慕薇与夏晴之间，水火不容！

见到夏晴，白慕薇保持一贯的优雅微笑："没想到你会回来。"

夏晴的办公室里，白慕薇与她再次相对，这样的场面仿佛已是极遥远的了……

那个时候，她们相见成仇，那个时候，她们彼此斗法，那个时候的她们还好像是昨天。

今天的再次面对，恍如隔世。

夏晴的眼里多了几分平淡，白慕薇的眼里少了几许敌意。

她不过淡淡的一句话，夏晴也不过淡淡地回应："我只是尽我所能。"

许久，白慕薇道："你以为，你可以吗？"

夏晴道："不可以也要可以！"

白慕薇抬头看她，冷艳的玫瑰女郎此刻有些许苍白的颜色，她笑笑："我有个问题想要问你。"

夏晴示意她开口，白慕薇起身与她相望，目光诚挚："当年，你为了香榭丽舍不惜委身杨昊，你恨自己？恨……展望吗？"

旧事重提，夏晴曾经以为白慕薇亦会走上与自己相同的路，但是白慕薇比自己有本事，她没有，她用自己的能力证明，她配得上在香榭丽舍中的位置。

时隔这么久，她为何又提起这件事情？

夏晴叹息一声："为何要恨展望？他并不知道这些，况且……"

往事好像是心头密密交织的网，那些捆绑在心头的线，复杂交错。

况且，她最初的那一夜还是给了爱的男人！

那些原本苦涩的回忆，变得有了一丝甜的感觉，她嘴角有不易见的微微笑意，白慕薇疑道："怎么？"

夏晴看看她，一支妖冶的玫瑰，却偏偏生就一双清澈无邪的眼睛，白慕薇的眼里还是澄净的小女孩，可她的心却已经落满尘埃。

夏晴很为她可惜，甚至心疼。

她凝视她，白慕薇微微蹙眉："不好说？"

夏晴笑道："你还小，只要记住，不要做让自己后悔的事情。"

"你后悔吗？"白慕薇问。

夏晴一怔，这么多年过去，虽然她经历了人生中最多事的几年，她却来不及回头看看，她后悔吗？她没有想过，当年那个冲动的女子，当年那个涉世未深却有满腔热忱的女子，好像那个女子不是她，如今的她看淡了很多，心境也沉淀了。

"无所谓后悔和不后悔，已经做了的事情，后悔和不后悔没有区别！"夏晴知道，讲这样的话，最让人讨厌，似是而非，说了也等于没有说。

白慕薇笑了：“我知道我不该问你，我们的交情还不到这个地步。”

白慕薇起身，夏晴却叫住她：“我只知道，如果你爱一个人，如果刚好他也爱你，你们就应该好好相爱，不要让一些尘俗，一些世故，一些利益，一些纠纷阻碍了，这是我的经验。”

白慕薇站住，尘俗？不错，人生的不如意，大多是三分尘俗七分自误，近来这句话常常让她纠结。

很多路是自己选的。

很多错是自己造成的。

好好相爱，白慕薇心里忽然有些失落，如今这简单的四个字，已经太难……

人心的浮动虽然暂时稳住，可陆泽磊的威信依然与日俱减，加上庄韵是个高调的女人，陆泽磊的一句话，她可以YY出许多延伸，在别人面前卖弄，更不怕爆料给媒体。

展望对于这个女人没有一丝好感。

“泽磊，你真的喜欢庄韵吗？”展望找到陆泽磊，陆泽磊的办公室，曾经是很熟悉的地方，这里有太多与陆辉的回忆。

然而物是人非，隔着那张办公桌，面对面的都不是曾经的那个人。

陆泽磊对于展望依旧心有介怀，每当看到他，小时候的依赖与八年前的恨，都是纠缠不清的矛盾。

他不知道，他要怎么面对这个杀父仇人，更不知道怎么面对过去和现在。

他不看他，只是低头看文件说：“有问题吗？我交女朋友……应该也不是问题吧？”

“关键是交怎么样的女朋友。”展望依然是长辈的口吻，陆泽磊是他看着长大的孩子，对于他而言，他就相当于自己的孩子。

陆泽磊却对这样原本熟悉的关心口吻，更有多少的抵触，他看他一眼；“庄韵有什么不好？漂亮，身材好，有名气，对我又是千依百顺的，我不觉得有什么问题。”

展望看着他的眼睛，他眼神平静，原本若阳光一般的眸，如今已看不到那种炽热，取而代之的是深幽和沉静。

“泽磊，你说的是真心话吗？”以展望对陆泽磊的了解，陆泽磊不像是会喜欢庄韵那种浮夸女孩的人，况且，他的心里明明喜欢慕薇。

陆泽磊面无表情：“当然是！”

“那慕薇呢？”展望追问。

慕薇，陆泽磊一怔，他也想知道，可是他不知道。

陆泽磊笑笑：“慕薇如何？她和我……本来就不可能。”

展望看着他，那双眼睛，那双失去了阳光炽热的眼睛，冷得有些骇人。

他们之间，到底是怎样的一种关系？

从莫涵到他，再到陆辉、陆泽磊还有夏晴，上一代已经纠缠不清，陆泽磊因为夏晴远走瑞士之后，却偏偏遇到了白慕薇。

展望知道，如今，他没有立场更没有资格再管教陆泽磊。

他沉一声气："好，不说慕薇，只说香榭丽舍，庄韵那样高调没有收敛，对你的形象和威信都有很大的影响，如今是需要人心凝聚的时候，你有选择女朋友的自由没错，不选一个可以帮你的女人，是不是也要选一个不要拖你后腿的人？"

"什么样的女人是拖后腿的？"陆泽磊的眼光忽然变得尖锐，展望一愣，陆泽磊反驳道，"外表独立能干，漂亮聪明的女人，却因为意气用事而害得兄弟反目，害死老板，又害得爱人坐牢八年，害得妹妹无依无靠，害得香榭丽舍从此陷入仇恨的漩涡无法摆脱，说起来，还是庄韵这样有胸无脑、浮夸虚荣的女人更简单些吧？况且庄韵，至少帮我逆转过与艾伦格伦一战，又怎么说完全无法帮我？"

展望心里的伤口被突然撕开，他知道，他指的是莫涵，一句句的尖锐却都是针对自己。

陆泽磊望着他，两个人的目光交汇，火花碰撞。

"莫涵……是有性情，有骨气的女子，不是意气用事！"对于心底这个最珍视的女子，展望依然存着最初最美好的情感，他不许，这份情感和这个女子被别人诬蔑，即使是陆泽磊。

陆泽磊却冷笑一声："性情？呵，那么夏晴就不是个性情女子，更不是个有骨气的女人了？同样的事情，她怎么没去死？"

展望一怔，陆泽磊的咄咄逼人，竟如此无声无息地袭来。

不错，他说得都没有错。

同样的事情，两个女人，一个选择了了断，一个选择了承受。

他无言以对，叹息一声："既然你这样说，我也无话可说，毕竟选什么样的女人是你的私事。"

他转身离开，陆泽磊看着房门关闭，曾经，他有多依赖这个叔叔，他又怎么不知道他说的是对的。

可是，他无法听从他，因为有些仇恨，注定不能放下。

正在庄韵与陆泽磊绯闻愈演愈烈之时，一条爆炸性的新闻出现见诸报端，财经版、娱乐版都有不小的版块。

香榭丽舍顿时一片哗然。

《香榭丽舍美女公关瑞士堕胎》《白慕薇瑞士行踪神秘，疑堕胎》……

大小网站亦在一个上午内纷纷转载。

更有报纸登出了白慕薇回国之时，祝安平去接她的照片。

加上最近白慕薇与祝安平亦是出双入对，更有人写了连续报道，称祝安平早已借着空中花园计划插足陆泽磊与白慕薇，写的煞有介事，有理有据。

因为这样，祝安平刻意破坏空中花园的传言亦不胫而走。

情势忽然逆转，原来被唾骂的纨绔子弟，立即被摆在了受害者的位置，而从前的小白羊，却变成了狐狸精。

人人都说，陆泽磊被白慕薇算计了，白慕薇是打入香榭丽舍的内奸，与祝安平一起一个用美色，一个用计谋设计陷害了陆泽磊，谋夺香榭丽舍。

陆泽磊年轻识浅被人陷害，而庄韵则被写成了在他最失意时候来到他身边的女人。

香榭丽舍上下无不对此事议论纷纷，对陆泽磊报以同情，浮动不安的人心仿佛定下了，更有些人觉得这个时候应该帮助香榭丽舍渡过难关，共同对抗外敌。

白慕薇能感到来自香榭丽舍四面八方敌意的目光。

能感到身后无处不在的指指点点。

唾弃与鄙夷，都只是一夜之间。

她却显得淡然，毫不在意，因为现在，即使她被怀疑成为陷害香榭丽舍的罪魁祸首，她也依然有理由呆在香榭丽舍，毕竟此时此刻，祝安平还是要追究香榭丽舍的责任，那么这件事一天不解决，祝安平与她都没有人敢正面与他们对抗。

“是真的吗？”电梯到了楼层，陆泽磊却按住了电梯的门。

电梯里，永远是偶遇不需要理由的地方。

白慕薇不看他：“你说呢？”

“我只要听你说。”陆泽磊的口吻坚决。

白慕薇侧眸看看他，他沉静的眸中有压抑的波浪，她笑笑：“是！”

那眼中的波浪顷刻翻滚，席卷了白慕薇整个人一般，白慕薇感到深深的寒意，她却依然看着他，面无表情，即使她此刻内心疼痛之极。

“你是……自愿的？”陆泽磊的问话，令白慕薇苦笑，她别开目光，低声道，“当然是！你以为安平可以勉强的了我吗？”

“为什么你要这样？”

“为什么我不可以？”

陆泽磊质问，白慕薇反问：“他爱我，爱了那么多年，有什么不可以？”

“可你不爱他！”

“我爱他！”

白慕薇的句句驳斥，令陆泽磊面色阴沉，却无法反驳。

他拿开按在电梯按钮上的手，电梯门打开，白慕薇的心疼痛难忍，她冲出电梯，脚步飞快，好像逃跑一般。

这样的不期而遇，她早就应该想到，又或者没有这次偶遇，陆泽磊也会来找她，迟早都要面对的不是吗?

可是白慕薇，你的心，为什么还是这样疼。

四肢百骸都跟着被拆散了一般，疼得喘不过气来……

疼得眼泪不由自主的往下掉。

疼得……微笑——

泽磊，既然你可以为我背负骂名，那么，我也可以为你，变成狐狸精……

白慕薇回到办公室，面对夏晴的眼光，她没有任何表情，终于，快要下班的时候，夏晴还是叫她来办公室里，却许久都没有说话。

还是白慕薇打破了这种沉默：“你也要问我是不是去堕胎了？”

夏晴抬头看白慕薇：“不！”

白慕薇一怔，夏晴眼神有些深：“我要问你，为什么要故意和泽磊承认你去堕胎？”

白慕薇笑笑：“故意承认？我本来就是去堕胎！”

“我不信。”夏晴的眼光坚决，表情亦是如此，这是第一次，白慕薇面对夏晴的眼光时，会有些许退避，她微微侧眸，“你不要太高看了我。”

“不是高看你，而是我了解……”夏晴没有说下去，这样的场景，这样的似曾相识，曾几何时，自己也是这样，和杨昊在一起，而对展望说出了那么多违心的话，那时候，那种痛，没有经历过的人，怎么会知道?

白慕薇愣了愣：“你了解？”

夏晴叹一口气：“记得你问过我，我之前被迫和杨昊在一起，恨不恨展望，那么我现在问你，你恨泽磊吗？”

“我和你不一样。”白慕薇道，“没有人强迫我。”

夏晴看着她：“真的吗？”

她的眼神仿佛要刺入白慕薇的心。

白慕薇轻声道：“是不是真的也跟你没有关系。”

她转身要走，夏晴道：“慕薇，记得我说过吗？别让自己后悔。”

良久，空气都仿佛凝结了。

白慕薇眼眶湿润，没有回头：“我从不后悔！”

才走出夏晴的办公室，正要去找祝安平，今天祝安平已经电话了她一整天，她都没有接听，想着晚上再去找他谈，却不想被展望拦住了，她还没等反应，展望便拉着她一路奔到了楼梯间。

那个昏暗却充满故事的楼梯间，它的故事看来又要丰富了。

“你们一个一个的烦不烦？不会互相通气吗？对，我就是去堕胎了，祝安平的孩子！行了吧！还有要说的吗？如果没有，我赶时间。”白慕薇刚要走，展望却拉住她盯着她道，“为什么？”

白慕薇失笑：“你们可不可以不要问我同一个问题来浪费我的时间？因为，我爱祝安平，祝安平更爱我，可以了吗？”

“我问的不是这个。”展望暗夜一般的眼眸，深邃无边，白慕薇忽然怔住了，随即道，“那是什么？”

“为什么要故意放消息给媒体，要他们偷拍你和祝安平？为什么要谎称自己去瑞士堕胎？为什么要骗泽磊？”展望抓紧她的手腕，白慕薇愣住了，看着展望。

这个男人，饱经风雨的眼，岁月历练的脸，那样坚决地问她。

似乎，不给她一点狡辩的余地。

那是他已经认定的事实！

白慕薇声音放低了：“你这是哪里听来的八卦？”

“你……想弥补你的过错是不是？可是你也发现了祝安平根本不是你想的那么单纯地爱你是不是？你后悔对付香榭丽舍，后悔让泽磊陷入困境，泽磊可以为你背负骂名，而你……也同样可以！”

一字一句，都戳中了要害。

白慕薇心一惊，却不得不佩服展望的心思敏锐。

他说得言之凿凿，不容否定。

白慕薇却依然道：“你想多了。”

“我但愿是我想多了。”展望更紧地握着她的手腕，几乎捏断了她的腕骨，“你不必要这样做！泽磊应该和你说过，如果你问过了祝安平，如果……如果你确定了他的野心，你不要轻举妄动，你可以去和泽磊商量！为什么又要选择一个人去面对？一个人擅作主张，做了最愚蠢的主张……”

“因为我从小都是一个人做主！”白慕薇心底多年的脆弱忽然被激起，她看着展望，“我妈妈，因为你，常年陷在幻想里，她根本没有办法和我正常的交流谈心，从小，做什么事，上什么学校，学什么专业，走哪一条路，穿什么风格的衣服，交什么样的朋友，全部都是我自己一个人做主，有谁管我？妈妈吗？你吗？我不是都靠着自己做主活了下来？现在你却要在这里堂而皇之地问我为什么擅作主张？你有什么资格这样问我！”

白慕薇甩开他的手，展望愣住了。

白慕薇微微泛红的脸上，悲怒交织，眼里痛恨交叠，的确，他没有资格说她。

他把她们母女送到了瑞士，除了打钱过去，几乎不闻不问。

现在，又有什么资格来教训她？

到底，是他欠了慕薇的！

一个从小心灵上就没有依靠的女孩，很容易将自己关闭在自己的世界里。

“慕薇，我到底要怎样才能消除你的恨。既然你这么说，证明我说的都是对的！你已经不想要香榭丽舍，你已经想要弥补过错，让我帮你好不好？”展望的眼神几乎是乞求的卑微。

那是他从来没有过的眼神。

白慕薇却笑得冰冷：“帮我？如果不是你，我的人生根本不会是现在这个样子，根本不会！”

她激动得推开他要走，展望再次拉住她的手腕：“慕薇，去找泽磊，和他一起面对！”

一起面对？白慕薇心底苦笑，已经来不及了。

她稍稍平稳下气息，回头看展望：“你不是神通广大吗？”

她从包中拿出一张卡：“这个卡片上写着一个人的地址，能不能找到他，并且劝说他说出一切，站在你这边，就看你的了，展总！”

展望接过卡片看去，那是瑞士的一个地址。

他心里忽然一明，惊讶道：“赵雷？”

白慕薇没有答话，只是说：“我去瑞士，把他从安平的公司辞退，除了一次性给出的钱，还答应每月都要打钱给他，直到他不需要为止，我可以为你争取的时间不多，我会尽量拖延这个月给他打钱的速度，要他不耐烦，这次……绯闻的事情，祝安平不是傻子，你能看出来，他想必也会怀疑，我只怕他会有别的动作，所以，你尽快去搞定他，我现在能做的，只剩下拖延时间。”

“慕薇，可是你……”

“展望什么时候变得这样婆婆妈妈？还有，如果你为香榭丽舍好，就不要告诉泽磊，如果你告诉他，泽磊的性子一定不会让我再留在祝安平身边，那样的话，我之前所做的一切也都白白做了，香榭丽舍处境也就更加危险，我想你应该知道怎么做才是顾全大局。”白慕薇相信，展望对香榭丽舍的爱，对陆泽磊的歉疚一定远远超过对自己。

她相信，展望一定不会说。

“这也算是我们的第一次合作。”白慕薇看着他，“我希望，我们能合作愉快。”

白慕薇的眼光冷冷的，展望却无法不为此而心痛。

慕薇，她从小经历和承受的太多太多，所以她的性格会有些古怪，有些极端，有些自我。

可她依然是善良的女孩。

就好像是一个天使，迷途在浩渺的天空，其实，她有多坚强，就有多脆弱！有多冷漠，就有多热情！

他知道，她说的都对！

这也许是香榭丽舍唯一的机会，她也认定他不会放弃，不会冒险。

他默认地低头，白慕薇才转身离开，手机上又是祝安平的连续三条短信。

这样的急迫与焦灼，在祝安平身上并不多见，她可以想象，他一定也如展望一样，想到了什么。

好在她有所准备，亦并没有想要全部隐瞒……

即使要全部隐瞒，也是瞒不住的！

来到祝安平的房间，依然是暖暖的柔和灯色，雅致与时尚结合的完美布局，祝安平站在落地窗前，窗外夜色如墨，星光淹没在城市的璀璨浮华里，祝安平的背影有些阴森。

他没有说话，比他的盛怒更加令人心惊胆战，如今的白慕薇早已不敢说自己了解祝安平，更不敢说自己还可以令祝安平心甘情愿为了自己做任何事情，

那些曾经的任性，那些曾经的依赖，都变成了最讽刺的回忆。

祝安平转过身，倒一杯冰酒，琥珀色的冰酒有清冽的酒香，比着红酒更有冷冰冰的味道，祝安平递一杯在她的手上，白慕薇接过郁金香杯，轻轻摇晃，室内柔和的灯光晃荡在酒杯中，她轻轻抿一口，酒香甘醇，余味悠远，心情似乎不再那么紧张。

他到底还是了解自己的，明白此时此刻自己也许猜到了什么，而会有略微的紧张。

祝安平看着她："慕薇，是你做的，对不对？"

果然，他如展望一般看出了事情的根本。

可白慕薇却不想如对展望一样承认这一切。

"你指什么？"她故意装傻，天真的眼神，好像说的都是真话。

祝安平一度迷茫在这样的眼神中，那果然显得无邪的眼神，他常常忽略那是可能令人深陷的深潭。

"你又不是娱乐明星，也不是财经界的大人物，充其量不过是小有名气的美女PR，虽然身处香榭丽舍这间满是绯闻的酒店中，可也不至于有媒体会刻意跟踪你的行踪，并且掌握的如此准确。"祝安平握着手中的酒杯，手指有些紧。

白慕薇知道，他在压抑心里的怒火，其实他也一定早就认定了吧？

"现在的记者无孔不入，有我和泽磊的绯闻，加上庄韵，我确实不是什么值得跟踪的大人物，可庄韵可是当红的女明星，况且，她不止一次的扬言要我好看，之前，因为与陆泽磊的绯闻，她的名声变得很差，人气下降，我想她的经纪公司不会袖手不管，找人跟踪我，逆转潮流，没什么不可能，当然，你有理由怀疑我，如果我是你，我也会怀疑。"

白慕薇说得平静，眼神亦没有丝毫退避，她优雅地喝一口冰酒，甘冽与醇香，可以令她显得更加平和。

祝安平凝眉思索，她这样讲，似乎也有道理。

经纪公司为了扭转庄韵的形象，倒是有可能编造这样的流言，并且跟拍他们。

白慕薇看他一眼，知道他不可能完全相信。

加一句："你也可以不相信，但如果你怀疑我，你知道，我有精神洁癖，我就算要耍什么手段，却不会拿自己的声誉开玩笑。"

她秀眉一挑："我可不是夏晴那种平凡低俗的女人！"

说到夏晴，自然会联想到当年和杨昊的种种传闻。

祝安平也知道，她讨厌夏晴，恨夏晴。

他放下手中的酒杯，走到白慕薇跟前，白慕薇身上淡淡的玫瑰香气，令这柔和温暖的室内更有一种暧昧的意味。

她仰头看着他，这个相识十几年，从相识到成为朋友，从朋友成为依靠，再成为如今最熟悉的陌生人。

恍惚，他还是那个瑞士学院里永远平静沉默的少年，彼时年少，他们都还是那样单纯……

可如今相对，彼此的眼中却都是戒备与伪装，虚伪和猜忌。

他忽然捏住白慕薇的下巴，深深看她："我如果说我不信，你一定很失望。"

"我不失望，已经没有什么可以比得上，你利用我，让我来得失望。"对于这一点白慕薇可以毫不避讳地说出来。

这才是她。

"慕薇，泽磊有没有说过，你很有吸引力，让男人对你想入非非。"祝安平的话里带着浓浓的挑逗。

他的目光也变得轻浮。

白慕薇有些慌，别开眼睛："安平，你想说……"

白慕薇还没有说完，祝安平已经将她拦腰抱起，放到宽大柔软的沙发上，双手撑住沙发靠背，慢悠悠说："慕薇，说实在的，我实在不敢信你，尽管你说的可能性完全存在。"

白慕薇知道，事到如今，他们之间的信任和依赖，已经脆弱得不堪一击。

"你要怎样？"

白慕薇看着他愈发狂肆的眼神，问出了一句最无力的话，其实她已经猜到了。

果然，祝安平的唇挟狂野的欲望重重覆下来，那种男性的气息，不容拒绝的强悍。

这个向来温雅的男人，忽然变成了一头发狂的野兽一样，右手撕开白慕薇白色的小西服，吻她柔软的耳垂，在她的耳边急促呼吸："不管这件事是你，还是庄韵，我都不能白白担了这个虚名……"

说着，凉丝丝的吻便自白慕薇脖颈一路而下，锁骨之上，祝安平用力啃噬，白慕薇疼得轻声呻吟：“啊……”

祝安平看着她雪白肌肤上留下红紫的吻痕，一点点血迹渗出来，他再用力吸吮干净，他一把推倒白慕薇在沙发上。

白慕薇望着这个眼里只有欲望的男人，他“嗤”的一声粗暴地撕开白慕薇的内衣，如果是从前，白慕薇一定奋力反抗，可是如今，如果反抗，她说的谎话，无论是不是谎话，都将对祝安平没有一丝的束缚，那样，一切都白费了。

如果，出卖自己，可以换取他哪怕多一点的信任，可以争取哪怕多一点的时间，

那么，就只有这样了。

既然，她已经是别人眼中的狐狸精，又何必在乎，成为一个贱女人。

祝安平肆无忌惮地吻遍她的全身，柔暖的光线忽然变得模糊而恐怖。

白慕薇一声不吭，任由他予取予求，身体的强烈反应，令她觉得自己可耻，他对她强行掠夺，虐行与暴力，猛烈的撞击着白慕薇的身体和心，她感觉自己已经毁灭了。

在他强力的冲击之下，整个人好像一叶无力的扁舟，漂在海风剧烈的大海上。

暗夜来临，狂风暴雨，侵袭不止。

她的身体好像已经四分五裂，她疼得浑身发抖，这样的感觉，这样的夜，这样的索取，她从来没有想过，自己的初夜，竟然是在这样的夜里，完全失去。

夜幕沉沉，浓郁的深黑，遮掩着这座城市的丑陋与不堪。

男人和女人，天生便是有差别的，今夜，即使她想要反抗，恐怕也不行吧？

祝安平已经压抑了太多年，这种宣泄，从他适才的狂野中便可以体会，没有怜香惜玉，没有挑逗与温馨，一切直截了当，长驱直入，攻城略地，只想要以最快的速度，最快感的方法，得到她，占有她，摧毁她！

摧毁她的骄傲与之后漫长的人生……

不知过了多久，她昏昏沉沉地睡去，已经没有一点体力和心力去想些什么。

头疼欲裂，梦里都是牛鬼蛇神。

直到一道阳光强烈地刺进梦里，她才猛然惊醒，坐起身来，身上的酸痛感令她不适，她看见祝安平拉开了窗帘，浓黑的夜已褪去，而她已经躺在柔软舒适的床上，她不想再多看祝安平一眼，尽管，阳光之下的那个背影，还是曾经温雅的男子，可昨夜过后，一切的曾经便彻底断了吧？

她下床，双腿软绵绵的，她走到昨夜一夜疯狂的沙发边，想要穿衣服，却看到白色的沙发上鲜红的血的证明。

那是她的骄傲，她的忠贞。

她心底苦笑，男人和女人天生的差别，失去更多的往往还是女人……

她强压下心里的苦涩，若无其事地穿好衣服，衣服有些微褶皱，还好看上去不算有太多的痕迹。

她到卫生间简单梳洗，包里有简单的几样化妆品，她粗略地化了淡妆，一句话没说，就想要出门去，祝安平却叫住了她："慕薇，你是我的了。"

白慕薇冷笑："这没什么大不了，我对于第一次是谁的，一点也不在意，你得到了，我也不是你的。"

一点也不在意？心却为何疼得发抖，眼泪为何不经意地落下来？

她逃走一般打开门，迅速向着办公室走去。

香榭丽舍，这里……果然不是浪漫的天堂……

一夜的癫狂，令白慕薇精神不济。

夏晴叫她到房间里，白慕薇坐在她的对面，最近，她常常叫她进来，她们的对话却常常是不欢而散。

"昨夜没回家吗？"夏晴问。

白慕薇有些奇怪："你不会跟踪我吧？"

夏晴笑笑："当然没有，只是白慕薇是从不会第二天不换衣服，更不会允许自己形容这样苍白憔悴，我想，你该是没有回家。"

白慕薇看看自己的衣服，细看，上面还有昨夜留下的皱痕，不错，自己从不会连着两天穿同一件衣服。

她别开眼睛，不说话，夏晴倒是心细。

"去了哪里？"夏晴接着问。

白慕薇依然不答。

"祝安平那里？"

这一句，白慕薇扬眉看向她："有什么不可以吗？"

她的激动，她无法控制，因为昨夜，恐怕是她人生之中最糟糕的一夜。

夏晴怔忪了，她为何会有这么强烈的反应？莫非……她心里有不好的感觉，似乎猜到了什么，看着白慕薇的苍白与略微褶皱却还在穿的衣服，这些都有太多可以联想。

白慕薇的眼神亦有许多凌乱，让她看上去有点难过，夏晴的眼里忽然有一丝惋惜的光一瞬而过。

白慕薇却没有放过这一瞬间的眼神变化，在她看来，那是鄙夷，是羞辱。

她猛地站起身："你到底要说什么？"

夏晴亦站起身："你到底要做什么？"

"我做什么与你无关！"白慕薇凝视着眼前的女人，这个自己并不熟悉，却从小与自己的幸福和生活息息相关的女人。

那些狂烈的恨再次席卷而来。

自己的悲剧，她并不能完全置身事外。

或许她偏激，她极端，可她只能这样，才可以减轻从小到大无依无靠的痛苦。

“慕薇，为什么不让我们帮你？为什么你要自己去承受和面对？”夏晴的话与展望如出一辙。

白慕薇冷笑：“何必假惺惺？何必装圣母？如果没有你，现在的我，也许正在妈妈身边过平静的日子，夏晴，不要把自己想得太清高，太无辜，你……也不过是为了利益，为了目的，可以出卖自己，出卖爱人的女人，根本……没有资格来教训我！”

夏晴与展望，两个害她最深的人，却用同样的口吻教训她，她心里的愤恨和不平，全部发泄在了夏晴身上。

“你凭什么？”白慕薇咬唇，“你凭什么看不起我？”

“我没有！”夏晴连忙解释，“我怎么会看不起你？我们都只希望，你可以让我们帮你，让我们和你一起面对！”

“不必！”白慕薇泪水盈盈落下来，声音哽咽，“从小到大我都是一个人，现在……更加不需要任何人帮我！你也不必假惺惺，我不是你！我可以自己承担的一定自己承担。”

她转身，夏晴忙道：“泽磊呢？泽磊也不行吗？如果泽磊知道……”

“他没有那么爱我！”泪水的脆弱，心的痛楚，这一句话说得酸涩不堪，疼痛难忍。

他没有那么爱我！这一句话，是回忆的刺痛和忍耐。曾经的无悔付出，曾经的热烈追求，经过了昨夜都已经如散去的烟花。

美丽划过星空，不留下一丝痕迹。

过去的终究都过去了，从小到大，包括母亲，这个世界上，有谁会爱她胜过一切？

或许，陆泽磊对她多年的付出与追求，有情感上的错觉。

或许，他是真的爱上了她，爱上了她的爱……

可，这种突如其来的改变，不期而至的爱……一定可以轻易忘记……

他，没有那么爱她。

没有……

第十四章 繁华落幕，劫数难逃

那轻佻而愉快的女人左右了我的神经，她直白而强烈的主见摧毁了我的性情，而当她微笑着发誓说爱我，到头来，却又是空口无凭。

情势的扭转，似乎就是这一夜之间。祝安平谋夺香榭丽舍的传闻虽然已经被祝安平托人压下，但香榭丽舍内部早已经传得人尽皆知。

陆泽磊变成了受害者，那么他与庄韵的事情也便变得名正言顺起来。

庄韵更加肆无忌惮地秀甜蜜，秀恩爱，原本不阻止，不配合的陆泽磊开始有渐渐地回应，庄韵来酒店看他，他会和庄韵一起出去吃饭，这样的变化，令夏晴忧虑。

白慕薇的古怪，陆泽磊的假装不在乎，都无疑意味着更大的风暴，潜藏在香榭丽舍内部，随时有可能爆发。

今夜某奢侈品牌酒会在香榭丽舍举行，也邀请了陆泽磊与白慕薇。

陆泽磊一身笔挺西装与一身玫红色，带着璀璨如星的首饰、穿着玫瑰花瓣儿亮片礼服的庄韵出席，庄韵的艳丽如同夜女郎，鲜红的玫瑰花代替发卡，缠绕住她的秀发，红与黑，闪亮着美艳的女人味儿……一时吸引了不少人的目光。

庄韵为这样的目光而有虚荣的微笑，她尽力端庄，显得华贵而矜持。

大厅之内，摆放着各种璀璨夺目的奢侈品，白玉与翡翠，通透与凝碧，白如雪，翠如松，钻石与水晶，奢华与清新，灿如月，炫如星，庄韵看得心花怒放，陆泽磊则是一脸平淡，杯中酒一杯接一杯，舒缓优雅的音乐，过耳不闻似的，面无表情。

直到大厅中发出低低的议论声，陆泽磊抬眼看去，只见祝安平与白慕薇携手而来，祝安平一身暗色西装，是他不常穿的颜色，而白慕薇则是一身清素的乳白色长裙，长裙下摆轻飘如幽幽水面，荡漾诱人的涟漪。

越是往上越是纤细如柳，腰肢曼妙，不盈一握，她长长的卷发荡在胸前，若隐若现的迷人线条令人浮想联翩，不禁心旌摇曳。

她不过淡淡的妆容，与她最初出现在香榭丽舍时截然不同，那时的她，高调冷艳，美不遮掩，而今天的她，却低调奢华，犹抱琵琶。白慕薇与生俱来的高贵气质，雍容典雅的韵味，无疑盖过了适才浮艳的庄韵，甚至是这大厅里明亮耀眼的珠宝首饰，都不及她一身乳白色的丝绸……

白慕薇并不在意一般，冷冷地走到一边，倒是祝安平感觉颇有面子，露出略微得意骄傲的神色。

能够拥有白慕薇这样的女子，实在是令其他男人羡慕的事情。

尽管，这女子冷若冰霜，尽管，这女子可能是一条蛇！

白慕薇几乎拒绝了所有人的邀舞，与陆泽磊一样默默饮酒，两个人却谁也没有看谁。

庄韵自知，自己适才的风光被白慕薇比了下去，心里自然有一股气，这个白慕薇似乎时时刻刻都在与自己作对。

她走到陆泽磊身前："泽磊，我们跳舞吧。"

陆泽磊淡淡看她一眼，眼神一瞥间，正看见祝安平牵着白慕薇的手走向舞池，灯光如透过琉璃一般，折射着白慕薇的美，陆泽磊原本想要拒绝，却道："好。"

他亦拉了庄韵的手，走向舞池。

舞池中央，忽然汇集了四个耀眼的人，其他人竟然不约而同地默默走下来。

偌大的舞池，只剩下这两对男女。

白慕薇看一眼陆泽磊，陆泽磊亦与她相望，彼此目光透过变化多端的灯彩同样高深莫测。

《女人香》中的经典探戈舞曲《por una cabeza》（一步之遥）高贵典雅的音乐里，两对男女翩然而舞。

Por una cabeza,
metej ó n de un d í a
de aquella coqueta
y burlona mujer,
que al jurar sonriendo
el amor que est á mintiendo,
quema en una hoguera
todo mi querer.
差一点就赢，差一点就赢，
那轻佻而愉快的女人左右了我的神经，
她直白而强烈的主见摧毁了我的性情，
而当她 微笑着发誓说爱我，

到头来，却又是空口无凭。

这样的歌词，这样的调子，华丽的舞步，炫彩迷人的裙摆，乳白与玫红，交织出一曲动人舞乐，这舞乐如此美，却美不过跳舞的人，女人的香，男人的目光，俱都在这一首曲中沉淀……

一曲毕，陆泽磊看着白慕薇，记得第一次听这首曲子，是独自看电影的时候，如今这首曲子的歌词多么贴切的再现了他们之间的关系。

白慕薇对他强烈而直白的爱，最终摧毁了他坚持的性情，她发誓说爱他，而当他亦爱上了她时，到头来这一切，都变成了空口无凭。

也许是他的目光太尖锐，也许是白慕薇的表情太冰冷。

祝安平似乎看出了什么，刻意挡在了他与白慕薇之间，在这华丽的舞台上，这个最耀眼的女人，只能是他的。

祝安平拉起白慕薇的手，白慕薇以为就要走下舞池，却被祝安平紧紧拉住，白慕薇一怔，祝安平温润的脸上浮起一丝笑意，他忽然转身对着席下所有人道："各位，今天我有件喜事，要和大家分享。"

白慕薇不明所以，已经被他搂在怀中："我与白慕薇小姐，决定……结婚！"

结婚！

白慕薇震惊地看着他，出乎意料的一幕，聪敏如她，亦没能做出最快的反应，她只是看着他，当他反应过来，场下的掌声已经响起。

掌声雷动中，祝安平望着她，看上去依然温和的笑里，却藏着尖锐的刀。

白慕薇亦捕捉到了他眼中一瞬而过的威胁。

没错！他依然怀疑着她。

他到底是个商人，到底还是怀疑她的。除非完完全全、真真正正地属于他，他也许才会安心。

那么，此时的自己，即使再桀骜，再不甘，却好像没有反抗的余地。

她强忍下心里的火，对着场下的人做出优雅的笑容，眼神不经意与陆泽磊触碰，一边的陆泽磊脸色沉郁，却亦在瞬间扬起了唇角："那真是太巧了。"

白慕薇一怔，祝安平亦侧过头去看他，陆泽磊执起庄韵的手，微笑说："正好，我与庄韵也已经决定订婚！看来今天是双喜临门。"

"哦？"祝安平笑道，"那真是太好了。"

他的目光一如既往看不出情绪，而陆泽磊亦有刻意伪装的笑容。

白慕薇的脸色却瞬间苍白，她明白，陆泽磊是赌气，可她更明白，即使是赌气陆泽磊也会去做。

还不等她理清思绪，陆泽磊转身拥住身边的女子，庄韵被他突然搂在怀里，也有些许措手不及，陆泽磊深情地吻下去，迷幻的灯光打在他好看的轮廓上，这一对拥吻的男女仿佛聚集了所有祝福的目光。

掌声再次想起来，却每一下都敲击在白慕薇心里。

明明，知道这些都不是彼此发自内心的愿望。

可心，还是会疼痛。

却忽然由衷地笑了，这样也好，不是吗？

他和庄韵不管因为什么而在一起，至少，他可以得到爱情。

庄韵该是真的爱他的吧？

浮华的喧嚣，在静谧的深夜渐渐散去。

祝安平直接带白慕薇回到酒店房间，白慕薇并没有拒绝，因为今天的事情，她当然要与他问个清楚。

“我不会和你结婚！”房间内米色的灯光褪去了他们一身浮躁，令一切重归平静。

白慕薇看着窗外，夜色朦胧，灯红酒绿之外，天空依旧旷远……

“为什么？”祝安平站在她的身后，亦看着窗外旖旎夜色。

今夜，似乎特别平静。

白慕薇回头看他：“你说呢？我不喜欢被人强迫。”

“我有强迫你吗？”祝安平的话似有深意，他深深看她，那双悠远的眸子，沉入夜色之中，也有阴森的寒冷。

她知道，他指的是那一夜，可一夜露水，他就想要她整个人生吗？

别说是现在的祝安平，就是以前那个她最信任、最依赖的祝安平也不行！

“你说呢？我说过，上床并不代表你得到了我！”白慕薇毫不客气。

祝安平却悠慢地笑了：“我也说过，我一定会得到你！”

记忆在某个地方停留，这句话，祝安平的确不止一次说过。

只是这一次却尖利的如一柄刀，划破了他们彼此之间最后一层情感的薄膜。

白慕薇冷笑：“如果你用强，就永远得不到。”

“那么你要留给谁？”祝安平走近一步，忽的锁住她的腰。

白慕薇挣脱不开，祝安平冷酷地看她：“陆泽磊吗？你嫌他与庄韵还不够恩爱？”

祝安平的气息渐近，将她禁锢在自己怀中，窗外车水马龙，窗内人影孤凉。

白慕薇还未及开口，便被他牢牢吻住双唇，白慕薇想要伸手推开他，却被他扣住双手手腕，按在冰凉的玻璃窗上，玻璃透着窗外夜色的冷自背心处传入心口，白慕薇有窒息的难过。

手腕生疼，双唇被疯狂蹂躏，心也被揉碎了一般。

祝安平的腿抵着白慕薇的腿，叫她丝毫动弹不得。

白慕薇被按在玻璃窗上，羞辱、愤怒和崩溃令她有一瞬间杀人或者自杀的念头。

祝安平撕开白慕薇乳白色长裙，精致的丝绸不堪一击的落下，露出香白肌肤，散发着淡淡玫瑰香气的女人，令人无法抗拒。

白慕薇狠狠咬住他的嘴唇，祝安平一闪身，轻轻拭去嘴边的血，慢慢转头看她，他一只手依然扣紧白慕薇的手腕，白慕薇扬起才被松开的手要打上去，却被祝安平再次紧紧抓住："你要做什么？我们又不是没有做过？还装什么冷艳高贵？"

原本温雅高贵的男子，忽然是这样一副下流卑鄙的嘴脸。

白慕薇没有想到，祝安平在自己心里的崩塌竟然是这样彻底。

"无耻！"

"对！我就是无耻！"祝安平似乎欲火焚身一般，扯开自己的领带，又粗暴地扯下白慕薇的内衣，春色乍现，更有狂烈的欲望冲击着祝安平，祝安平狠狠将她按在玻璃窗上，夜色浸入白慕薇的肌肤，带着迷蒙的诱人色泽，他一边防止她逃脱，一边脱下自己的衣服，逃离束缚，"你现在才知道我无耻吗？无耻才能得到你，之前我有多少次都可以得到你，可我的君子只换来你的冷漠无情，你的心里只有陆泽磊。"

"放开我祝安平，不要让我看不起你。"

"你什么时候看得起我过？"祝安平今夜似乎特别疯狂，他强吻她的唇，她的耳垂，在她耳边狠生生地说："不要再假装了，女人……还不都是一样？再说了，我们做一次和做两次又有什么区别？嗯？"

白慕薇没有想到，今天的祝安平就如同一个禽兽，她无论如何都不能想象之前温雅儒美的男子，会是这样一副真实的嘴脸。

她拼命挣扎，趁着祝安平解开自己衬衫的时候，一脚踢在他的小腿上，绕开他要跑，却被祝安平一把抓住，狠狠一掌便打在白慕薇的脸上，这一掌下去，热辣的疼痛令白慕薇站立不稳，摔倒在地，她来不及起身，祝安平便双手撑地，重新笼罩了她的全身。

她的唇角流下血迹，白嫩的脸颊已然红肿，她瞪着祝安平，一言不发，眼里却是满溢的恨。

祝安平眼里亦有火一般，他望着白慕薇，整个脸变得狰狞可怕，好像一个魔鬼，一个没有心的魔鬼。

他又是一掌下去，打在白慕薇另一边脸上："你不嫁给我？现在由不得你，你不嫁给我，我一定让香榭丽舍死得更难看，让陆泽磊死无葬身之地！"

他说着，竟站起了身，抽出腰上名牌皮带，白慕薇一惊，他已扬起皮带狠狠抽了下来，刺痛的疼尖锐的一下下拷打在白慕薇的身体上，白而细致的皮肤上，一道道鲜明的血痕。

白慕薇却一声不吭，紧紧咬住嘴唇，直到咬出鲜血也不吭一声。

原本已被撕破的乳白色丝绸裙上亦是血迹斑斑。

祝安平却好像更加生气，将已瘫倒在地的女人拉起来，如一条折断的柳枝，她已无力反抗，祝安平将她重新按到冰凉的玻璃窗上，如火双眸带着魔鬼的欲望：“我就要……在这玻璃窗上和你做！我要让上天， 让对面的人……让所有可以看到的人都看到……你是怎么下贱的女人！”

遍体鳞伤的她，被祝安平粗暴的转过身，让她面对着窗外的车水马龙。

屈辱、羞愤与绝望。

白慕薇已不再反抗，也早已没有了一丝力气。

她任由他再次撕裂她的身体，冲击着她对他最后的一点点的情念。

脑海里，是瑞士午后的阳光，祝安平温暖的微笑，带着她逛街看电影，抚慰她的伤。

而今，身后的男人对她的身体恣意蹂躏，有的只是情欲！

她如承受鞭打一样承受着他的疯狂，终于他快意的喘息声在耳边连连，轻声道：“这样多乖，听话一点，省的每次都受罪。”

他放开她，白慕薇立时如一片轻飘的残叶，瘫倒在了地上，她蜷缩在角落里。窗外星光朦胧，月色惨淡，突然一道极闪亮的光刺眼而来，方才唤醒她麻木的意识，她转头看去，只见祝安平拿着单反对着她赤裸、脏污、遍体鳞伤的身体拍照。

白慕薇想要站起身逃走，却没有力气，一点也没有……

她只剩下流泪，眼泪不断，恨却更深，她一动不动，祝安平肆意狂拍，白慕薇低头，将脸埋在双臂之间，完全黑暗了的世界，仿佛才有了那么一点点安全感……

多么卑微的安全感……

多么可笑的安全感……

镜头之下，她一定是一个放荡可耻的女人，不折不扣的狐狸精！

夜沉沉如墨，同样的一片天，却有不同的悲哀。

陆泽磊一夜都没有说话，尽管庄韵一直说些有的没的，他却始终一句话也不搭。

庄韵终于忍耐不住：“陆泽磊，你要怎样？”

陆泽磊依然不说话，庄韵走到他的面前，望着他没有表情的脸：“你不想娶我是不是？你还想着那个白慕薇是不是？”

陆泽磊还是不说话，目光越过庄韵，看着窗外夜色。

“你说话啊！”庄韵大声道。

陆泽磊看她一眼，终于道：“你好吵。”

他转身走到沙发上坐下，倒一杯冰酒，琥珀色酒浆，清冽的香醇：“我娶你，不代表我要爱你，更不代表你可以对我大吼大叫。”

庄韵一怔，不可思议地看着陆泽磊，陆泽磊却平淡地望她一眼：“怎么？不接受？那么就取消订婚，反正我也只是随口说说。”

庄韵的心冷到冰点，她走到陆泽磊身边，突然握住他拿着酒杯的手：“泽磊，为什么你要这样对我？我爱你，从小就爱！”

“我不爱你，从小就不爱！”陆泽磊回头看她，轻轻挣脱开她的手，庄韵愣住了，陆泽磊将冰酒一饮而尽，刚要起身，庄韵忽然抱住了他，香艳的柔唇吻上他凉薄的唇，她热烈的激吻，陆泽磊却只是任由她吻他，毫无回应，一动不动。

庄韵尽管百般挑逗，尽管千般引诱，陆泽磊依然双唇紧闭，毫无反应。

庄韵泪水幽幽落下来，她放开陆泽磊，陆泽磊冷漠地望着她：“接下来要怎样？脱衣服吗？”

庄韵一怔，突然被陆泽磊一个翻身按到在沙发上，庄韵微微惊诧，眼里却掠过一丝希望，陆泽磊手指轻轻滑过庄韵的脸颊，挑唇冷笑：“即使，你脱光了在我面前，我也不会爱上你，除了欲望不会有别的。可惜的是……现在我对你连欲望都没有。”

他说完，便猛地站起身，一切快得庄韵没有反应，他瞥一眼傻了的庄韵：“如果愿意就好好的当我女朋友、未婚妻，如果不愿意，趁早离开，我不会留你！”

陆泽磊转身上楼，庄韵方回过心神，起身对陆泽磊大叫：“陆泽磊，你不是人！”

陆泽磊不再回应，庄韵却一直哭喊着叫骂他。

陆泽磊关上房门，庄韵的哭声他充耳不闻，即使他知道这么做对庄韵有多么不公平，可是一个愿打一个愿挨，庄韵也不是单纯的女人，她知道跟着他的好处，如果没有这些好处，想必这女人早就离开了。

对于她，若说有亏欠，那只是上次帮忙的情意。

却绝没有亏欠爱……

可是慕薇，他到底亏欠了她……

亏欠了她最深的爱……

晨光微露，整夜，白慕薇都蜷缩在落地窗下，看着夜幕变成白昼，看着灯火熄灭，阳光普照。

温暖的阳光照着她赤裸的肌肤，每一道伤痕都被阳光抚平似的，没那么痛了。

她呆呆地望着窗外，祝安平拿了早餐给她，将近中午又拿了女人的衣服给她，从内到外。

白慕薇站不起来，整夜的疯狂和虐打让她全身软绵绵的，祝安平想要抱她起来，白慕薇却因为没使一点力气而摔倒在地。

“慕薇，昨晚是我不对，我不该打你，可你也不对，你为什么非要顶撞我？”祝安平用温软的声音说出如此无耻的话，亏他说的出口。

白慕薇胃里翻滚，只觉得恶心。

她挣扎着起身，不理会祝安平，一步一步艰难的向浴室走去。

疼痛入骨，骨节欲裂，昨夜好像一场真实的噩梦，梦醒了，疼痛却更深。

她拧开喷头，热腾腾的水流汩汩流入浴缸，白慕薇闭眼仰头，任热水自头顶倾泻而下，滚热的水流过身上的每一道伤口，都让疼痛加剧，可似乎只有这样，才能让心里的痛减轻一些。

眼角终究淌下咸涩的泪水，混合着热气腾腾的水流，流满了浴缸，她将整个身体都泡入水里，她在水里放了最喜欢的薰衣草精油，祝安平这里也只有这一种精油，柔和的芬芳弥散开来，她贪婪的吸入肌肤，吸入伤口，下巴贴着水，昏昏沉沉的，思维好像渐渐脱离了昨夜的噩梦，回到一片静谧的薰衣草园。

园内，有无边的紫色，浪漫的将自己包围。

她奔跑在花园里，突然有琴声响起来，不知名的柔美音线，不知是谁在哪里拉起这首曲子。

婉转动听，她不断奔跑，循着声音而去，终于在远远的云天相接之处，看到了那个男子，他一身白衣，手中拿着小提琴，微笑地看她，是陆泽磊，曾几何时，校园里，他的琴声，总能让女孩子们驻足倾听，她也一样。

她好开心的朝着他跑过去，微笑："泽磊……"

突然一道光闪过，陆泽磊的脸变得迷糊，她定睛一看，却大吃一惊，祝安平带着狰狞阴森的笑容，同样拿着小提琴站在了眼前。

她转身就跑，却被他抓住了手腕……

头，蓦地往旁边一歪，热水窜入口鼻，白慕薇被呛得一阵猛咳，透过氤氲的水汽，白慕薇看到惨白的浴室，没有花园、没有薰衣草、也没有陆泽磊……

原来，她太累了，太疼了，竟沉沉地睡了过去。

这时，只听门"砰"的一声响。

祝安平推门而入，白慕薇看向门口，适才梦里的惊并没有出现，她只是那么淡淡冷冷地看着他，透过白蒙蒙的水雾，她看到了祝安平的紧张与恐慌。

他似乎松了口气，白慕薇唇角一动："你放心，我才不会自杀。"

祝安平微微低头，轻声说："你洗了一个半小时。"

"可我还是那么脏！"说起这句话，白慕薇的脸上竟会带着笑容。

祝安平一怔，她的笑容那般讽刺，令他不敢直视的讽刺。

他转身出门，白慕薇才缓缓从浴缸中走出来，对着镜子，等雾气散尽，看着遍体鳞伤的自己，每一道伤口都是教训，是对她害人害己的教训，这些都是她理应承受的，是她的报应！

她裹上浴巾走出浴室，还是穿了祝安平买来的衣服，不可否认，他是了解自己的，了解她喜欢的颜色和穿衣风格，昨夜之前，她甚至愿意相信他是爱她的，因为爱才会做出那些事情，可昨夜之后，爱这个字，祝安平已经要不起。

一切都是难逃的劫数，繁华落幕后，剩下的只有丑陋与不堪……

虽然每一寸骨节和肌肤都痛得难忍，但白慕薇还是选择了继续工作，好在她的脸上没有伤痕，祝安平也特意买了高领的衣服，遮掩昨夜的疯狂。

白慕薇精神不济，甚至有一次晃神，这都不像她。

夏晴注意到了她的不对劲。

“你不舒服？”夏晴特意走到她办公桌前问她。

白慕薇闭一闭眼，强忍头疼和身体的疼痛：“没有，没睡好。”

“你脸色很白。”夏晴道，“嘴唇都没有颜色。”

“那是因为我只化了淡妆。”白慕薇平静的回答她。

“不行，你要去医院。”夏晴拉起她要走，白慕薇一把甩开，“我的死活跟你有什么关系？何必假惺惺？”

路过的同事侧目看过来，夏晴依然坚持：“展望临走之前叫我照顾你，叫我看着你，你的死活是和我没关系，可受人之托忠人之事，去医院，不然我打120。”

“呵，好笑了，他又有什么资格管我？”白慕薇一边说，一边走出办公室，两个女人在办公室里发生争执，实在难看。

夏晴跟着追出来：“你必须去医院，你去照照镜子，看看自己的脸色！你一定生病了。”

“我病死也和你，和展望没有关系！”白慕薇一路走到少有人去的小天台。

她突然点燃一根烟。

夏晴疑惑道：“你抽烟？”

白慕薇深深吸一口烟草的淡香，烟雾之中看向她：“不行吗？”

“不是不行，如果你累、如果你不舒服，要去医院。”夏晴固执的劝说，“你可以拒绝别人的帮助，可以不让人关心你，可是你不能拿自己开玩笑。”

白慕薇一句话都不说，掐灭了烟要走，突然一阵晕眩，眼前天旋地转，脚下不稳几乎跌倒。

夏晴连忙扶住她，白慕薇想要挣脱却没有力气，最后的意识，是夏晴的叫喊：“慕薇……”

身体好像已经不是自己的，向下坠的感觉。

夏晴努力抱稳白慕薇，白慕薇好像一只断翅的白色蝴蝶，苍白地落了下来，带着满身的疲惫……

她似乎做了一个很长的梦，梦里混乱的记不清楚。

头还是很疼，缓缓睁开眼睛，明亮的灯光，纯白色的世界，还有淡淡的药水味道。

是医院。

白慕薇想要起身，却发现手上扎着点滴，她想起来了，晕倒之前，她与夏晴在一起，夏晴一直劝说她来医院，她都不肯，后来还是自己的身体不争气。

心里忽然一惊，想到自己的满身伤痕，如果夏晴知道了，一定会告诉陆泽磊！别说是否会因此而影响到她和展望的合作，就是这样的自己，这样的伤痕，还有……这样的事情，想到会被陆泽磊知道，她就一万个不愿意。

想到这儿，猛地拔下手背上的针。

跳下床要走，夏晴刚好推门进来，看着她下床，又看到她手背上鲜红的血点，忙道："你低血糖，加上劳累和忧思才会晕倒，你应该好好休息。"

白慕薇道："我说了，不需要你管。"

她看看夏晴，夏晴的样子好像什么也不知道似的，也并没有想问她身上的伤，她的衣服还是自己来时的，也只是扎了点滴在输液，她也许果真什么都不知道，但是医院这个地方不宜久留。

她还是坚持要走："别管我！"

"为什么要让关心你的人都担心你？你找存在感吗？"夏晴忽然叫住她，不再是温和的劝说，而是尖刻的疑问。

白慕薇转头看她："你说什么？"

"我说，你这是在找存在感。"夏晴不退避，眼神亦高高扬起。

面对骄傲的玫瑰，夏晴亦如一朵清傲不羁的莲花，两个人对峙片刻，白慕薇冷哼一声："你凭什么这么说？"

夏晴笑道："不是吗？只有这样，才能让人担心，让人不断的关心不是吗？你从小缺少爱，所以要用这些来得到更多的爱和关心！慕薇，这样很幼稚，拿自己的幸福和身体开玩笑，真心幼稚！"

"自作聪明！"白慕薇要走，夏晴又道，"你走出去，又要晕倒，最好在一个月后晕倒在泽磊的订婚宴上，那样多好，能博取更多的同情和关心！"

白慕薇脚步一滞，订婚宴！

心头被倏然撕开一道鲜明的伤口。

她回头看夏晴，夏晴脸色平淡看她："还是……那正是你所希望的，才作践自己？到时候更显得自然？就好像那天闯入香榭丽舍发布会，递上辞职信，出其不意才能吸引眼球不是吗？"

"你地想象力不嫌太丰富了吗？"

"这是合理地推测，小妹妹！"夏晴拿出长辈的口吻。

白慕薇有些怔愣，倒是夏晴道："要走随你，反正我送你来，比不上泽磊送你来，对吧？"

白慕薇明知道她激将计，可却偏偏就是上这个套。

她走回床上，夏晴笑笑，走出门叫医生为她重新输液。

看着输液瓶里的点滴一滴滴滴下来，白慕薇心里百味杂陈，这么多年过去，她、陆泽磊和祝安平，一起走过的纯白岁月，一起经历的学生时代，都好像是上辈子的事情了。

陆泽磊不再是陆泽磊，祝安平也不再是祝安平。

而自己，也不再是自己……

一点一滴都在岁月中悄悄流逝了……

夏晴回到陆泽磊的家，庄韵正好在。

庄韵看见夏晴同样没什么好脸色，一副主人的样子："夏总，是你啊？听说你搬出去了，还有空过来坐？"

夏晴与展望一样，对这个女人毫无好感可言，她淡淡看她一眼："泽磊呢？"

"泽磊马上就回来，出去买点东西，你先坐，要喝水吗？"庄韵招呼她坐下，夏晴坐了下来摇摇头，"不用了，谢谢。"

"夏总，以后……我们要是结婚了，其实您来也不那么方便了，现在有空多来坐坐，我想泽磊一定很开心。"庄韵故作优雅地坐在沙发上，保持微笑。

这样的女人实在低俗又惹人厌，夏晴不理她，自己起身走到冰箱前，拿了一罐维他命。

庄韵脸色微微一变，笑道："夏总，倒是不客气呢，没事，其实是我招待不周，说不喝，我也该拿给夏总的。"

夏晴依然不理会，这时，陆泽磊走了进来，看见夏晴和她手里的维他命道："冰箱里没有柑橘的了，我刚买了，西柚的你不是不爱喝？"

"没有也没办法。"夏晴道。

陆泽磊递上一瓶柑橘味的："给。"

然后自然的接过夏晴手里的饮料放在一边，夏晴也没有说什么，走回沙发上坐下。

庄韵却微微凝眉，陆泽磊与夏晴年龄差距不大，之前也曾听过一些若有似无的传闻，她心里介意，走上前说："这样好浪费呢，真是的。"

拿起那瓶西柚味的要扔掉，陆泽磊道："浪费就留着我喝。"

庄韵一怔，还没说话，陆泽磊便走到夏晴身边坐下："怎么有空来？"

夏晴看一眼庄韵道："我想和你单独谈谈。"

陆泽磊起身："去书房吧。"

正要上楼，庄韵拿着那喝了一口的饮料走过来："等等。"

"你干吗？"陆泽磊冷漠看她一眼，"别没事找事。"

庄韵看一眼夏晴："她一个单身女人，现在在咱们家出出入入的，还要单独和你谈，真是不要脸！"

陆泽磊修眉一蹙，瞪向庄韵，庄韵莫名身子一颤，陆泽磊冷冷道："你还没嫁给我，少摆主人的架子，即使嫁给我了，夏晴是我继母，出入我陆家名正言顺的人，还轮不到你来管！"

他一把推开庄韵，庄韵气的脸色发红，看夏晴一眼，夏晴不理她，径直上楼，庄韵却忽然抓住夏晴胳膊，夏晴回身，庄韵突地拿下很松的饮料盖子，朝着夏晴泼去。

夏晴不及闪躲，西柚淡淡的味道淋湿了整个人。

她稍稍捋了头发，陆泽磊则一怒冲了下来，一巴掌打在庄韵脸上，庄韵"啊……"的一声，差点站不稳。

陆泽磊指着庄韵严肃道："告诉你，聪明的就别再干自己不该干的事儿，知道点分寸，否则……我随便找个其他女人订婚也没什么大不了！"

他拉着夏晴转身上楼，庄韵哭着道："难道，你只是为了找一个人和你订婚吗？你一点一点都不曾爱我吗？"

陆泽磊突地停住脚步，回头冷冷说："一点都不！"

绝情的冷漠，凝冻住了已温暖的 。

夏晴看看陆泽磊，曾经，那个阳光一样的完美少年，那个温润周全，优雅的少年，如今已变了一个人。

是长大了，成熟了吗？

陆泽磊适才第一句话令夏晴心里不是滋味。

原来，他只是为了找一个人订婚而已。

是谁……都无所谓……

第十五章 再见，再也不见

说了再见，才发现再也见不到……

夏晴简单地冲了个澡，家里还有她几件衣服，陆泽磊拿来给她换好："对不起。"

夏晴摇头笑道："没什么，只不过……"

她看看陆泽磊："和这样的女人过一辈子，即使是虚情假意，你真的可以吗？"

陆泽磊坐在书房暗色的沙发上，脸上亦有一层淡淡的暗光："只是在适当的时候，她出现了而已。"

"可是，婚姻是一辈子的事情。"夏晴道。

"未必。"陆泽磊看一眼夏晴，"婚姻和爱情是两回事。"

夏晴微微一惊，她没有想到，陆泽磊竟会是这样的思想。

她苦笑看他；"那你的爱情在哪里？"

房间内，有淡淡的檀木香。

陆泽磊深吸口气，却没有回答，他转开话题："优璇要回来了，我订婚，她当然要在场，只是……"

陆泽磊没有说下去，夏晴却很快想到了，陆优璇，曾经对展望有着朦胧情愫的女孩，可是，如今她曾认为爱过的人，却是杀死她父亲的凶手，要她如何面对？

而一个月后，展望也要回来了吧？

到那个时候，又会不会有另一场风波？虽然，优璇不再像从前那么任性，可到底牵扯到了自己父亲的命，和曾经付出过真心的男人。

不知道，要她一个女孩子如何来面对和承受这一切。

夏晴叹一口气，似乎许多事情，都越来越复杂了。

“你找我什么事？”这个家，夏晴已经很久没有独自回来，这次回来，就一定有事。

夏晴这才说：“关于慕薇。”

白慕薇！这个名字，这三个字，已经是他极力不想要提起的。

他不耐地站起身，走到窗边：“她快结婚了吧？祝安平等这一天等了很久了，不会轻易放开她。”

“可是她不幸福。”夏晴亦站起身。

陆泽磊淡淡苦笑：“有什么关系呢？如果慕薇不愿意，没人强迫得了慕薇，我也是！所以你要我怎么做？”

“那么……如果她被祝安平打得遍体鳞伤，你还会这么说吗？”夏晴一句话，令陆泽磊身子一僵，猛然转身看夏晴，夏晴的表情严肃，绝不是随口说说的样子。

“你说什么？”陆泽磊追问。

夏晴沉一口气：“今天，我看慕薇脸色惨白，精神非常差，劝她去医院，她不去，正在这个时候，她晕倒了，于是我刚好送她到医院，医生说晕倒的原因是低血糖，但是，在她胳膊上发现了很多伤痕，后来我解开她的衣服，发现……”

说到这里，夏晴的声音竟然哽咽了，不错，她与白慕薇没有什么交情，甚至彼此看不顺眼。

可是，那一道道触目惊心的伤口，那暗红渗血，没有做过任何处理的伤疤，一道一道都在诉说着当时的惨烈与疼痛。

一个如此娇弱的女孩子，是如何承受下这样的身心伤害，还能若无其事地上班？若无其事的隐藏起这一切，她……又是为什么隐藏下这一切？

“发现什么？”陆泽磊麻木地问出口。

夏晴整理心情，看着他说：“满身的伤疤，可以用遍体鳞伤来形容，我问过了医生，医生说……都是新伤。”

陆泽磊攥紧双拳，眼中登时喷射出火焰，迈步向门外走去，夏晴却拉住了他：“泽磊！”

“你拉我干什么？我要去杀了祝安平！”陆泽磊愤怒地甩开夏晴的手。

夏晴连忙说：“你听我说，我想……慕薇没有说的事情，一定有她不说的理由，祝安平如此对待她，她还要和祝安平在一起，也一定有她的理由。你这样贸然去找祝安平，你有没有想过慕薇，她是不是希望你知道，又或者……她有没有什么难言之隐？”

陆泽磊看着夏晴，夏晴冲他微微点头：“别冲动，你倒是不如……去找慕薇。”

不错，他如今，应该先去找慕薇。

“慕薇，她在哪儿？”陆泽磊平静下心气。

夏晴见他冷静了，道：“你和慕薇见面，这一次一定不能让祝安平知道，否则……”

夏晴没有说下去，陆泽磊却懂了，即使他们现在不牵扯到香榭丽舍，光是慕薇曾经对他的感情，如果被祝安平知道他们见面，也会免不了对白慕薇动手。

心，忽然疼痛不已。

慕薇，自己一直以为白慕薇放不下对展望的恨，放不下对香榭丽舍的恨，才会一直跟着祝安平，他甚至希望，他娶了庄韵，她嫁给祝安平后，他甚至……可以将香榭丽舍作为贺礼。

他万万想不到，那么爱慕薇的祝安平，那么多年似乎深情不改的祝安平，竟然会对慕薇动手？

"你帮我约慕薇出来。"陆泽磊看着夏晴，夏晴点头，"嗯，外界看来，我与慕薇是水火不容的，我如果以谈判为理由约她出来，我想即使是祝安平也不会怀疑。"

"好……"那一声好，有些颤抖，有些无力。

陆泽磊，很久没有过这种感觉。

他努力回想，到底是为什么……他和慕薇非要走到了天各一边的地步？到底……是为什么会让现实变得如此残忍……

整个香榭丽舍都在筹备陆泽磊的订婚宴，祝安平暂时没有向香榭丽舍催款，白慕薇知道，祝安平在等待一个时机，一个可以彻底打击陆泽磊的时机，受尽羞辱，身败名裂。

那么订婚宴上，就是最好的时机。那时候，如果香榭丽舍交不出违约金和赔偿金，那才是最大的耻辱。

白慕薇不知用什么方法才能阻止这样的事情。

展望在瑞士的活动，要各种避开祝安平的眼线迂回进行，想必也不是那么容易吧。

她到底还能怎样去拖延时间呢？

夏晴为了不让祝安平怀疑，特意挑了白慕薇与祝安平一起走出电梯的时候，迎上去道："白总，有事想和你单独商量一下，方便吗？"

白慕薇微微诧异，祝安平亦不解地看夏晴，夏晴看向祝安平："方便吗？"

祝安平看夏晴脸色，像是有什么很严肃的事情，想想夏晴和香榭丽舍的关系，听说展望四处在找人投资，四处找新的项目，那么在没有钱进账的情况下，要稳住香榭丽舍，还是要靠人情吧。

祝安平笑笑："请便。"

白慕薇看祝安平脸色，就知道他心里的想法，他一定以为夏晴是来找她求情的，否则，以她们两个人的关系，是没有闲聊和其他私人事情可以说的。

但白慕薇却不认为夏晴是来求情的。

于是也点点头："好！"

顺利的约了白慕薇，夏晴将车绕了又绕，还是没有绕到地方。

白慕薇有些不耐烦："在香榭丽舍咖啡厅谈不行吗？"

夏晴道："当然不行，咖啡厅……是有太多是非、八卦和绯闻的地方，你比我更专业，该不会不知道吧？"

她看一眼白慕薇，白慕薇却道："你和我之间，能有什么八卦和绯闻？"

夏晴不语，车子停在了一间很小的咖啡馆。

夏晴道："这个咖啡馆只有一个包间。"

她走下车，白慕薇也跟着下车走进去。

咖啡馆里，棕色的灯光，昏暗的低调，书香与木香，给人以宁静的感觉。

白慕薇跟着夏晴走进唯一的包间，门打开，白慕薇却是一惊，只见陆泽磊正坐在里面，轻轻喝一口咖啡，见她进来，眼里竟有一丝疼痛浮过……

白慕薇回头看夏晴："你要我？"

夏晴笑笑看陆泽磊："你们聊，这店主是我很好的朋友，我去楼上，聊完告诉我。"

夏晴关门出去，白慕薇看着陆泽磊，再次相见，目光交汇，恍惚便是时光的交错……

他的眼里，有淡淡疼痛与伤感。

她的眼里，是心痛与悲哀……

这样的相对，这样的目光，这样的心情……

两个人似乎谁也不能先开口……

"找我什么事情？"最终，还是白慕薇先开口，"还绕了这么大一个圈子。"

陆泽磊放下手中咖啡，走到白慕薇身前，他的眼神里沉浸了咖啡的深浓，似乎还有咖啡的苦涩。

就那样，深深地看着她。

白慕薇与他相对，内心的柔软如何抵挡这样的眼神？

她转身要出门，陆泽磊却拉住她的胳膊，突然掳起她的袖子，胳膊上一道道青紫，一道道伤疤，清晰的撞入陆泽磊眼里。

白慕薇大惊，连忙抽出手臂，陆泽磊却再次一把抓住她，将她按在墙壁上，扯开她的衣领。

衣服撕开，露出她凝腻的肌肤，可那一片雪白之上却是鲜明的伤口，那样艳红，红得刺眼。

白慕薇连忙推开他："陆泽磊！"

她慌忙系衣扣，忍不住泪水的汹涌。

他怎么可以！他怎么可以也如那个禽兽一样这样粗暴的对待她？他怎么可以……

"慕薇，为什么……为什么要让那个禽兽这么对你！我说过的，如果你愿意选择相信我，有任何事都可以与我商量，不要独自去面对！"陆泽磊几乎发狂，扣住白慕薇双肩。

白慕薇泪水盈盈，虚弱地苦笑："我自作自受！"

"你不是！"陆泽磊将白慕薇抱在怀里，纤瘦多了的身体，微微发抖的人，还有……那颗受伤的心。

陆泽磊竟然一时词穷，找不到一句安慰的话来……

"慕薇，离开他，离开那个禽兽！"陆泽磊抱着她，摩挲她柔软的秀发，"原来，我以为……至少祝安平爱你，爱了那么多年……他会好好对你！你要香榭丽舍，就注定我们没有结果，那么你嫁给他是最好的选择，而……他也有把握得到香榭丽舍不是吗？这样……"

"这样……你就觉得可以补偿我给你的爱？所以，你和庄韵在一起，营造纨绔子弟的形象，所以……你不作为，所以……你不为香榭丽舍去争取其他任何可能的机会？"白慕薇声音发颤，靠在陆泽磊怀里，多久……已经没有这样的温暖，和安慰……

她甚至有些贪婪这样的拥抱，尽管，她知道，这拥抱不会太久……

哪怕多一秒都是奢侈。

"可这不是你。"白慕薇道，"我认识的陆泽磊，有理想，有抱负，我爱的陆泽磊顾全大局。"

"离开他！"陆泽磊打断她，他根本不想听白慕薇旁顾左右，他只想她离开他，无论付出怎样的代价，他都不希望白慕薇留在那个禽兽的身边。

白慕薇轻轻推开陆泽磊，唇角是无力的笑："有些路，选择了，就不能再回头。"

"可以！"

"不可以！"白慕薇坚决地望着他，"我……是不会离开祝安平的！"

白慕薇微微低头："不要问我原因……"

"我明天……就把香榭丽舍给祝安平。"陆泽磊看着白慕薇亦坚决，"他要的……不就是香榭丽舍吗？"

"他爱我！"白慕薇扬眉看着陆泽磊，以一种绝对冷酷的姿态，"你应该知道，他要的不仅仅是香榭丽舍。"

"他这样对你，他哪里爱你？"

"至少比你爱我！"

白慕薇知道，此时此刻，她的眼神有多么残忍，她的话，就是一把刀。

陆泽磊身子微微后退，望着白慕薇的眼神深深痛楚。

白慕薇的泪似乎流过他的眼底，悲伤入心。

至少，比他爱她！

是啊，那么多年的爱，那么多年的等待，换来的只是自己的冷漠和看不清。

是谁，都会心寒吧？

白慕薇低下头："他打我，只是喝多了酒，我又一再顶撞他，你也知道我的脾气，这只是意外，你只顾管好你的婚事，我的事……与你无关！”

决然转身，甩开身后那个朝思暮想、牵肠挂肚的人……

关上大门，泪水决堤，心上的伤痕一道道被重新割裂，反复的割着……

泽磊对不起，我自己犯下的错，再也不想连累到任何人……

一次失败的谈判，一次失败的相见。

陆泽磊心情差到了极点，夏晴想，如果连陆泽磊都无法说服白慕薇，那么这个世界上已经没有人可以劝她。

白慕薇自然也想到了这些事，是夏晴告诉陆泽磊的。

回到酒店，便以祝安平以为的理由蒙混过去，就当是夏晴找她求情失败好了。

大约半个月，陆优璇回国。

对于陆泽磊唯一的妹妹，庄韵显得很殷勤，可陆优璇却不太爱说话，对于这个即将成为自己嫂子的女人，更是各种不想接近。

与妹妹也是许久不见，陆泽磊很想收拾起糟透的心情，却终究无法掩饰。

“哥，你有心事？”

陆泽磊从来没有想过，自己的心事会暴露在陆优璇面前：“没有。”

“为了那女人？”陆优璇自己猜测。

陆泽磊不说话，陆优璇笑道：“谁都看得出来，我的哥哥根本不爱这个女人。”

陆优璇微微抿唇，似乎欲言又止。

陆泽磊亦是心思敏捷的男人，苦笑道：“你想问慕薇？”

陆优璇点点头，自从去了瑞士，白慕薇虽然为人比较冷淡，可她看得出来，她对陆泽磊却是热烈的，而自己对她的印象显然更好。

听说，她也跟着哥哥回国并且来到了香榭丽舍。

陆泽磊沉默半晌，方道：“她也快要结婚了吧，和祝安平。”

“祝安平？”陆优璇并不陌生的名字，她也知道，祝安平追了白慕薇很多年，也许……也是顺理成章吧？

“就因为这样，你就自暴自弃的要娶那个女人啊？”陆优璇以为陆泽磊是这个原因，才选择了那样一个女人。

陆泽磊道：“她……只是在某个时间刚好出现的女人，娶了就娶了，各取所需。”

“哥，你把婚姻当儿戏？”陆优璇道。

陆泽磊笑笑：“什么时候轮到你教训起我来了？”

陆泽磊叹息一声，看着如今的优璇，快乐纯净，他实在不想，她也卷入到香榭丽舍的纷扰中，可到底，有一件事还是要她自己面对，她……甚至他们都曾经爱过，信任过，依赖过的——展叔叔。

陆优璇单独约了白慕薇出来。

白慕薇想到了，陆泽磊要订婚，他唯一的妹妹一定会回来。

从小，自己性子孤冷，陆优璇也沉默寡言，她们之间并没有太深的情意，她只知道她是陆泽磊的妹妹，她也只知道她是陆泽磊的同学，偶尔聚会见面，也说不上几句话。

彼此间，算是熟悉又陌生吧？

“什么时候回来的？”开场白自然也是客套的，白慕薇优雅的微笑。

陆优璇亦笑道：“才几天。”

“约我出来，有什么事吗？”白慕薇知道，她们之间没有旧可以叙，她找她就一定有事。

陆优璇亦直言不讳：“为什么……不是我哥哥？”

白慕薇一怔，随即隐去，不错，自己从前喜欢陆泽磊那样明显而不加遮掩，她是陆泽磊的妹妹自然会看得出来。

“有很多事，都是不一定的，爱一个人太累，所以找一个爱自己的人。”白慕薇这样说，自然希望陆优璇去转告给陆泽磊，陆优璇微微苦笑，“看来，还是哥哥自己不争气。”

白慕薇从手包中拿出一张红色请柬：“本来……想要亲手给泽磊，可今天你刚好约我，给你也是一样的。”

陆优璇接过来看去，一惊：“结婚？”

白慕薇默然微笑：“会在你哥哥订婚后半个月。”

白慕薇的笑容有些僵涩，陆优璇本来想说，还是要她亲手给哥哥，可面对白慕薇如此的目光，到底没有说出口……

白慕薇亦没有再说话，她千思万想，她了解祝安平亦如祝安平了解她，只有这个办法，只有答应祝安平的要求，才可以为展望，为香榭丽舍争取更多的时间……

她只希望，展望那边一定要成功，否则这一切都是枉然……

深夜漫长。

夜的静谧是恐怖的网，网络住的是人心里潜藏的魔障。

陆泽磊喝了很多酒，酒气几乎充斥了整个客厅，陆优璇只是坐在一边看电视，桌上放着白慕薇的请柬，她想，只要这样陪着哥哥就好吧？

她还是要嫁给他！

还是要走这条路，星辰落入杯盏中，一圈圈晕开冷冷的色泽。

陆泽磊生平第一次感到了无能为力……

此时，门铃声响起，陆优璇看看陆泽磊，他只是静静地站着，于是优璇连忙跑过去开门。

大门打开的刹那，如同流星瞬间划过天际……

陆优璇怔忪，过往的回忆、情深、伤害、离开、刻骨铭心，就在这一瞬间全部回归到了眼前心里。

夏晴与展望一起站在了门口。

门口的两个人亦是惊讶地看着开门的人。

彼此之间，似乎隔了千万里，这样的一次相对，似乎已经是几万年前的事情……

“优璇……你回来了？”夏晴先开口道。

陆优璇点点头：“嗯，你们找哥哥？”

面对陆优璇，展望更是百感交集，如今的优璇褪去了青涩，多了成熟。

“优璇。”他轻轻叫一声。

陆优璇低下眼睛，轻轻点头，让着他们进来，陆泽磊依然一动不动地站在窗边，满屋子的酒气告诉他们，这个屋子的主人心情很差。

夏晴看陆优璇：“他怎么了？”

陆优璇拿起桌上的请柬：“这个……”

展望与夏晴一起看去，两个人亦是面面相觑：“慕薇要嫁给祝安平？”

展望不可思议，陆优璇点头，展望走到陆泽磊身边：“你竟不去拦她？”

陆泽磊不说话，只是灌下一口酒。

展望夺下他手中的酒瓶：“我在问你话，你怎么可以让慕薇嫁给一个伪君子？”

夏晴忙走到展望身边拉住他，因为她知道陆泽磊不是没有争取过：“泽磊有拦过，可是你知道慕薇的性子，是不会听的。”

展望冷静下来，的确，白慕薇的性子很少有人可以劝的了她。

展望拉住陆泽磊道：“走，去阻止她。”

陆泽磊凝眉：“怎么阻止？我连放弃香榭丽舍都已经说了，还是阻止不了。”

展望笑笑：“陆泽磊，当局者迷，你以为慕薇要的还是香榭丽舍吗？她现在要的是……将香榭丽舍完好无损地还给你。你怎么不明白？你以为她为什么回瑞士？你以为我为什么回瑞士？谎称去找什么鬼投资，你以为……那么骄傲，那么一尘不染的慕薇，怎么会请人专门偷拍她和祝安平？怎么会放出堕胎的消息？还不是为了……你！”

陆泽磊听得有些错愕，展望说的都是真的？可是为什么不早点告诉他？

“为什么不告诉我？为什么？”陆泽磊不懂，展望拉着他向外去，“慕薇说，这是我和她的第一次合作，不告诉你，是她觉得这是她欠你的，要亲手还给你。况且你的性子，如果知道了，我相信你会选择和那个人正面交手。”

冲出大门，展望迅速上车，夏晴和陆泽磊跟上，展望对夏晴说：“打电话约祝安平和慕薇到香榭丽舍 39 层 GM 办公室。”

好在，一切还来得及！

好在，还来得及赶上阻止慕薇做傻事……

香榭丽舍 39 层。

夜寂静如死，酒店是充满神秘和灵异的地方。

总有许多事发生在可能和不可能之间……

路上，展望已经对陆泽磊说了事情的经过，他在瑞士，托了几层关系去迂回接触赵雷，加上白慕薇确实拖延了答应了赵雷的钱，赵雷找过白慕薇几次，白慕薇都推脱了，这个时候，他又添一把火，一切自然顺理成章。

之所以耽误了这么久的时间，是要找信任的人，层层递进到赵雷身边的缘故。

祝安平与白慕薇坐在宽大的沙发上，祝安平一脸不耐烦，白慕薇却面无表情，既然展望回来了，那么想必事情一定有了进展。

展望将一叠资料复印件扔在祝安平眼前，祝安平缓缓拿起来看去，眼眉瞬间一凝。

展望冷静道："这些是赵雷亲口说的，还有他当时为了保险而留下的招标文件复印件，还有，你应该没有想到你和赵雷的每一次见面，赵雷都有偷偷录音，录音的资料……赵雷也已经提供给我。"

祝安平看着那些招标文件，上面记录着每一次招投标合同漏洞以及原文件和修改后的文件，赵雷在陆泽磊签字后，会偷偷换掉其中一页，那一页也附在了资料中，这个办法自然会在录音中。

"要我放给你听吗？"展望掏出录音笔，"这只是其中一个，赵雷为了保险分了很多支录音笔。"

祝安平冷冷笑了："不必了，这些对我来说，一点用也没有。"

展望一惊，陆泽磊却好像懂了，祝安平的眼光已经落在白慕薇身上，白慕薇亦感受到了来自祝安平尖刻的注视。

祝安平站起身，看着展望："展望，你以为……这些对我意义很大吗？我想得到香榭丽舍，只不过机会在眼前，我是一个商人，不可能放弃！而得不到，对我也和我的家族产业也没有任何影响，你们这些东西，如果没了人证……都是废纸！呵，但是我这个人很公平，我喜欢和聪明人做朋友，既然事情说开了，我也要顾及我的名誉，香榭丽舍我可以不要，就算是……我作为商人因为得意而轻敌的一次教训吧。"

他笑着看向白慕薇："可是……作为男人，我可是没有输哦，陆泽磊！"

陆泽磊一怔，看向一直安静的白慕薇，白慕薇脸色苍白，祝安平走到白慕薇身边，低头看着她："是不是，我的新娘？"

陆泽磊亦走到白慕薇身边："展望都告诉我了，如今你不必担心香榭丽舍会落入他的手里……你……"

"恭喜你，泽磊！"白慕薇缓缓站起身，冷艳却苍白的面容，清冷的眼神，"我和安平的婚礼，希望你可以参加！”

“慕薇……”陆泽磊不敢相信的拉住白慕薇的手，祝安平一把推开他，“陆泽磊，对别人的女人，是否应该尊重一二？”

祝安平冷冷一笑：“如果没有别的事情，我们就先走了。”

“站住！”展望叫住祝安平，看向白慕薇，对于白慕薇，他愧疚、心疼，他各种希望她可以幸福。

可是这个孩子，却偏偏要承受更多的苦。

“慕薇，我有东西给你。”展望拿出一卷小磁带，“这个……才是你妈妈在心理医生那里的磁带完整版！他把断章取义剪辑来的磁带给你，从头到尾就是为了骗你。”

白慕薇回头看祝安平，祝安平脸色亦凝住了：“不可能！”

“呵，你自己交的什么朋友，你自己心里清楚！他的确是你朋友没错，可是如果我说告他泄露他人隐私，你想，他还要不要在这个行业里混下去？即使我告不赢，只要有这个流言在，谁还敢找他谈心？况且，他的朋友也不止你。”展望看着祝安平，又看看白慕薇，“慕薇，我已经听过了，里面……有你妈妈亲口说的话，她说，她知道……她只是错觉。”

白慕薇心底的伤又加深一层。

原来，祝安平早就已经暗中布局，早就已经对她处心积虑。

就连从前的那些美好回忆，都已经变成了阴霾的一切……

她瞪着祝安平，祝安平脸色亦很难看：“展望，你这一趟，真是不虚此行！”

展望笑笑：“还是得益于你的年轻好胜，没有速战速决！”

祝安平眉心一蹙，随即舒展开来：“你以为你赢了吗？展望，你有多在乎慕薇，陆泽磊有多在乎慕薇，我都知道，只可惜……慕薇最后的选择还会是我。”

祝安平志在必得的眼神令展望疑惑，他看白慕薇，白慕薇果然收起磁带，又是一张冰冷的脸：“我们走吧。”

“慕薇，你疯了吗，跟着这样的伪君子？”陆泽磊拦住白慕薇，骄傲如她，怎么会对祝安平的所作所为无动于衷，一意孤行？

如今，已经没有了香榭丽舍作为障碍。

为什么？他实在不明白。

白慕薇淡淡看他一眼：“陆泽磊，别太自以为是，错过了就是错过了，想找回去，没那么容易……不然你也试着爱我九年，怎样？”

九年？陆泽磊当然知道这有多漫长。

那是白慕薇为他付出却没有任何回应的九年，一个女人有多少个九年可以等待？

白慕薇终于松了口气，终于，一切都没有白费，虽然，她依然心疼得无法呼吸，虽然，她依然无法摆脱掉祝安平。

可是泽磊——

真的恭喜你，没有失去香榭丽舍，也恭喜我自己，不用再背负任何愧疚。

但，如今的我，已经配不上你……

祝安平飞快地开车，白慕薇知道他心里有气，她不知道他要带自己去哪里，只是麻木地坐在副驾驶座位上，如此敏感而尴尬的时刻，车里电台放着一首伤感的歌，周杰伦慵懒的声线，呢喃吟唱——

说了再见，才发现再也见不到。

能不能就这样忍着痛泪不掉。

说好陪我到老，永恒往哪里找，

再次拥抱一分一秒都好……

几句歌词，简单的旋律，却让白慕薇忍不住眼里的泪水，即使当着愤怒不堪的祝安平，她侧过头，看向车窗外，迅速飞过眼前的夜景，那么悲凉，就好像今天，在一切真相大白的今天，她依然选择了离开，忽然，有一种心痛无法形容……

从今以后，她和泽磊是真的再也没有可能了吧？

就连最后的一丝牵连也没了……

分开，就连一个拥抱也没有，有的只是伤害……

白慕薇忍泪闭目——

再见了泽磊，或许……再也不见……

第十六章 我们都要幸福

在我眼里，你依然洁白无瑕，脏了的只是这个世界……

祝安平开车在大街上兜了一大圈，最终停在了艾伦格伦的门前。

白慕薇有些惊讶，却来不及想什么，已经被祝安平托着下车，以祝安平的身份，迅速开出一间房不算什么。

他将白慕薇推进房间，扔在宽大的床上，白慕薇看着他，祝安平恶狠狠指着床上的女子："是你！都是你！一边安抚我，一边迷惑我，一边……跟展望联手搞我，是不是？"

白慕薇知道，直到如今根本不要想瞒他。

她不说话，祝安平一巴掌打在她的脸上，白慕薇不闪不躲，躲也躲不开，干脆承受。

"路上，我发了消息给 JOE，他回电话说，是你……没有打钱给赵雷！赵雷找到过他，可是你临走交待他，任何赵雷的要求都要通过你，因为知道我们的关系，JOE 才不敢说什么！好啊你，和我玩这种花样！"祝安平愤怒不已。

白慕薇这才知道，原来他路上接了的那个他没有说话的电话，是 JOE 打来的。

白慕薇本来就不打算辩解，看着他："不错，都是我！可是祝安平请你不要把自己摆在受害者的位置上！你没有利用过我吗？没有对我不择手段、处心积虑吗？我们两个……彼此彼此！"

又是狠狠的一巴掌打在白慕薇的脸上，祝安平掐住白慕薇的脖子："我不会让你好过！"

白慕薇冷笑："从小到大我就从没有好过的日子。"

祝安平手上加力，白慕薇几乎喘不上气，窒息的感觉令她感觉顷刻间就要死去。

她脸色通红，祝安平咬牙道："我会让你付出代价！我要让你知道，什么才是真正的不择手段，什么才是生不如死！"

生不如死？她倔强地看着他，不肯低头的眼神。

祝安平放开她的脖颈，白慕薇剧烈的咳嗽，祝安平撕开她的衣服，她身上的伤痕未消，祝安平完全视而不见。

面对白慕薇，因深爱而来的更恨，更加深刻。

他粗暴地蹂躏她。

一整夜，用尽所有手段，捆绑、鞭打加上欲望的宣泄。

可这一次，白慕薇却连眼泪都没有力气流了……

或许是早已流干了吧？又或许是……无所谓了……

次日一早，依然是疲惫不堪的身体，不同的是，这一次祝安平下手更狠，就连脸上都被打得见了红肿的痕迹。

因为展望掌握的证据，祝安平没有再回香榭丽舍住，他亦不准白慕薇踏出房门一步，将她关在了房间内。

陆泽磊找到展望与夏晴。

"一直联系不上慕薇，手机一直是关机。"陆泽磊还是担心白慕薇回去，祝安平不会放过她。

"真是不明白慕薇，为什么在一切真相大白之后还要跟着那个人！"夏晴道。

展望叹一口气："慕薇的性子……极端。"

"不！"陆泽磊摇头，"不会！慕薇虽然性情古怪一点，可是她却是分是非、爱恨分明的，我怕……"

陆泽磊犹豫一下道："我怕是慕薇有什么把柄在祝安平手上。"

回想起那天晚上，祝安平未免太过志在必得。

展望想想也是奇怪，可是会是什么把柄？白慕薇做事一向小心谨慎，有什么把柄，会令她放下了自尊和骄傲，如此不得已？

这时候，陆优璇推门进来，脸色苍白："你们……你们看报纸，或者上网了没有？"

三个人互相看一眼，陆泽磊说："还没来得及，怎么了？"

陆优璇看看他们三个，却说不出口。

陆泽磊心中一慌，连忙跑到书房，电脑是优璇打开过的，而电脑页面也刚好停留在一套照片上。

照片里的女子，全身赤裸，一身伤痕，标题更是语出惊人——《SM真人版惊现网络，女主角疑似香榭丽舍高级白领》。

陆泽磊一行行看下去，文章里甚至直接指出了白慕薇，而那一张张图片更是清楚的拍出了白慕薇的脸。

身体仿佛失重，跌坐在椅子上，展望和夏晴亦在一边对着电脑，惊骇不已。

看来，一切都有了答案。

这就是白慕薇的原因，是吗？

可是最终祝安平还是没有放过她不是吗？

陆泽磊拍案而起，就要冲出房门，展望连忙拦住他：“泽磊别冲动！我们要一起想办法，你现在知道到哪里去找慕薇吗？”

“难道要慕薇还呆在那个混蛋的手里？”陆泽磊大喊。

“可你找到慕薇，你以为慕薇会和你走吗？她这个时候……最不想见的人就是你吧？”展望一句话，令陆泽磊平静下来，不错，白慕薇如此骄傲，如此爱他。

她的狼狈，怎么可能希望被他看见？

可是……心意难平，眼眶欲裂。

这个时候难道要他等吗？

展望凝紧眉头：“祝安平一定会找上门！”

仔细想想没错，祝安平要得到白慕薇，虽然是他一直以来的愿望，可他的性格，不会不向陆泽磊炫耀。

可是，距离结婚请柬上的日子还有一个月左右，这么久的时间里，白慕薇会经历怎样的折磨还未可知。

而陆泽磊也还要面对一个难题，如今，不需要再为了谁而娶庄韵，那么与庄韵的订婚礼注定要取消，可是庄韵不是好打发的女人，加上小有名气，处理不慎，只是单纯地说要分手，不给十足的理由，只怕她又会将罪名加到慕薇身上，祝安平每天都要抛出一组艳照，后来更是开始上传视频，虽然有些网站打了马赛克，有些网站干脆删除，可人们转发和储存的速度，永远很快。

如果此时此刻，自己要与庄韵分手，庄韵在媒体面前乱说话，再将帽子扣在慕薇的头上，那么慕薇的处境不是更加难堪吗？

庄韵虚荣，或许真有一点爱自己，要用怎样的方法既能和她分手又堵住她的嘴，绝对需要动脑筋。

正在想，楼下忽然传来很大的吵闹声，好像是优璇与庄韵，陆泽磊跑下楼，只见庄韵气得满脸通红，而陆优璇一脸鄙夷地看着她：“告诉你，赶紧换掉，以后最好打听清楚本小姐都有什么衣服，不准跟我穿一样的！和你这种没有品位的女人穿一样的衣服，你让我的脸往哪里放？”

陆优璇自从回来一向乖巧懂事，陆泽磊记忆好像回到了许多年前，那个蛮横泼辣的妹妹又回来了。

“怎么回事？”陆泽磊走到妹妹身边问。

陆优璇娇蛮地对陆泽磊道：“哥，你也不管管她，你知道我从小最讨厌和人穿一样的衣服，她还故意穿成这样来气我！你说她是不是成心？”

陆泽磊看庄韵一眼：“脱掉，我妹妹不喜欢和别人穿一样的衣服。”

庄韵不可思议地看他：“陆泽磊你讲理不讲理？她不喜欢我就要脱掉？那她要是在大街上看到人和她穿一样的衣服，也叫人家脱掉吗？”

“在外面我不管，可是这里……是我家。”陆优璇上前一步，挑眉道，“我才是姓陆的，而你……可还没嫁进门呢，就算嫁进来，也是个外人。”

陆优璇尖酸刻薄，令庄韵气得接不上话，她原本就不是很会说话的女人，脑子又不如优璇转得快，只得哭着到泽磊身边：“泽磊，你妹妹也太欺负人了！”

陆泽磊看看庄韵，流泪的女子多少会令人有几分怜惜，可陆泽磊知道，这不是怜惜的时候，而是分手的最好时机。

他轻轻拿下庄韵的手，故作烦恼：“庄韵，你成天地和优璇吵架，三天一大吵，两天一小吵，你知道，优璇是我唯一的妹妹，唯一的亲人……这样我会很困扰。”

庄韵一愣：“你什么意思？”

“庄韵，以后如果日子过成这样，我相信你也不愿意，是不是？”陆泽磊似乎百般无奈。

庄韵明白了他的意思，怔愣在当地：“你要摆脱我？你要和我分手是不是？陆泽磊，我们就快订婚了！”

“不是还没订？我早就和哥哥说了，有你没我，有我没你，之前哥哥还护着你，现在……我看不必了吧。哥，这个家里要是有这个没品位又低俗的女人在，你以后就休想我回家。”陆优璇添油加醋。

陆泽磊看向庄韵：“对不起庄韵，我以后也不想每天都吵架，更不想我妹妹不开心，我相信，你也没有那么爱我……”

“陆泽磊，你忘恩负义！”庄韵指着陆泽磊，她没想到一切眼看着就快要成功，很多女星梦寐以求地嫁入豪门，就要实现的当口，竟然杀出陆优璇这个程咬金。

“你要什么我都可以答应你！”陆泽磊无辜地看着庄韵，似乎是万般的不得已。

庄韵却摇头说：“我要个公平！”

“这些够不够？”陆优璇拿出一张支票，递给庄韵，“这些，都是我名下的财产，现在是我让你离开陆家，这笔分手费自然由我来付。”

“当然你可以不要，继续赖在我们家，到时候我倒是想看看，是你先走，还是我先走？”陆优璇晃荡着支票，庄韵的脸色明显平静下些许，陆优璇也知道，只是靠一笔钱，根本摆不平庄韵这样虚荣到极点的女人。

她掏出手机：“如果，你接受这笔钱，老老实实地离开我哥，我就给张导打个电话，听说……你想上他的新电影，可是人家连资料都没有看，呵，你现在虽然有点名气，可年轻识浅，想进电影圈还是不太容易，但是有了我就容易多了。”

“你？”庄韵收起了适才的大喊大叫，气势低弱下许多。

“张导是看着我和泽磊长大的，最疼爱我了，前些天还一起吃饭……”陆优璇说得漫不经心，“我说我不喜欢我未来的嫂子……所以……”

“你……”庄韵正要生气。

“别激动！我可以这样讲，当然也可以去说好话，你说是不是？况且……还有这一大笔钱！”陆优璇走到庄韵身边，将支票递给她，“你要不要看看数字？你可是很有面子啊，为了让你和我哥分手，我是又费精力又破财，可是没人让我这样伤神过。”

庄韵接过支票，上面的数字的确让她震惊了一下。

后面的零竟然一时数不清。

“怎么样？划算吗？以后演了电影，名气更大，在娱乐圈地位更重，还愁不能嫁入豪门吗？”陆优璇好像捏住了她的命脉般，软硬兼施。

庄韵看着那一串数字，怀疑地道：“我真的可以上张导的电影？”

“我保证！”陆优璇坚决道，“最迟三天，我保证他亲自见你，不能保证女一号，女二不成问题。”

“我凭什么信你？”庄韵对于这个刁蛮任性的小姐，心存怀疑。

陆优璇摇摇头：“你只能信我，不然我们就走着瞧吧，你继续你的订婚宴，我继续我的破坏计划，看看咱们最终谁斗倒谁好了！到那时候，你可别怪我们财大气粗，仗势欺人，你一分钱也别想拿到！”

庄韵心里一颤，陆优璇的刻薄与泼辣，还有陆泽磊对她的宠爱她自然是知道的，何况自己只是没有背景的女人，对于这样的人还是不要得罪比较好。

到时候人财两失，闹到离婚收场，恐怕更加难看，那个时候想要重拾自己的事业想必也不容易。

庄韵虽然不甘心，可是这笔交易似乎还不算太亏。

她收起支票：“好！”

她看一眼陆泽磊：“陆泽磊，有这样的妹妹，我看……你这辈子别想结婚了。”

庄韵脸上泪迹已干，她转身走出陆家，陆优璇才松下口气，看看陆泽磊：“哥，这下你欠我一个很大的人情吧？”

陆泽磊也早猜到了陆优璇是故意的，笑道：“你要什么补偿？”

“我还没想到。”陆优璇耸耸肩，“我只是太了解这样的女人了，我之前很多朋友都是这样的，利益当前，只要将利益最大化，危害也最大化，她就会果断选择利益最大化的一边！况且我也是真的讨厌这个女人，比慕薇姐可是差远了。”

提到白慕薇，陆泽磊脸上的笑容僵涩了，这么久了，只有网上层出不穷的艳照和视频，只有越来越大的骂声，她一时似乎成了网络红人……

可是这个人，却好像从这个世界上消失了一样……

找不到一点痕迹……

慕薇，你到底在哪里？

解决了庄韵的事情，陆泽磊全力寻找白慕薇，酒店的事情有夏晴和展望完全可以应付，现在的香榭丽舍虽然不必付违约金和赔偿金，可是空中花园项目停摆还是有很大的损失，加上白慕薇是香榭丽舍员工，声誉的影响也不小。

这些令展望、夏晴和刘玉寒忙得不可开交。

慕薇的事情，只能靠陆泽磊自己，他跟踪祝安平，发现祝安平每天都是回到艾伦格伦，要么就是一些社交活动，并不见白慕薇与他出入过哪怕一分钟。

他开始怀疑，是不是慕薇也被软禁在了艾伦格伦？

可是，如今他和祝安平的关系，祝安平不但不会说，更不会要他见到慕薇。

而向酒店打听，也不可能透露客人的隐私，更何况论交情，他与穆易的交情可比不上穆易与祝安平的。

到底怎样才能确定慕薇在哪个房间，即使确定了，又要怎么救出慕薇？

眼看着婚期将近，难道，他真的要眼看着慕薇嫁给祝安平吗？

陆泽磊正心烦意乱，看见几个人从酒店中走出来，拿着用衣服罩子罩着的衣服，拉链没有拉好，露出白色婚纱来，陆泽磊大胆猜测，那是给白慕薇试穿的。

他于是启动车子跟上了那辆车。

车子开出不算远，便是那间影楼。

他连忙下车，拉住拿礼服的女人："你好。"

那人奇怪地看他一眼："有事儿吗？"

"我可以请问一下，这件婚纱是不是白小姐选定的？"陆泽磊问。

那人上下打量他，陆泽磊又笑着说："呵，您别误会，我是祝安平先生和白慕薇小姐的同学，特意回来参加他们的婚礼，想送白小姐一个链子，不知道和这件婚纱能不能配上，所以……"

当阳光落满陆泽磊的睫羽，他全身便俱是温暖和和善。

那女人笑笑："是的，你可以进来看看。"

果然是！陆泽磊走进影楼，那女人热心地为他展示，他却已经心不在焉。

"先生，您看合适吗？"是一件高领的礼服。

陆泽磊假装赞许："简直太合适了。"

"哎，其实啊配项链还是露出锁骨更好看，可白小姐身上有伤……穿不了。"

不错，她身上有伤，难道祝安平便不怕这些人说出去？

“听说前些日子被人绑架，现在祝先生可担心了，都不让她自己出门，白小姐也好像吓到了，精神有点恍惚，也不知道脸上的伤，到婚礼那天可不可以好。”

脸上的伤？陆泽磊一惊，之前与白慕薇分开，她的脸上并没有伤。

不自禁握紧双拳，果然，他又打了她，不断地在对她施暴。

陆泽磊转身跑出影楼，开车迅速赶回艾伦格伦，他手紧握方向盘。

艾伦格伦门前，已经人满为患。

闪光灯和记者堆满了大堂。

陆泽磊不解，连忙冲进去。

“白小姐，为什么会想到拍那种照片？”

“听说您母亲就有心理障碍，有没有想过要去看心理医生？”

“白小姐，你有自虐倾向吗？”

“白小姐听说您有过很多男朋友？”

“祝先生，你有没有想过延迟婚礼？”

……

一个个问题，人山人海中站着一个苍白憔悴的女子，目光呆滞，一言不发。

祝安平搂着她的肩，礼节性地微笑：“我们婚礼如期举行。”

祝安平的目光虚伪、冰冷，怀中的女子脆弱、无助。

陆泽磊看得分明，那是白慕薇，竟然会是慕薇！他真恨自己，为什么要走开，为什么要让慕薇来面对这么多尴尬和羞辱。

那些记者尖酸刻薄的问题，让慕薇心里如何承受？

陆泽磊拨开人群：“慕薇……”

一声慕薇，令大堂内有一瞬间安静，祝安平看见陆泽磊眼神一滞，随即又堆满笑意：“泽磊，你也来了？我和慕薇的请柬收到了吗？”

陆泽磊不理他，只是看着白慕薇：“慕薇……”

白慕薇缓缓抬起眼睛，看着陆泽磊，陆泽磊立即拉起白慕薇的手：“我带你去医院。”

他知道，他不能公然的不给理由的带白慕薇走，那样，只会让白慕薇的处境雪上加霜。

他狠狠瞪着祝安平，祝安平拉住白慕薇另一只手：“不必了泽磊，我会带慕薇去的。”

两个男人眼光交汇，电光火石，一触即发。

“陆先生，白小姐是不是真的有心理疾病？”

记者依然喋喋不休，祝安平笑道：“我们三个是瑞士就在一起的同学，为了慕薇的病，泽磊也急得不行。”

陆泽磊不理他虚伪的嘴脸，一意要带走白慕薇。

祝安平正要阻拦，白慕薇忽然抽出了被陆泽磊握着的手，缓缓退回了祝安平的身边，她幽幽看着陆泽磊，大堂内的灯光，璀璨琉璃，好像是他们初见时候细细的阳光，透过彼此的眼睛，澄净而透明。

白慕薇竟微微地笑了，在这样的情况下，绽出一丝笑容来："泽磊，我的婚礼，希望你能来！"

陆泽磊一惊，白慕薇如同一朵美艳却娇弱的玫瑰花，经了风剑霜刀，渐渐枯萎了原来的美丽，强撑着绽放出残余的香艳。

濒临绝望的美，竟美得如此惊心动魄。

令所有人都几乎窒息的微笑，令陆泽磊迷惑了的微笑。

她的笑容中，竟然果真是由衷、期待与一丝不舍……

陆泽磊站在原地，祝安平搂着白慕薇走进电梯，白慕薇依然回眸，对他微笑，她似乎很快乐……

"表现不错嘛！"祝安平回到房间，看着沙发上靠着的虚弱的白慕薇。

白慕薇不说话，自从被软禁，她已经很少说话。

"可是我没想到，你会自己拒绝跟陆泽磊走，都不用我出口。"祝安平几乎是自言自语，他已经习惯了。

他蹲在她脚边，捏住她的脸："这样才听话，早这样，我也不会关着你。"

他亲上她的唇，白慕薇只是麻木的承受，亦不回应。

"你看到了吧？现在的你，已经无路可退！"祝安平笑得残忍冷酷，"你现在是别人眼中的贱人、荡妇，而我……是重情重义、不离不弃的完美男人！你已经没有选择，你只能嫁给我！"

祝安平说着，要将她推倒在沙发上，白慕薇却忽然说："那件婚纱我不喜欢，我要有羽毛的。"

祝安平如获至宝般的惊喜道："什么？"

如今，能得到白慕薇的一个要求，好像已经是祝安平极难得的宝物！

"我不喜欢那件婚纱我要换一件带羽毛的。"白慕薇重复着。

"好！慕薇你早该这样的，早该想开的。"祝安平忽然收起了冷酷残忍的阴森脸色，好像又变成了瑞士街头那个温婉的青年。

他紧紧抱着白慕薇："只要你不再跟我怄气，我们可以过得很好，我会和从前一样爱你，只爱你！"

白慕薇冲他点点头："我相信！"

我相信！

曾经是白慕薇最常对他说的一句话，可是，他已经有多久没有听到了。

"好！我们婚礼结束，马上就回瑞士，去瑞士登记。"祝安平看上去是真心高兴，白慕薇没有再说话，这一夜……是她最近睡得最沉最安稳的一夜……

祝安平与白慕薇的婚礼是J市一件大事。

婚礼当天，各界名人名媛纷纷到场。

将近秋天的艾伦格伦酒店成为了焦点……

圣洁的白交映着秋的金黄，落叶纷纷在白色与金色的世界里，这里仿佛是人间天堂，软绵绵的白纱与金丝带布满艾伦格伦，如同仙境一般。

陆泽磊与展望夏晴坐在婚礼现场，他们恐怕是这婚礼上最不开心的三个人。

明知道婚礼的新娘是怀着怎样的心情。

陆泽磊如今想到白慕薇那日脸上的笑容，还会觉得有些怕，那个笑，太纯洁，好像脱离了世间一切的纷扰，只剩下了这个笑容，如天使坠落人间，终于寻到了回家的路，如一只苍白脆弱的蝴蝶，沧海重生。

那个笑容久久回荡在陆泽磊的心里。

不能平静。

礼堂灯光微微暗淡，有神秘的紫色与白光交织，梦幻与简洁结合。

礼堂大门缓缓打开，花门之下，一双男女，男子一身黑色西装，脸上挂着幸福而得意的微笑。

因为他臂弯中的女子，是他多年以来梦寐以求的女人，他终于娶到了她，她完完全全属于他。

而他身边的女子，一身轻羽白纱，白色纱裙轻盈若蝶翼翩翩，灵动若流云悠悠，洁白的羽毛轻轻颤动，似要乘风而去，轻舞飞扬，漫天白雪，衬着一张真纯无邪的脸，一双冷若冰霜的眼。

她没有新娘的艳丽与妖娆，没有新娘的欢喜与紧张。

有的只是一身雪白之色，一身冰雪之姿。

冷得令人心生寒意。

她的眼睛目不斜视，即使路过陆泽磊身边也不曾看他一眼。

所有嘉宾的目光都凝聚在这对全城瞩目的男女身上，白慕薇的眼神渐渐有些迷离，那雪一样的目光似有云雾缭绕，冰雪渐渐融化，看透了眼前层层白纱，她的唇角浮起一丝淡淡的笑，那笑好像涤尽了世间所有的纷扰，远离了喧嚣，远离了世俗，远离了这优雅的喜乐。

陆泽磊脸色微变，这笑容不就是那天艾伦格伦分别时，她脸上的笑容，那么冰冷，那么纯净，那么不可侵犯。

陆泽磊突地站起身，展望忙道："泽磊……"

夏晴亦轻轻拉他："泽磊……"

生怕他做出什么出乎意料的事情，事已至此，总不能再闹出更大的新闻和笑话，那样对于香榭丽舍，对于陆泽磊，对于白慕薇都是更沉重的打击。

新娘的步子渐渐沉重，笑容渐渐枯萎。

如同雪山上盛开的雪莲，经霜更艳，却到底抵不过冰冷的摧残，落寞凋谢……

“慕薇……”陆泽磊一声大叫。

祝安平回头，手臂便稍稍松开了白慕薇，白慕薇突然失去支撑，纤细的手轻轻滑落祝安平臂弯，祝安平转身刹那，身边的女子，便如同一片雪花，黯然飘落在鲜红地毯上。

祝安平大惊失色，陆泽磊亦已奔到了她的身边，连忙抱起白慕薇：“慕薇……”

此时的白慕薇嘴唇苍白，面无血色，唇角却依然挂着那样的笑容：“无缘……无悔……”

无缘！无悔！

如同四根钢钉倏然插进陆泽磊的心里……

白慕薇如一只倦极了的蝴蝶，疲惫不堪的落下了羽翼，她的双眼安静地闭上，唇边带着那淡淡的微笑……

那似乎是幸福……却残忍的微笑……

“不……慕薇……慕薇……”

陆泽磊抱起白慕薇，向礼堂外冲去，祝安平怔怔地立在当地，眼看着陆泽磊抱着白慕薇离开，他的心，好像顿时缺失了一块。

他的心……竟然会这样痛！

他怎么会忘记了白慕薇神经衰弱，有吃安眠药的习惯，她的手包里常年备有安眠药。

可是他真的没有想过她会选择死！

选择了这样一种，既静谧又惊心动魄的方法来结束自己的生命！

她那样坚强不是吗？她那样好胜不是吗？

难怪，她要选择一件自己喜欢的衣服！

难怪，她会拒绝陆泽磊带她走……

原来，她早已有了选择、有了计划……

到底，从何时起，自己竟被嫉妒和利欲熏昏了头脑？到底……从何时起，自己竟然变得如此不择手段？

祝安平后退两步，忽然觉得自己很可怕……

是他，逼死了白慕薇，逼死了自己从小最爱的女人！

他从没有想过，寓意幸福的红毯尽头……竟是生与死如此短暂的距离，方寸之间，咫尺天涯，天上人间……

望着红毯上狂奔而去的陆泽磊，祝安平全身都僵硬了，脑子一片空白，心里闪过的是白慕薇的笑容和瑞士校园里，他们三个人一起聊天，一起吃饭，一起学习的日子……

那段日子，只有漫天阳光，温暖的包围着周围的一切。

虽然瑞士的冬天很冷，可他们却感觉冰雪不侵。

因为，不孤单！

一个月后，妙心医院。

白色的丝帘微微舞动，窗外是和暖优柔的风，这世界的喧嚣都似乎与此处无关，这里宁静如世外桃源。

只是这里的病人，一个月都没有说一句话，婚礼上自杀的新娘，第二天就上了各大报刊的头版头条，网络艳女与自甘堕落，精神分裂与心理变态，各种不堪的形容词都被关在了妙心医院病房的窗外。

陆泽磊每天都会来，可是白慕薇却不肯与他说一句话。

陆泽磊知道，白慕薇心里受了很大的打击，那种创伤不是一朝一夕可以痊愈。

“慕薇，今天太阳特别好，我陪你下楼走走？”每天，陆泽磊都要搜肠刮肚地想话题。

可得到的都只有沉默。

“慕薇，你看优璇给你选的新手机，喜欢吗？”

“还有这个，夏晴帮你挑的衣服，出院时候穿。”

……

陆泽磊的滔滔不绝，依然换不来她的反应。

陆泽磊有些失落，望着窗边的白慕薇，黯然叹息，她的背影安静如一尊美好的雕像，阳光沐浴在她身上，明明近了冬，却有夏日一样的温暖。

冬天的阳光更澄净，更珍贵，就似这个女子，他想要用一生去偿还他所亏欠的，珍惜她，爱护她。

他只希望，她能给他一个机会。

哪怕与他说一句话。

可一个月以来，只要是在这间病房，他都只是自言自语。

“慕薇，你真的以后都不打算和我讲话吗？”陆泽磊情绪低落。

白慕薇依然没有反应。

陆泽磊轻轻转身，或许，给她自由的空间，会更好吧？

“泽磊……”

似是一声来自天边的声音，美好得不真实，虽然带着沙哑与疲惫，却是这世上最美好的声音。

陆泽磊猛然转身，几乎欣喜得叫出声音，却又发不出一点声音。

白慕薇缓缓转身，微微一笑：“阳光很好，所以……我们都要幸福呢……”

陆泽磊一怔，这笑容若一只苍白的蝴蝶，凄美落入云间，瞬间消失不见。

他来不及答话，她便又转身对向窗外，看着外面已经寒冷的冬天……

那种安静，是令人不忍打扰的安静……

陆泽磊在上前说话和转身之间，最终选择了转身，他不想逼她太紧，只要她肯和自己说话，就好……

可是，令陆泽磊没有想到的是，这一次转身……却是他今生最后悔的决定……

次日，冬阳依旧。

陆泽磊满怀着憧憬来到病房，病房内依然是淡淡的药水味，夹杂一些白慕薇喜欢的薰衣草精油香味。

丝帘依然轻轻飘动，窗外依然有人来人往。

只是，这房间却已经空无一人。

陆泽磊愣住了。

有一秒钟，他希望白慕薇想开了，走出了这间病房，去晒太阳。

可最终，一名护士走进来，递给他一封信，他知道，这意味着什么。

他跌坐在病床上，展开信封：

泽磊：

你忘记没收我的银行卡、身份证等必需品，我可以自己办理出院手续，谢谢你会爱上我，谢谢你，在全世界都在唾骂我的时候，还将我当做当初的我。

可世事变幻，我们都回不到从前了，现实的残忍往往超过人们的想象。

我也试着想要当做什么也没发生，我也试着想忘记过去所有的不愉快，可我不能。

你的心意，我已经看到了，这一个月的日子，我会永生珍藏！

原谅我，还是选择了离开！原谅我，无法免俗地害怕人言可畏。

一个千疮百孔的我，要怎样面对一个完美的你……

永远爱你的慕薇

信纸掉落，轻飘飘的如同这冬日里的第一片雪花。

陆泽磊怔怔望着，惘然笑了。

慕薇，这样聪明的你为何这样傻？你根本不用在乎所谓的人言可畏！

因为——

在我心里，你依然纯白无瑕，脏了的只是这个世界……

女都曾这样亲切的叫他“展叔叔。”

可是，有多久，都没有再听过这个称呼。

展望不可思议地望着优璇，眼眶微微泛红：“优璇……”

她竟然肯叫他展叔叔，竟然肯原谅他吗？

陆泽磊表情复杂，他恨展望，无法原谅，可是偶尔也会想起那些曾经依赖的日子。

陆优璇微微笑道：“其实，我是可以理解你的心情的，虽然，你害死了我的爸爸，可是我依然可以明白你的想法，因为当年的我也同样想杀了夏晴。”

陆优璇看向夏晴，不错，当年，陆优璇曾举刀刺向夏晴，却误伤了为夏晴挡刀的陆泽磊。

她苦笑着看展望，问他：“展叔叔，如果当年夏晴死了，你会恨我一辈子吗……”

展望看着陆优璇，半晌不语，眼里有闪亮的泪光。

很久，他没有这样的感觉，这种想要落泪的感觉。

“你不会！因为你是从小疼爱我的展叔叔，你或许会怪我，恨我一时，可是当我遇到困难的时候，我相信你还是会愿意帮我，甚至会原谅我……”陆优璇站起身，看向陆泽磊，“哥，其实你也明白的不是吗？当年，爸爸……也的确做了对不起人的事情，让我们……都忘记吧！从今天开始，重来！”

杀父之仇怎能忘记！

这一直是萦绕在陆泽磊心里的魔咒。

他想不到，比自己看得更清楚，更透彻的竟然会是当年那个不懂事的妹妹。

不错，冤冤相报，不如一笑泯仇。

在这个利欲熏心的商界，谁又比谁更无辜？谁又比谁更干净呢？

谁的双手不是沾满了鲜血？谁的成功不是踏遍了白骨？

谁？又比谁爱得更多，恨得更少？

陆泽磊举杯，望向展望，很久，他都没有与他这样坦诚相望过，眼里似乎流动着当年那青春少年般美好的阳光。

“展叔叔……”

陆泽磊想，也许，这也是父亲的愿望。

也许父亲泉下有知，也已经后悔害死了莫涵，也希望不要永久地失去这个兄弟。

最起码来世相见，可以坦然面对。

谁也再不欠谁。

“很开心吧？”离开陆家，路上，踏着夜色，夏晴与展望漫步在J市街头。

展望看向她，夏晴又道：“从刚才你嘴边、眼里就一直带着笑呢。”

展望笑道：“我没想到优璇竟这样懂事了，更没有想到，我今生今世还能听两个现在……九年了，慕薇，你又肯不肯再给我一个爱你的机会？

只是一个机会！

“先生，请问有纸巾吗？”

记忆的线索在脑海中疯狂掠过，陆泽磊猛然回身，落叶纷纷的深秋，同样是一个人散步，那个时候是在瑞士，一个女孩突然问他，有没有纸巾。

那是，他们最初的相识。

有太多次，梦到过那个场景，以至于无法相信眼前看到的真实。

只见一个女人，一样长长的卷发披散在两边，清净纯美的脸，带着若有似无的笑，但终究在陆泽磊回头刹那，泪水决堤……

“慕薇……”陆泽磊惊喜的大叫。

白慕薇微笑流泪：“你怎么会在这里？”

自从九年前离开，她从没有想过今生今世还能再见到陆泽磊……

陆泽磊亦是百感交集：“在我从瑞士决定回香榭丽舍的时候，你曾对我说，我的香榭丽舍没有浪漫，你想去法国，想去真正的香榭丽舍。”

这句话，他竟然还记得。

不错，那个时候，白慕薇真心不想让陆泽磊离开瑞士，更重要的是不想他回到香榭丽舍，那样就注定了他们要彼此为敌。

“所以我找不到你，就来这里碰碰运气……”陆泽磊苦笑，久别重逢的喜悦，令他一时语塞。

白慕薇眼泪汹涌：“为什么……是今天？”

陆泽磊知道，她明知故问，却欣然回答：“今天，是我们第一次见面的日子……”

白慕薇泪水难禁，没想到，他竟然也会记得？

一切都仿佛回到了初见时的美好，在初见的日子，用初见时的开场白重逢……

眼里有水雾凄迷，香榭丽舍腻人的浪漫气息似乎令人心都柔软如云。

泪光里，望着陆泽磊悲喜交加的脸，深秋，他的脸庞清瘦了，憔悴了，深沉了……

白慕薇抽泣道：“其实……我回过了你的香榭丽舍，也回过瑞士……”

陆泽磊一惊，听白慕薇继续：“去年的情人节，我在香榭丽舍，而夏天回到了瑞士……”

“那棵银杏树下。”陆泽磊突地打断她，激动的接口。

白慕薇微笑点头，那棵银杏树，位于瑞士校园偏僻的一处，那里极幽静，很少有人来往，那时候，他们常常去大树下读书，一读就是一天，可能彼此一句话也不说，却是很舒适的日子……

原来，他们都在同一个日子，去过了同一个地方，在同一片蓝天下，看了同一棵树，可命运却是如此弄人，非要他们经历了那么多次擦肩而过，才终于……换来了这